# Stefan Chwin

## Złoty pelikan

Stefan Chwin

# Stefan Chwin

*Złoty pelikan*

WYDAWNICTWO
TYTUŁ

Fotografie na okładce: strona I – Jan Ledóchowski, strona IV – Cato Lein
Fotografia Stefana Chwina na stronie przedtytułowej: Cato Lein

Redakcja: Krystyna Chwin

W książce tej znalazły się głosy i parafrazy głosów m.in. Leszka Kołakowskiego, Arnolda Schwarzeneggera, Zbigniewa Herberta, Bridget Jones, kardynała Ratzingera, Ernesta Hemingwaya, polskich feministek, Winstona Churchilla, Neila Armstronga, Czesława Miłosza, Stevena Spielberga, św. Augustyna, Tadeusza Różewicza, Theodora Adorno, Adama Zagajewskiego, Charlesa Darwina, Jana Błońskiego, Fryderyka Nietzsche, księdza Józefa Tischnera, Tomasza Burka, Immanuela Kanta, księdza Rydzyka, Wisławy Szymborskiej, Jacka Santorskiego, średniowiecznych alchemików, mojej Żony oraz stu tysięcy innych osób, które znałem bliżej lub dalej.
    Kto ciekaw, niech znajdzie.

Wydawnictwo „Tytuł", ul. Straganiarska 22, Gdańsk 80-837
Biblioteka TYTUŁU, seria: Proza Współczesna

Skład i łamanie Wojciech Pogorzelski

Druk: Drukarnia Wydawnictwa Diecezji Pelplińskiej „Bernardinum", Pelplin

Zamówienia: Wydawnictwo TYTUŁ Dział Handlowy, 80-288 Gdańsk, ul. Amundsena 5 C 31, tel/fax: 00 48 (0) 58 347 61 89
Dystrybucja L&L 80-445 Gdańsk, ul. Kościuszki 38/3, fax: 058 344 13 38

ISBN 83-911617-9-X

# Jakub przychodzi na świat

Miasto, w którym Jakub przyszedł na świat, było zburzone i puste.

Wielka armia, która nadciągnęła ze Wschodu, ostrzeliwując z tysięcy armat pośpiesznie wycofujące się na zachód oddziały nadmorskiego garnizonu, zdążyła przed dniem jego narodzin z wielką starannością zmiażdżyć bombami prawie wszystkie barokowe kamienice, neogotyckie urzędy i secesyjne domy towarowe. Wystarczyło parę płomiennych nocy, by stare dzielnice – chluba i duma dawnych pokoleń – zmieniły się w coś, co przypominało skamieniały las. Potem pożary wygasły, wiatr wiejący od strony morza wzbijał chmury śnieżnego pyłu na pustych ulicach, w spalonych zajezdniach tramwajowych gwizdały lodowate przeciągi, rozbite okna postukiwały w zrujnowanych spichrzach, tylko wysoko nad wieżą spalonego dworca niestrudzone stado zgłodniałych wron – znak niezwyciężonej woli życia – raz po raz przecinało tęczową glorię zorzy, która od stuleci, bez względu na okoliczności i porę roku, opromieniała miasto wszystkimi odcieniami różu, fioletu i złota.

Dawnych mieszkańców już w mieście nie było. Jedni zginęli w pożarach, inni uciekli okrętami za morze, resztę wywieziono za góry i lasy. Zostało po nich trochę gotyckich szyldów wymalowanych z próżną fantazją nad drzwiami spalonych restauracji i trochę pustych mieszkań z zimną pościelą na żelaznych łóżkach, w której jeszcze parę tygodni po zdobyciu miasta przez żołnierzy wielkiej armii można było oglądać miękki, przyprószony śniegiem ślad czyjejś głowy lub ciała skulonego we śnie.

Rodzice Jakuba przybyli do miasta z daleka.

Pewnego jesiennego popołudnia, gdy słońce stało już nisko nad ciemną taflą Zatoki, wysiedli z pociągu na peronie spalonego dworca, po czym z dwiema tekturowymi walizkami w dłoniach poszli ku śródmieściu. Ale tam, gdzie kiedyś było śródmieście, czekały na nich tylko malownicze góry pokruszonych cegieł. Więc znużeni długą podróżą, w porwanych płaszczach, w zniszczonych butach, w czapkach naciągniętych na uszy, szeroką aleją, która wiodła przez stare cmentarze, ruszyli w stronę północnego przedmieścia, ku ceglanym wieżom średniowiecznej Katedry. Słońce już zachodziło. Po drodze mijali przewrócone słupy telegraficzne, spalone wraki taksówek, kłęby drutu kolczastego i zwęglone szkielety tramwajów.

Opuszczony dom, do którego zdążyli wbiec parę chwil przed deszczem, miał białe, wapienne ściany z czarnym belkowaniem, blaszaną wieżyczkę z żelaznym kogutem na szczycie, oszkloną werandę z galeryjką, czerwony spadzisty dach z holenderskiej dachówki, cudem ocalał wśród ruin i nazywał się Tannenheim, co w języku, jakim Jakub miał mówić wkrótce po urodzeniu, znaczyło „Jodłowy Dwór" – nazwa, która dawnym mieszkańcom miasta przywodziła na myśl posępne lasy Schwarzwaldu, pełne widm, jaskiń i kuszących przepaści oraz niezapomnianą frazę *Horst Wessel Lied*.

Gdy Jakub szykował się do przyjścia na świat, sławni uczeni z kraju, który rozpościerał się po drugiej stronie oceanu, odkryli, że prawdopodobieństwo powstania życia na

Ziemi równało się mniej więcej jeden do pięciu bilionów sześciuset miliardów ośmiuset milionów dziewiętnastu tysięcy, prawdopodobieństwo zaś, że wśród licznych form życia powstanie ta jedna, szczególna, której zostanie nadane imię Jakub, było sto milionów razy mniejsze. Szczęście jednak uśmiechnęło się do matki Jakuba i oto którejś nocy, gdy burza rozjaśniła błyskawicami czarne niebo nad miastem, z wirujących protonów ułożył się w jej łonie zgrabny kształt chłopca. Potem był poród krótki i szczęśliwy i Ziemia pojaśniała z zadowolenia na widok nowej istoty o cudownie zaróżowionych pośladkach, w które natychmiast wymierzono mocnego życiodajnego klapsa – i nowy człowiek, chwyciwszy łapczywie głęboki haust nadmorskiego powietrza, przeraźliwym okrzykiem radości obwieścił światu, że jest gotowy do znoszenia trudów istnienia.

O, piękne dni, w których Jakub zaczął poznawać urodę życia! Białe chmury odbijały się w morzu, na które patrzył z wysokich okien willi Tannenheim, jaskółki przelatywały nad Katedrą, której dwie wieże strzegły go przed piorunami, bladoróżowe malwy kwitły w ogrodach, kalafiory dojrzewały na grządkach, lipy odbijały się w stawach niedalekiego Parku i gdy tak zima mijała za zimą, wiosna za wiosną, czas z czułą starannością przemieniał ciało niemowlęcia w ciało chłopczyka, potem ciało chłopczyka w ciało chłopca, aż wreszcie ciało chłopca w ciało młodzieńca. Mijały lata, ręce Jakuba były coraz sprawniejsze, paznokcie zdrowe i różowe, włosy jasne, z ładnym połyskiem, oczy koloru ciemnego piwa, zachwycający meszek nad górną wargą. Udał się Jakub swoim rodzicom. Był zwinny, giętki jak gałąź leszczyny, pięknie skakał do stawu przy młynie i dobrze się zapowiadał na przyszłość.

Dzieciństwo miał Jakub piękne. Dorastał szybko. Smukły, smagły, jasnowłosy, nabierał sił przed zadaniami, jakie na niego czekały. Cyganka, która pewnego popołudnia zapukała do drzwi willi Tannenheim, wywróżyła mu, że został zrodzony do wyższych przeznaczeń, więc zachwycony i przerażony tą wieścią, już dość wcześnie zaczął zgłębiać zagadkę swego losu. Nocą słyszał, jak rodzice budzą się z krzykiem. Po tym, co przeszli w latach wielkiej wojny, wciąż nie mogli pojąć, dlaczego od wczesnych godzin porannych nikt do nich nie strzela, nikt ich nie torturuje, nikt ich nie wywozi w nieznanym kierunku towarowym wagonem, a śniadanie jest codziennie mniej więcej o tej samej porze i na dodatek smaczne. Kruche kajzerki, duńskie masełko, konfitura wiśniowa na spodeczku z zielonego szkła, jajko na miękko w srebrnym kieliszku i pachnące kakao z darów UNRRY, a do tego na białym obrusie haftowanym w listki jarzębiny srebrne łyżeczki z gotyckimi monogramami na rączkach z kości słoniowej oraz porcelanowy dzban ze świeżo naciętymi, ciemnoczerwonymi daliami, za oknem zaś wysokie niebo i spokojne morze z błękitną linią Półwyspu na horyzoncie. Czegóż chcieć więcej? Wszystko to uważali za cud, za który nie wiadomo było komu dziękować.

Miasto, w którym Jakub przyszedł na świat, należało do Imperium. Na ulicach słychać było wschodnią mowę oficerów w futrzanych czapach, którzy zatrzymywali się tu przejazdem na dzień lub dwa w drodze do baz na zachodzie, godzinami plącząc się po placach i skwerach w poszukiwaniu kobiet i papierosów marki Camel, których, niestety, nie mogli nabyć w samotnych sklepach na lesistych zboczach dalekiego Uralu. Wysoko, wśród szarych chmur, jak niewidzialne trzmiele buczące we mgle, przelatywały nad willą Tannenheim ciężkie od broni i amunicji transportowce z zaopatrzeniem dla „wschodniej strefy okupacyjnej". Nocami, wtulając głowę w poduszkę, Jakub wsłuchiwał się w zagadkowe, dobiegające z ciemności odgłosy świata. Długie pociągi towarowe z czołgami ustawionymi na lorach powoli toczyły się po żelaznych przęsłach kolejowego wiaduktu wzniesionego przy willi Tannenheim, rytmicznie postukując kołami, co zsyłało na niego kolorowe sny o podróży i przygodzie, chociaż w czołgach siedzieli żołnierze o żółtawej cerze i skośnych oczach, których bał się naprawdę.

Wkrótce dowiedział się, że miasto, w którym przyszedł na świat, może zostać zdmuchnięte w jednej chwili z powierzchni Ziemi. Wiadomość tę przyjął ze spokojem, co dowodziło, że dojrzewał szybko. Egzotyczne słowo „Hiroszima", które na całej planecie wzbudzało popłoch, dla niego było tylko jednym z wielu haseł dziecięcych zabaw, a myśl, że wszystko, na co patrzy, może w parę sekund zniknąć, dodawała tylko smaku każdej rzeczy, którą brał w palce, by z radością kontemplować nieprzenikniony cud istnienia. W majowe dni, gdy główną ulicą miasta przeciągały wielotysięczne pochody ze sztandarami w kolorze świeżo obranej marchwi, ojciec brał go na ramiona i maszerując po mokrej jezdni, którą o świcie spłukały polewaczki, z dumą pokazywał dostojnikom Imperium, którzy stali na trybunie ozdobionej gałęziami świerku i spokojnymi ruchami dłoni pozdrawiali lud pracujący, jakby chciał im pokazać cudownie ocalony skarb, czego oni, niestety, zdawali się nie dostrzegać, zajęci dużo poważniejszymi sprawami.

Miasto, którego główną ulicą niósł go na ramionach ojciec, było podzielone. Jedni mówili, że jest źle, a nawet coraz gorzej, inni, że jest dobrze, a nawet coraz lepiej. Jedni chodzili do kościołów, inni chcieli kościoły pozamykać na zawsze. Jedni chorowali, inni byli zdrowi, jeszcze inni byli zupełnie martwi i w tym fatalnym stanie czekali na podmiejskich cmentarzach na Sąd.

Lecz Jakuba mało to wszystko obchodziło, choć codziennie przed zaśnięciem słyszał, jak matka i ojciec ściszonymi głosami przeklinają Imperium, które odebrało im wolność. Zdrowy, szczęśliwy, ciekawy życia, z gorącą krwią w żyłach, cieszył się nasturcjami w ogrodzie, łaził po drzewach jak kot, łowił ryby w stawie koło śluzy, pływał w morzu, w którego przybrzeżnych wodach wciąż spoczywały zardzewiałe wraki rozbitej Kriegsmarine i podkradał słodkie jabłka z ogrodu sąsiadów. Ojciec powtarzał, że Imperium jest wieczne. Podobnie myślała większość mieszkańców miasta. Do szkół chodził Jakub pilnie i uczył się dobrze, więc był spokojny o przyszłość. Wysoki, opalony, zwinny, popołudniami włóczył się z przyjaciółmi po bukowych lasach za Katedrą. Lubił też czytać o zmierzchu na ławce pod czarną czereśnią dawne i nowe księgi, co nieco przygasiło jego przyrodzoną radość. Dopiero pewnego grudniowego dnia, gdy wyszedłszy wczesnym rankiem z domu, ujrzał na głównej ulicy wozy pancerne, poczuł na włosach zimne tchnienie, jakby rozdarła się zasłona, która dotąd odgradzała go od świata. Nie było to przyjemne. Wozy pędziły z łoskotem w stronę Stoczni, zgrzytały gąsienicami na oblodzonym asfalcie i miały na stalowych wieżyczkach znak białego ptaka.

Po chwili zobaczył na ulicy tłum. Ludzie w żółtych kaskach szli spod bramy Stoczni pod kamienny gmach Partii. Od strony kolejowego wiaduktu nadleciały wojskowe śmigłowce. Nad jezdnią uniosła się chmura gazu łzawiącego. Gdy pobiegł w stronę dworca, na oblodzonym asfalcie ujrzał kilka nieruchomych ciał. Mijały lata, wielkie zmiany dokonywały się na Ziemi i w kraju, w którym żył, nie brakowało nowych wrażeń, dusza rozwijała się i doskonaliła, on jednak nigdy nie zapomniał widoku tych nieruchomych ciał skulonych przy krawężniku. Wyglądały tak, jakby uciekły w sen. Zasłaniały twarz dłońmi, żeby nie widzieć świata.

Potem Imperium upadło, kraj Jakuba, który przez wiele lat nie figurował na żadnej mapie, znów się na mapie pojawił, rodzice, którzy nocą przeklinali Imperium za to, że odebrało im wolność, umarli nie doczekawszy wolności i Jakub został sam. Pomny niepokojących słów Cyganki, która wywróżyła mu wysoki los, zdał na sławny uniwersytet imienia Artura Schopenhauera i przez parę lat oddawał się pilnym studiom w pięknym gmachu na Wyspie Spichrzów. A gdy nadeszła pora, sam zaczął tam wykładać. Był jeszcze młody, krzepki, miał głos donośny i czysty. W neogotyckiej sali, za której oknami płynęła rzeka przecinająca miasto, mówił do młodych kobiet i mężczyzn o prawie, wolności i jej tajemnicach. Za swoje słowa dostawał kilka banknotów, które uprzejmie wręczano mu co miesiąc. Mógł za nie kupić kefir, jajka, owoce, warzywa, ryby, guziki, spodnie, buty, czapkę, skarpetki i temu podobne.

W pamiętnym roku, w którym zaczął wykładać na prawie, tajemnicze znaki dały się widzieć na niebie i ziemi. Cała planeta żyła w oczekiwaniu. Spodziewano się wydarzeń niezwykłych. Nowe życie puszczało zielone pędy na trupie Imperium. W laboratoriach odkryto, że człowiek niewiele się różni od rzodkiewki i muszki owocowej, co jednych wprawiło w rozpacz, innych w zachwyt, większość zaś, jak zwykle, nie miała w tej sprawie żadnego zdania. Ludzki genom, niczym astrologiczna tarcza Zodiaku, odsłonił sekrety przeznaczenia, wprawiając w popłoch teologów, polityków i moralistów, którzy zażądali, by uczeni powstrzymali się przed zrobieniem ostatecznego kroku. Z jednej komórki włosa umiano już zrobić owcę albo człowieka.

Coś umierało, coś się rodziło, tylko nikt nie wiedział co. Wojny lokalne wybuchały i gasły, choć bomby, które podkładano w restauracjach i kościołach, czasem udawało się rozbroić. Z odległości trzydziestu tysięcy kilometrów umiano już bez trudu zabić dziecko albo terrorystę. Tajemnicze sekty wrzucały gaz do tuneli podziemnych kolei, proponując podróżnym szybki przejazd na drugą stronę czasu. Krowy szalały na zielonych pastwiskach wzbudzając litość i trwogę, lecz choć palono je całymi tysiącami jak krwawą daninę składaną nieznanym bogom, już po tygodniu mało kto o tym pamiętał.

Potem odrzutowce pełne biznesmenów, laptopów, dobrze odżywionych kobiet, parasoli, Arabów, walizek, dzieci, telefonów komórkowych, stewardes i kart kredytowych, wbijały się w wieże ze stali i szkła wzniesione w potężnym mieście nad wodami oceanu, eksplodując na oczach całego świata czerwonym pióropuszem płonącej benzyny, ale i o tych ekscytujących zdarzeniach, które na moment przyciągnęły uwagę ludzkości, szybko zapomniano, bo hojny Los, czerpiący pełną garścią z niewyczerpanej studni Czasu, niczym słynny w owej epoce magik David Copperfield, szykował już wkrótce niespodzianki dużo bardziej efektowne, o prawdziwie operowym rozmachu, do których wcale nie były potrzebne srebrzyste odrzutowce z terrorystami na pokładzie. Niezwykłe zdarzenia posypały się jak złoto z rozdartego worka. Przeźroczysta pajęczyna internetu oplotła wszystkie kontynenty, wyrzucając w przestrzeń okołoziemską miliony wierszy, które w swojej niewyobrażalnej cierpliwości czytała tylko kosmiczna pustka. Bez większego trudu przeszczepiano serca. Znamiona epidemii przybrała choroba duszy o pięknej nazwie bulimia, której źródła były równie tajemnicze jak powody, dla których dobry Bóg stworzył nie tylko człowieka, lecz i bakterię o poetycznym imieniu wąglik. Liczba młodych kobiet, które przestały jeść, zbliżała się już do ośmiu milionów, z czego większość stanowiły delikatne, cienkie jak opłatek, bladoskóre dziewczęta przed osiemnastym rokiem życia, wśród których były też studentki Jakuba, z żelazną konsekwencją unikające żółtych serów, jajek na twardo i cukru.

Przygotowując śniadanie przed wyjściem do pracy, Jakub wystrzegał się soli jodowanej i tłuszczów nasyconych, sprawdzał uważnie na kartonie, czy mleko jest chude, zamierzał bowiem żyć zdrowo i długo. Gdy przed ósmą równym krokiem ruszał w stronę tramwajowego przystanku, z którego czerwona szóstka jechała na Wyspę Spichrzów, cieszył się, że na północnej półkuli globu, na której zamieszkali on i jego rozumni przodkowie, tysiąc trzysta religii, barwnych jak piórka kolibra, zażywało rozkoszy tolerancji, choć nieco dalej, w sercu Afryki, jedno plemię drugiemu wyrzynało tępymi maczetami z taniej blachy półtora miliona zupełnie zdrowych mężczyzn w wieku rozrodczym, co jednak – musiał przyznać – w żadnym stopniu nie obniżało ogólnego stanu światowej populacji, która wciąż rosła nieprzytomnie jak mleko kipiące w garnku.

Z wysokości dziesięciu tysięcy metrów (średnia wysokość lotu boeingiem 707, którym podróżował od czasu do czasu) Ziemia wyglądała na dziewiczo niewinną. Zachwycające rafy koralowe, żółte pustynie, lasy mieszane, szachownice pól uprawnych, a gdzieniegdzie piramidy, Mur Chiński, Brama Brandenburska, Kreml, Bazylika św. Piotra, Hollywood i Manhattan. Na wybrzeżach Australii wolontariusze nieśli pomoc rodzinom zbłąkanych wielorybów, choć co roku na pięciu kontynentach bez większych skrupułów zabijano dwadzieścia cztery miliardy zwierząt na hamburgery i potrawki dla niemowląt. Poza tym miliard ludzi nie miało pracy, czterysta milionów cierpiało na silny stres, trzysta siedemdziesiąt milionów chorowało na depresję, dwieście osiemdziesiąt osiem milionów miało problemy z alkoholem, dwieście milionów miało zaburzenia osobowości, sześćdziesiąt milionów borykało się z chroniczną nieśmiałością, czterdzieści pięć milionów cierpiało na schizofrenię, a czterdzieści na epilepsję.

W sumie jednak – choć wszystkim dawały się we znaki kapryśne potwory o żeńskich imionach Recesja, Inflacja, Stagnacja – była to epoka spokoju, dosytu i równowagi, o jakiej dawni mieszkańcy Ziemi, od stuleci przyzwyczajeni do dużo poważniejszych kłopotów, mogli tylko marzyć.

W takiej to właśnie epoce, tajemniczej i pięknej, Jakub wiódł w starym mieście nad zatoką zimnego morza życie prawie spokojne i prawie szczęśliwe. Cieszył się młodą żoną, którą pojął na studiach, kupował co rano zdrową żywność w sklepie, który uroczyście otwarto na jego osiedlu, i radował się mieszkaniem, które kupił za oszczędności całego życia, co dla większości mieszkańców Ziemi było w owych czasach równie osiągalne jak trzytygodniowe wakacje w luksusowym hotelu z odkrytym basenem na planecie Mars.

I pewnie cieszyłby się takim życiem jeszcze bardzo długo, gdyby nie pewna letnia noc, kiedy to...

# Jakub poznaje Hildę

A zaczęło się całkiem zwyczajnie. W niedzielę wieczorem Jakub jechał do Krakowa (siedem godzin jazdy, konferencja *Historia sztuki a historia medycyny*, 5000 znaków, honorarium). Na dworcu był parę minut przed północą – swobodny, rozluźniony, pełen najlepszych zamiarów – a że właśnie ogłoszono, że opóźnienie pociągu może wzrosnąć o jakąś godzinę, co przyjął ze zrozumieniem, usiadł na plastikowym krześle naprzeciw jasno oświetlonej perfumerii Rossmanna, postawił walizkę obok kolumny, otulił się starannie połami prochowca i spokojnie oddał się czekaniu na nieuchronne spotkanie małej wskazówki dworcowego zegara z rzymską cyfrą dwa.

A dworzec był piękny. Jak kamienno-ceglana Arka wznosił się pod Gradową Górą prawie w samym środku miasta, ciesząc oczy podróżnych widokiem ścian o cynamonowej barwie. Na wysokiej niderlandzkiej fasadzie pięknie zieleniło się skrzydlate koło z miedzi, znak niewątpliwego zwycięstwa myśli ludzkiej nad czasem i przestrzenią. Surowy wdzięk północnego baroku harmonijnie łączył się w symbolicznych ornamentach z bezczelną pychą stulecia pary, węgla i elektryczności. Pewien japoński biznesmen, przejeżdżając przez miasto w drodze z Tokio do Paryża (via Moskwa), tak zachwycił się tą zgrabną budowlą z żółtawego piaskowca i pruskiej cegły, że na dalekiej wyspie Kiusiu postanowił zbudować jej dokładną kopię z przeznaczeniem na pałac ślubów. Kamienno-ceglany gmach, wzniesiony w kraju kwitnącej wiśni, miał w jego sercu budzić miłe wspomnienia podróży po nieskończonych równinach Rosji i Mitteleuropy, gdzie natura – co zapamiętał na zawsze – wciąż pozostaje naturą, a pola rzepaku są olśniewająco żółte jak nigdzie w świecie. Jakuba wcale to nie zdziwiło, bo to był rzeczywiście piękny dworzec i w pełni zasługiwał na zwierciadlane odbicie w wodach oceanu.

Wielkie okno nad wejściem do dworcowej hali ozdabiała szklana tafla witrażu ze stosowną sceną pożegnania. Przystojny młodzieniec w stroju wikingów, ułożony z rubinowych i niebieskich szkiełek, wręczał czerwoną różę smukłej kobiecie z liliami we włosach, uczesanej jak Leni Riefenstahl w filmie *Białe piekło*. W głębi obrazu dymił parowóz ze złotym znakiem cesarskich kolei na czarnym tendrze.

Ta zagadkowa scena zawsze budziła w duszy Jakuba słodkie niepokoje. Może właśnie dlatego w latach dzieciństwa lubił przychodzić tu z matką. W wysokim wnętrzu dworcowej hali szklanym echem ładnie rozbrzmiewały kroki podróżnych, wystukiwane na granitowej posadzce obcasami z żelazną blaszką. Nad głową, z gzymsu na gzyms, z miłym furkotaniem przelatywały gołębie. Zimą ludzie w grubych płaszczach i czapkach, z walizkami okręconymi sznurkiem, chuchali mroźną mgiełką w zziębnięte dłonie. Tylko zza mętnych szyb w okienkach kasowych co kilka chwil dobiegało głuche, pełne nieodgadnionych znaczeń stukotanie czarnych datowników, którymi młode kobiety w kolejarskich mundurach, o melancholijnej urodzie spóźnionych licealistek, wybijały na biletach z grubej brązowej tektury nieusuwalne znaki mijającego czasu.

Teraz jednak w okienkach kasowych bezszelestnie przesypywały się już tylko roje cyfr na ekranach komputerów. Za kryształową szybą wystawy z czerwonym napisem ROSSMANN na białych półkach setką barw lśniły szampony i body balsamy. Młody mężczyzna o włosach ufarbowanych na różowo, podobny do aniołów Botticellego, na plastikową szufelkę starannie zmiatał samotne, zgniecione nieuważną stopą papierki po batonach Bounty.

Są takie chwile, gdy ciało oddziela się od nas i przysiada z niechęcią na sąsiednim krześle. Dusza nie chce się pogodzić z twardym obowiązkiem życia, więc w złej kondycji rąk i nóg znajduje łatwą wymówkę. To była taka chwila. Czas leniwie przesypywał minuty na świetlnym zegarze, zupełnie obojętny na drętwienie nóg i mrowienie w plecach. Jakub drzemał. Noc mocowała się nad dworcem z falą zbliżającego się świtu. Światła zorzy, nadciągające z wolna od strony Moskwy, sunęły wielką, rozpłomienioną rzeką nad niezmierzonymi przestrzeniami wschodniej półkuli, odbijały się w zimnych jeziorach i rzekach Rosji, rozjarzały się w złotych kopułach białoruskich cerkwi, ale jeszcze nie miały dość sił, by przebić się przez ciemną ścianę chmur, która koło północy stanęła nad miastem. Krzyż z żarówek płonął na ściętej wieży kościoła Mariackiego. Ktoś na pewno umierał w szpitalu przy Nowych Ogrodach.

Prochowiec, którym Jakub otulił nogi – jasny, z białymi guzikami i herbem wyszytym na podszewce, kupiony u Weissmanna na Kaertnerstrasse – spokojnie oddawał się rzece mijających godzin. Walizka z mosiężnymi okuciami i skórzaną rączką dyskretnie dawała do zrozumienia, że odkładać na starość to tyle, co budować cywilizację. Buty z reniferowej skórki, rude, z cienką zelówką i modnym tępym noskiem, kupione u Jansena (lotnisko w Kopenhadze), drzemały na stopach jak posłuszne cocker-spaniele. Lecz tanie adidasy na nogach podróżnych, którzy drzemali po obu stronach Jakuba, mogły tylko marzyć o lepszym jutrze.

Koło drugiej Jakub zobaczył tamtą kobietę.

Żebracy, nędzarze, bezdomni! Prawdziwe utrapienie Europy! Co innego Afryka, Azja, Ameryka Łacińska. Tak, tam, w labiryntach miast Południa, w krętych uliczkach Wschodu, w smrodzie gnijących bananów i pomarańczy, tam żebracy, nędzarze, bezdomni są na swoim miejscu. Bezczelni, pstrokaci, natarczywi – ileż to razy widział takie sceny na pamiętnej wycieczce do Egiptu – kłębią się wokół bladoskórych Szwedów, piegowatych Niemców i rudych Anglików, łapczywie chwytając za rękaw każdego turystę w kolorowej koszuli ze srebrzystym aparatem Minolta dyndającym na piersiach. Dla nich opieka światowych organizacji zdrowia, zrzuty z samolotów, pomoc stowarzyszenia „Lekarze bez granic" i akcje humanitarne z udziałem amerykańskich marines. Głodująca Etiopia, Bangladesz, Bombaj, Afganistan, tak, tam są na swoim miejscu. Ulubieńcy CNN, oglądani ze wzruszeniem przez całe rodziny z Baltimore, Sztokholmu i Berlina. Koloryt lokalny urlopów na Karaibach i wyjazdów na ugandyjskie safari.

Lecz tu, w Europie? W Europie – co Jakub zauważył podczas swoich podróży – żebrak, nędzarz, bezdomny nigdy nie występował stadnie. W Europie żebrak był samotnym, zabiedzonym człowiekiem klęczącym na chodniku z tekturową tabliczką w palcach, na której widniało wypisane czarnym flamastrem zwięzłe jak inskrypcja nagrobna, przejmujące, najgłębiej osobiste CV, albo młodzieńcem ze stereofonicznym magnetofonem, przygrywającym na elektrycznych skrzypcach w tunelu metra przy placu Pigalle lub na placyku przed dworcem Zoologischegarten, gdzie jego widok nikogo nie dziwił.

Żebracy, jakich Jakub pamiętał z dzieciństwa, nie mieli z tym obrazem nic wspólnego.

Tabliczki z tektury? Stereofoniczne magnetofony?

Co niedziela, gdy szedł z rodzicami do Katedry, na kościelnym placu pod lipami witały go siedzące na gołej ziemi smutne pamiątki wielkiej wojny: kadłubki bez rąk owinięte w szmaty, beznogie korpusy przypięte skórzanymi paskami do wózeczków z jednej deski, żywe pniaki odarte z kory. Ich widok rozdzierał serce. Podchodził do nich ze wstrzymanym oddechem, wrzucał monetę do miedzianego kubka, a gdy moneta podzwaniała o miedziane dno, przez moment doznawał słodkiego ukojenia, że spełnia powinność, której spełnianie nakazywała Biblia. Ale już po chwili, wchodząc z rodzicami do chłodnego wnętrza Katedry, czuł się tak, jakby jego zdrowe, młode stopy w skórzanych sandałkach, które tak lekko stawiał na kamiennej posadzce, drwiły z ich oderwanych nóg i rąk! Czyż nie był winny, że nie dzieli ich losu? We łzach, które ronił (matka ocierała je świeżo upraną chusteczką pachnącą różowym mydłem Siedem Kwiatów), bolesne współczucie dla ubogich i nieszczęśliwych mieszało się z przerażeniem i grzesznym pragnieniem ucieczki. A więc takie rzeczy są możliwe na tym świecie. I cóż na to dobry Bóg?

Więc kiedy zobaczył tę kobietę, poczuł w sercu znajome gorące ukłucie.

Była nawet młoda. Tylko oczy, senne, przymknięte, tusz na rzęsach, ciemna szminka o karminowym odcieniu, włosy krótkie, postrzępione, z ciemnymi odrostami pod jasnożółtą farbą. Dryfowała powoli w stronę kas przez halę dworca, racząc ludzi w kółko tą samą opowieścią, że nie ma na bilet, a musi jechać do chorej matki. Gdy odpędzano ją, szła dalej. Zabłocone granatowe adidasy na grubej podeszwie z pomarańczowej gumy, włochata kurtka z koca i brudna, przewieszona przez ramię, czarna foliowa torba ze srebrnym napisem „Calvin Klein".

I pewnie udałby, że śpi na swoim plastikowym krześle, gdyby nie chłopak w kurtce z czarnej skóry, w wysokich glanach, który leniwie obrzucił ją wyzwiskami. Zdawała się nie słyszeć jego głosu, ale po chwili, patrząc w bok, odpowiedziała mu z cicha takimi samymi przekleństwami. Musiała być ostro naćpana i zapewne nie miała zdrowej krwi.

Ile razy wspominał później tamtą chwilę, tyle razy nie mógł się oprzeć zdziwieniu, że potrafi odtworzyć każdy szczegół jej ubrania, każde drgnienie palców z obłamanymi paznokciami, chociaż od tamtej chwili minęło wiele dni i wszelki ślad powinien zniknąć z prześwietlonej kliszy pamięci. Bo przecież co tu było do pamiętania?

Podeszła bliżej.

Widział ją teraz przed sobą jak na policyjnej fotografii. Patrzyła w bok, mętne oczy, zaczerwienione, podkrążone, grudki tuszu na rzęsach, spierzchnięta skóra na wypukłych kościach policzkowych, chorobliwie zaróżowiona cera, dolna warga opuchnięta od nerwowego przygryzania, rude piegi, na kurtce napis „Atlantis", w torbie ze srebrnym nadrukiem „Calvin Klein" kłąb burych swetrów, plastikowa butelka coca coli, niebieska paczka podpasek, herbatniki, poplamione, zielone dresy.

Przymykając oczy poprosiła, by dał jej parę groszy na bilet, bo chce wrócić do matki, która na nią czeka. Przyglądał się jej uważnie, tak jak ogląda się motyla, który nagle usiadł nam na dłoni. Gdyby chciała na chleb, to by dał. Ale na prochy – nie da. Z płaczliwym zniecierpliwieniem wstrząsnęła głową. Na żadne prochy. Już od dawna nie bierze. Potrzebuje tylko na bilet do matki, niech da chociaż parę groszy. Chciał jej dać nawet więcej, żeby tylko się odczepiła, ale – Zaczekaj – powiedział – jak masz na imię? Spojrzała przytomniej, nieufnie i chytrze. Powiedziała, że nazywa się Hilda. Poczuł nagle, że mówi do niej tak, jak do upadłych dziewczyn mówią dobroczyńcy na ckliwych filmach według powieści Dickensa: – Pani Hildo, ma pani gdzie mieszkać? Mruknęła, że mieszka na Orzeszkowej. Zapytał, czy ma męża. Wzruszyła ramionami – kto by tam chciał taką jak ona, ona jest już stracona. Powiedziała, że mieszka z matką, ale matka wyrzuciła ją z domu, więc nie ma gdzie spać. Nagle przeraził się, że ktoś może pomyśleć, że zaczepia dworcową dziwkę. Chciał już to przeciąć. Chwiała się przed nim na miękkich nogach, z trudem otwierając oczy: – Dla mnie i tak już nie ma żadnego życia. Ja się zabiję.

– E, tam... – demonstracyjnie wyraził niewiarę w jej plany. Ale to, co powiedziała, wydało mu się ciekawe. To by było dopiero, gdyby jutro, przeglądając gazety, przeczytał w kronice wypadków, że samotna kobieta bez dokumentów, nocująca na dworcu, skoczyła koło trzeciej nad ranem pod lokomotywę ekspresu wjeżdżającego z hukiem na peron pierwszy... Może ją teraz widzi po raz ostatni? Obejrzał ją od góry do dołu, z chłonną ciekawością znawcy wyceniającego klejnot, który wkrótce zostanie zgnieciony na miazgę pod kołami pociągu. Poczuł przypływ zniechęcenia i obojętności. Już go trochę nudziła. Właściwie cóż by się takiego stało, gdyby skoczyła? Jedno nieszczęście mniej.

Tak właśnie wtedy pomyślał: jedno nieszczęście mniej. Gdyby tak pochylać się nad każdym, serce by pękło, a serca musi przecież starczyć na całe życie. Nikt na Ziemi nie wytrzymałby takiej próby.

Przez moment chciał ją nawet zabrać do McDonalda. Kupi pizzę albo hot doga. Ale gdy sięgnął po walizkę, rozmyślił się. Jeśli ona jest naprawdę na głodzie, po co przedłużać jej męki? Niech ćpa. Chwila ulgi też coś warta. Świat wydał mu się paskudnym miejscem, z którego wszyscy uciekają; tyle że jedni robią to elegancko, inni wstrętnie – ale jakaż właściwie różnica? Sięgnął do kieszeni. Otworzył skórzaną portmonetkę. Wyjął monetę o dość wysokim nominale. W końcu jest dorosła. Niech robi, co chce, tylko niech wreszcie stąd zniknie. Zdziwiona wzięła monetę w dwa palce jak hostię, obejrzała ją uważnie z obu stron, nie dowierzając, że pieniądz jest prawdziwy, po czym, nawet nie spojrzawszy na niego, odeszła w stronę Rossmanna, poprawiając na ramieniu swoją ciężką torbę z czarnej folii.

Patrzył na nią jak na odlatującego ptaka. Szła chwiejnie. Pochylona. Z głową w ramionach, z postawionym kołnierzem, skulona, na miękkich nogach, z dłońmi w za długich rękawach włochatej kurtki, jakby marzła, chociaż był czerwiec. Potargane włosy z odrostami świeciły na jej głowie – żółte, nastroszone płomyki. Na dworcowym zegarze duża wskazówka przesunęła się na drugą trzynaście. Zza ścian dobiegł stłumiony łoskot kół. To spóźniony krakowski wjeżdżał na peron pierwszy. Ludzie ociężale zwlekali się z krzeseł, poprawiali na sobie zmięte ubrania, sprawdzali zamki walizek, zapinali plecaki z aluminiowymi stelażami jak nurkowie szykujący się do zejścia pod wodę. Wstał i poszedł za nimi do tunelu. Gdy był już na schodach, obejrzał się, ale kobiety, której dał monetę o dość wysokim nominale, nie było już w hali dworcowej.

Wielkie drzwi dworca były otwarte i była za nimi noc.

# Gmach prawa

Z Krakowa wrócił we środę wieczorem.

Była dziesiąta trzydzieści, więc zanim się położył, trochę posiedział przy komputerze. Ściągnął z serwera parę e-maili, odpisał na dwa (do Leonarda ze Sztokholmu, do doktora N.), a gdy zegar na kościele cystersów wybił jedenastą, wziął się do swego ulubionego zajęcia.

Trudno to zresztą było nazwać zajęciem. Ot, po prostu od jakiegoś czasu bawiło go – jak to sobie żartem nazwał w myślach – magiczne oswajanie zdarzeń. Piękny zamiar! Przyłapać – taka formuła przyszła mu do głowy – los na gorącym uczynku. Zastawić sieć na niewidzialnego motyla.

– Co ty tam robisz? – Janka zaglądała do pokoju, w którym siedział przy klawiaturze. – Zaraz będzie dwunasta! Chodź spać! – Ach, nic takiego – odpowiadał niedbale, jakby robił coś wstydliwego. – Coś jeszcze muszę dokończyć. Postanowił, że co parę dni będzie wprowadzał do pamięci komputera surowy, niepoddany żadnej selekcji materiał wrażeń, wspomnień i obserwacji. Ot tak, na wszelki wypadek. Trochę śladów życia. Jakby wrzucał do pudła cząstki rozsypanych puzzli. Kto wie, może kiedyś da się z tego ułożyć jakąś całość. Czynił to nawet dość systematycznie. Na dysku C parę folderów. Zdjęcia ludzi, których właśnie poznał (miał dobry aparat cyfrowy, robił zdjęcia przy każdej okazji). Wycinki z gazet. Plany miast, które znalazły się na trasie jego podróży. Rozkłady jazdy. Daty urodzin przyjaciół i znajomych. Rachunki. Numery telefonów. Uwagi do przeczytanych książek. Listy, faksy. Zapisy snów i przejęzyczeń. A nawet kolorowe fotografie chmur robione z balkonu i mapy pogody ściągnięte z Internetu.

Więc i teraz w paru słowach opisał nocne spotkanie na dworcu, dołączając kolejne zdarzenie do chaotycznego dossier.

Rozbierając się rzucił okiem na ekran telewizora. Suche, gorące powietrze – mile uśmiechnięty spiker pokazywał płynnymi ruchami dłoni kierunek wiatrów – nadciągało z południa. Miało dosięgnąć miasta o świcie. Wyż znad Sycylii jak różowa plama egzemy powoli pełzł przez zielone równiny Europy w stronę ciemnoniebieskiego Bałtyku.

Wstał o siódmej. W pokoju było duszno. Janka już krzątała się w kuchni: – Chcesz kawy? Zobacz, jaka dzisiaj pogoda! Tylko iść na plażę! A my gdzie? Do roboty! Spojrzał w okno. Słońce jeszcze nie wspięło się zbyt wysoko nad ujściem Wisły. Szpiczaste wieże Katedry, widoczne za drzewami Parku, przesłaniała sinawa mgiełka upału.

Tymczasem na zielonych równinach między Renem a Dniestrem rosła temperatura i liczba zawałów. Włączył telewizor. W Berlinie beczkowozy polewały jezdnię alei Unter den Linden, szklana kopuła Reichstagu – na ekranie pojawił się szary gmach – lśniła jak przeźroczysta bania wielkiego saturatora z wodą sodową, pokryta kroplami rosy, tylko czarnoskórzy auslanderzy, wygrzewający się na trawnikach Tiergartenu, oddychali z ulgą, że „w tej Europie" nareszcie jest słońce jak trzeba.

Był to więc jeden z tych zwykłych pięknych dni lipcowych, których wielki kalendarz kosmosu ma w nadmiarze, choć ludzkość z zadziwiającym uporem lubi w nich widzieć zapowiedź rychłego rozbłysku gwiazdy Piołun, która – jak mówią legendy – od milionów lat cierpliwie płonie nad Ziemią, by w stosownym momencie spopielić ją na proch.

Pamiętał, że śniadanie zjedli z Janką w kuchni. Kawa, którą wypili bez pośpiechu, była mocna i smaczna. Z domu – to też dobrze zapamiętał – wyszedł za piętnaście ósma. Na dziedzińcu gmachu sławnego uniwersytetu imienia Artura Schopenhauera, do którego kierował swoje kroki, gromadziły się już pierwsze grupy młodych ludzi. Ocierano pot z czoła. Przeglądano notatki. Gdy lipową aleją szedł w stronę przystanku, rzucając okiem na postrzępione obłoczki nad wieżami Katedry, w Rzymie na rozżarzonym placu św. Piotra trwały już ostatnie przygotowania do kolejnej audiencji dla pielgrzymów z Północy. Papież brał w swoim apartamencie chłodny prysznic.

Egzamin na prawie zaczynał się o dziewiątej, miał do śródmieścia pół godziny, więc nie musiał się śpieszyć. Wsiadł do czerwonej szóstki i stanął przy oknie.

Gmach prawa, do którego jechał – wielki budynek ze szwedzkiego granitu z dwiema wieżami, zielonym dachem i szklaną kopułą – wznosił się naprzeciw Żurawia na północnym krańcu Wyspy Spichrzów. Ciężki, kilkupiętrowy, na fundamencie z czarnych głazów, dobrze widoczny z Długiego Pobrzeża, już z daleka przyciągał uwagę barokową bramą, przez którą od strony Zielonego Mostu i ulicy Stągiewnej wchodziło się na szeroki, brukowany dziedziniec. Na dziedzińcu stał kamienny posąg Temidy w greckiej szacie, dzieło sławnego Abrahama van den Blocka. Grecka bogini, wyrzeźbiona w białym marmurze, trzymała w rękach wagę i miecz błyszczący w słońcu jak złota iglica piorunochronu.

Mówiono, że gmach prawa wzniesiono za cesarza Wilhelma, ale Jakub ilekroć patrzył z Długiego Pobrzeża na kamienne mury o barwie ciemnej, moguncki czerwieni, tylekroć nie mógł się oprzeć wrażeniu, że ta budowla stała tu od zawsze. Dachy z zielonej miedzi, wykusze, płaskorzeźby, attyki, galerie, kolumnady piętrzyły się na kolejnych kondygnacjach niczym blanki niezwyciężonej cytadeli. Ktoś, kto zbudował ten gmach, musiał z pewnością lubić ciemne witraże z grubego szkła w neogotyckich oknach, zawiłe sztukaterie nad dębowymi drzwiami do audytoriów i spiralne schody z zimnego marmuru, po których można było wejść wysoko, aż pod samą szklaną kopułę z tysiącem mosiężnych gwiazd na wklęsłej powierzchni, która w nocy, gdy w westybulu odbywały się uniwersyteckie uroczystości i koncerty dla gości z miasta, świeciła nad rzeką jak podświetlona od wewnątrz muszla.

Jakub miał swój pokój w lewym skrzydle gmachu i lubił tam siedzieć do wieczora. Gdy zaczynała się noc, znad swoich papierów patrzył na srebrną powierzchnię rzeki. Błyski księżyca, odbite w wodzie, wędrowały po suficie i przepływając leniwie z lustra do lustra, zapalały iskrę życia w wygasłych źrenicach Schopenhauera, Heveliusa, Fahrenheita, Hegla i Nietzschego, wielkich nauczycieli ludzkości, których poczerniałe portrety wisiały na ścianach. Kolekcja minerałów, którą kiedyś ułożył pod szkłem na dębowych półkach pod oknem, wierząc, że ametysty przynoszą mu szczęście, w sennym migotaniu rzeki nabierała łudzących pozorów życia. Akwarium pełne fosforyzujących ryb. Monitory ustawione pod ścianami wyświetlały w pustkę niekończące się kolumny cyfr. Widok magnetycznych dysków, które wiecznie obracały się pod białymi pokrywami, cierpliwie nawijając na niewidzialne wrzeciono przeźroczystą nić Czasu, prawdziwie koił nerwy.

Echo w głębi korytarzy powtarzało każdy krok nocnych strażników, którzy powoli przechodzili pod drzwiami pokoju. W takich chwilach zdawało mu się, że granitowy gmach, poruszony ledwie wyczuwalnym drżeniem, już za chwilę zsunie się z fundamentów i popłynie z prądem rzeki, ku ujściu, jak zerwana z lin Arka, pełna starych ksiąg, komputerów, skanerów, barometrów i lunet astronomicznych. Nawet za dnia, gdy rzeka, widoczna z okna, rozjaśniała się w słońcu, jej leniwy nurt bardziej przypominał mroczne rozlewiska podziemnego jeziora niż wodę wytrwale zdążającą ku morzu.

A przecież miasto w swoich długich dziejach zaznało wielu błogosławieństw. Odwiedził je ponoć nawet sam Jezus. Jakub dobrze pamiętał sławny obraz holenderskiego malarza zawieszony w głównej sali Ratusza, na którym czarnowłosy Bóg w czerwonej szacie rozmawiał z przechodniami na ulicy Długiej jak z dobrymi znajomymi. Scena ta zawsze go rozczulała i budziła w sercu dobre uczucia. Lubił o niej myśleć, gdy wracał do domu przez pogrążone w mroku dzielnice.

# Złoty pelikan

Dziwne to były czasy.

Kto chciał studiować, musiał poddać się bolesnej próbie. Kto próby nie przeszedł pomyślnie, spadał w poniżenie i wstyd. Gdy zaś był w wieku, w jakim ciało mężczyzny prezentuje się najlepiej, natychmiast trafiał w nieczułe ręce armii, co napawało prawdziwym przerażeniem młodych wielbicieli Prousta, Umberto Eco, Tolkiena i Marqueza, którzy woleli wytarte dżinsy marki Levi Strauss i luźne swetry z powyciąganymi rękawami od mundurowej kurtki w kolorze zgniłej zieleni, z metalowymi guzikami, na których widniał wizerunek drapieżnego ptaka.

Pierwszego lipca na piaszczystej równinie, która rozciągała się między lesistymi szczytami Karpat a brzegami zimnego Bałtyku, ważył się niepewny los setek tysięcy młodych kobiet i mężczyzn. Od rana niespokojne tłumy kłębiły się przed gmachami uniwersytetów. Samotni desperaci, którzy postawili wszystko na jedną kartę, byle by tylko „dostać się na studia". Dziewczyny w białych bluzkach ze sztucznego jedwabiu i skromnych plisowanych spódniczkach, kurczowo ściskające w palcach notatki, jakby zapisana maczkiem kartka miała moc magicznego amuletu. Starannie uczesani synowie kolejarzy i stoczniowców w spryskanych wodą kolońską garniturach z taniej wełny, liczący na to, że widok skromnej elegancji zmiękczy nieubłaganą twardość komisji egzaminacyjnej.

A Jakub jednym kiwnięciem palca decydował o ich losach.

Gdy oni z drżeniem zbliżali się do gmachu prawa, wpatrzeni w surowy posąg Temidy ze złotym mieczem w marmurowej dłoni, on, odprężony, z lekka znudzony, spokojnie jadąc czerwoną szóstką w stronę Uniwersytetu, niedbale przeglądał poranną gazetę i nawet nie myślał o tym, że podobny egzamin zdawał w młodości.

Do gmachu prawa wszedł parę minut przed dziewiątą. Niebo nad miastem było wysokie, czyste. Komisja zasiadła już w sali numer IX za zielonym stołem, na którym, obok kryształowego wazonu z czerwonymi goździkami, stały krakersy w salaterce, woda mineralna Volvic, siedem filiżanek i srebrny termos do kawy. Uprzejmie powitał wszystkich, starannie rozłożył swoje papiery na zielonym suknie, wyjął złotego pelikana z czarnego etui, sprawdził pod światło, czy stalówka jest czysta.

Egzamin rozpoczął się o dziewiątej osiem. Komisja składała się z pięciu osób, które promieniowały życzliwością, by majestatem urzędu nie płoszyć tych, którzy za chwilę mieli stanąć przed zielonym stołem. Przewodniczący, kudłaty profesor Mulda w luźnej marynarce z rudego sztruksu. Smukła doktor Kublik o złotych lokach, pięknie spiętych nad lewym uchem perłową klamerką. Kulejący, wiecznie pochylony jak bocian szukający żab, doktor Pawelski w srebrzystym swetrze z góralskimi motywami. Sekretarz komisji, suchy, skupiony magister Malecki w złotych okularach i czarnej koszuli z białym krawatem. Tajemniczy doktor Koterwa, zwalisty, szeroki w biodrach, w wymiętej marynarce z granatowego pluszu, różowy na twarzy, z wydatnym, okrągłym nosem, łagodnie uśmiechnięty, przystępny jak świeżo przebudzony miś koala.

Rytuał próby był prosty. Najpierw ubrani w odświętne stroje młodzi ludzie losowali pytania wypisane na wąskich paskach papieru, które wachlarzowato rozłożono na zielonym suknie. Po odpytaniu każdego kandydata Jakub wpisywał obok nazwiska cyfrę arabską – znak zwycięstwa bądź klęski. Długa kolumna nazwisk ciągnęła się przez całą kartkę.

Do jedenastej wszystko szło gładko. Drobne komplikacje zaczęły się po przerwie. Ktoś, kto już zdążył odpowiadać z historii, zajmował miejsce kogoś, kto nie zdążył jeszcze odpowiadać z geografii. Ktoś, kto był na liście jedenasty, zdawał jako dziesiąty albo piętnasty, zajmując miejsce kogoś, kto na egzamin nie przyszedł. Jakub uważnie przesuwał złotą stalówkę wzdłuż kolumny nazwisk, odnajdywał stosowne nazwisko, po czym do stosownej rubryki starannie wpisywał stosowną cyfrę. Raz pomylił się i cyfrę z rubryki 32 wpisał do rubryki 33 – różnica dwóch milimetrów – ale od razu poprawił błąd. Wzmógł czujność i znów wszystko poszło gładko.

Koło południa otwarto okna. Słońce stało już nad Zieloną Bramą. Na skroniach profesora Muldy pojawiły się kropelki potu. Lipiec prażył z wysoka. Skrzydła wentylatorów bezsilnie wirowały pod sufitem. Zdjęto marynarki. Podwinięto rękawy koszul. Rozluźniono krawaty. Jakub czuł na plecach coraz mocniejsze dotknięcia gorąca. Błysnęła obrączka na palcu i złota stalówka pelikana.

Kolejni kandydaci podchodzili do zielonego stołu. Ich rysy zacierały się w smugach słonecznego światła. Mimo to starał się nie tracić wątku. Z głową opartą na dłoni uważnie wsłuchiwał się w każde słowo, choć gwar dobiegający od strony komisji geograficznej i historycznej rozpraszał uwagę. Jakaś dziewczyna w czerwonym sweterku donośnie perorowała o gospodarce Niemiec z epoki Erhardta. Rudy chłopak w czarnym garniturze śpiewnie opowiadał o imperium Karola Wielkiego. Ufarbowana na niebiesko blondynka rozwodziła się nad sprzecznościami rewolucji Cromwella. Jakub zadawał pytania dodatkowe, domagał się uściślania pojęć, sprawdzał, czy kandydaci myślą samodzielnie, czy tylko powtarzają zdania z podręcznika, słyszał, jak ktoś mówi o lady Macbeth, ktoś inny omawia znaczenie Sokratesa, ktoś inny mozolnie układa klasyczną definicję prawdy, ale po jakimś czasie osobne głosy zaczęły zlewać się w monotonny szum, w którym myśl tonęła jak łódź z przebitym dnem w sennych rozlewiskach tropikalnej rzeki.

Przy czterdziestym siódmym kandydacie poczuł lekkie rozdrażnienie. Przez chwilę chciał nawet poprosić szefa komisji o parę minut przerwy, by trochę dojść do siebie, pojął jednak, że nie miałoby to sensu. Obie komisje – historyczna i geograficzna – wyraźnie przyśpieszyły tempo. Doktor Pawelski i profesor Mulda chcieli skończyć dzisiaj przed trzecią, upał był przecież nie do zniesienia. Rzucił okiem na swoją listę. On także powinien przyspieszyć.

Zrezygnował więc z pytań uściślających. Postanowił tylko słuchać. Domagał się zwięzłych odpowiedzi. Trochę to peszyło niektórych kandydatów, ale cóż, takie jest życie: trzeba umieć zwięźle odpowiadać na zwięzłe pytania. Ktoś w seledynowej bluzce z bursztynową broszką zaczął swoją wypowiedź w krasomówczym stylu. Natychmiast uprzejmie, lecz stanowczo przerwał ten popis. Tu nie miejsce na próżność. Następne osoby mówiły już krótko i węzłowato. Czuł, że nadal sprawie dobry rytm. Jeśli nie straci tempa, na pewno zdąży przed tamtymi. Uważnie wpisywał arabskie cyfry przy kolejnych nazwiskach. Złota stalówka pelikana miękko wędrowała po papierze. Równe rządki niebieskich, pochylonych literek. I jak zawsze: przewaga dostatecznych, trochę dobrych, reszta niedostateczne.

Koło godziny czwartej było już po wszystkim. Ostatni kandydat zniknął za drzwiami. Resztę przepytają jutro. Zapachniało swobodą. Doktor Pawelski przeciągnął się: – No, nareszcie... Profesor Mulda wytarł czoło chusteczką: – A teraz łyczek kawy i do domu! Jakub odpowiedział im uśmiechem. Skończył odpytywać prawie równocześnie z nimi. Czekali na niego tylko trzy minuty. Wszyscy zgodzili się, że z uwagi na dość wyjątkowe okoliczności papiery zdających komisja wypełni jutro przed rozpoczęciem egzaminu. Profesor Mulda przerzucał już marynarkę przez ramię i zapinał teczkę. Bardzo się śpieszył na ważne prywatne spotkanie, podobno z samym ministrem, kolegą ze szkolnych lat, który właśnie przyjechał nad morze trochę wypocząć. Teraz w gmachu prawa nie sposób oddychać, a cóż dopiero mówić o owocnej pracy. W takich warunkach o pomyłkę nietrudno. Do miłego zobaczenia zatem!

Następnego dnia o mały włos się nie spóźnił. Wbiegł po schodach na pierwsze piętro, wpadł do sekretariatu, było tu parę osób, pachniało kawą, uśmiechnął się do pani Jarockiej, pomachał panu Mosakowskiemu: – Dzień dobry, dzień dobry, sięgnął do teczki – i zamarł z przerażenia. Protokół z wczorajszego egzaminu! Zostawił w domu? Przecież nawet nie otwierał teczki! Zgubił? Ale gdzie? Zaczął gorączkowo przewracać papiery. Z teczki wysypały się kartki maszynopisu, notatnik, grzebień, okulary, przyklęknął, zaczął to wszystko zbierać z podłogi i wtedy kątem oka zobaczył dziewczynę w niebieskiej sukience z indyjskiej bawełny.

Podeszła bliżej. Obok swojej ręki zbierającej kartki ujrzał łydkę opleconą cienkim rzemykiem, bosą stopę w sandałku... Czego ona chce? Nie widzi, co się dzieje? A dziewczyna przyklęknęła, jakby chciała mu pomóc: – Proszę pana – mówiła cicho – ja wczoraj zdawałam u pana, ale na liście jest tylko 10 punktów. To musi być jakaś pomyłka, bo ja przecież... Jakub poczuł chłód w piersiach. Pomyłka? O czym ona mówi? Niecierpliwie machnął ręką: – Żadna pomyłka.

Jeśli jest 10 punktów, to znaczy, że pani nie zdała. Czy pani to rozumie?

A dziewczyna odgarnęła włosy: – To jakaś pomyłka, na pewno, sama widziałam, jak pan kiwa głową, że ja dobrze odpowiadam, a potem, kiedy odchodziłam od stołu, widziałam, jak pan wpisuje ocenę dobrą. – O co pani chodzi? – myślał teraz tylko o tym przeklętym protokóle. W sali numer IX na pewno go nie zostawił. Gdy wychodził, włożył wszystkie papiery do teczki. Jeśli teraz nie znajdzie… Oczywiście może przepisać punktację z wywieszonej listy. Wtedy nie będzie sprawy… Boże drogi – pokręcił głową – jak mógł w ogóle o tym pomyśleć!

Kątem oka spojrzał na dziewczynę. Właściwie nic nadzwyczajnego, szczupła, niezbyt wysoka, tylko te jasnopopielate włosy, gładkie, połyskliwe, rozczesane na środku głowy, odsłonięty łokieć i ten ruch ręki… Wskazującym palcem założyła kosmyk za ucho, różowe paznokcie, szyja, mleczny odcień cery… Wszystko leciało mu z rąk. Znowu coś do niego mówiła, pochylona, uprzejma, napięta, podniosła ołówek, kalendarz, podała mu nakrętkę od pelikana, widział jej palce, ale jej nie słuchał: – Proszę panią, ja zaraz zaczynam egzamin! Czy pani to rozumie?

Odsunął ją i wyszedł z pokoju. Szedł korytarzem do sali numer IX jak na ścięcie. Jeśli go teraz Mulda zapyta o ten przeklęty protokół… Przed drzwiami nabrał oddechu jak przed skokiem do głębokiej wody, potem znów machinalnie sięgnął do teczki, pogrzebał w papierach i wtedy spod notatek o Heglu nagle wysunęła się znajoma kartka. Jest! Po prostu skleiła się z maszynopisem. Gorąco zalało piersi. Boże, co za ulga.

Otworzył drzwi i z protokołem wszedł do sali numer IX jakby wynurzał się z podziemnych ciemności ze złotą gałązką jemioły w palcach. Cała sala numer IX, która nocą przypominała salę w zamku Otranto, pełną nietoperzy i pajęczyn, teraz oślepiła go słonecznym blaskiem. W otwartych oknach rzeka, wysokie niebo! Aż zmrużył oczy. Rozmigotane światła, które tańczyły na ścianach, na suficie, na twarzach członków komisji, załamywały się w szklankach, butelkach, kryształowych popielniczkach i wazonach, przeskakiwały na poczerniałych ze starości portretach. Nawet w zimnych źrenicach Hegla, Schopenhauera i Nietzschego zapalały się żółte, wesołe ogniki, jakby surowe oblicza wielkich nauczycieli ludzkości złagodniały na moment w tym koncercie jasności. Usiadł przy zielonym stole, odetchnął głęboko i przez dłuższą chwilę wsłuchiwał się w coraz spokojniejsze bicie serca.

Zaczął sobie wyrzucać, że chyba jednak trochę za ostro obszedł się z tamtą dziewczyną. W końcu mógł to załatwić bardziej elegancko. Niepotrzebnie się uniósł. Przez moment postanowił, że zaraz do niej wyjdzie i załagodzi sprawę. Nawet zakręcił pióro i odłożył na zielone sukno. Było już jednak za późno: pierwsi kandydaci podeszli do stołu i zaczęli losować zestawy pytań. Zresztą – mimowolnie wzruszył ramionami – jeśli ona ma do niego naprawdę uzasadnioną pretensję, to zaczeka do przerwy.

Przerwę ogłoszono o dwunastej. Profesor Mulda nachylił się: – Panie kolego, tu jakaś dziewczyna mówi, że zaszła jakaś pomyłka. I że z panem rozmawiała... Jakub spojrzał na niego jak na naprzykrzające się dziecko: – A tak, przypominam sobie – mruknął. – Ale nie było żadnej pomyłki. Po prostu dostała za mało punktów. A teraz coś sobie ubzdurała i chce na nas wymusić... Profesor Mulda ściszył głos: – Może jednak rzuciłby pan jeszcze raz okiem do protokółu... Jakub wzruszył ramionami: – Już sprawdziłem. Nie zdała. Dostała 10 punktów. Podniósł głowę i po raz pierwszy tego dnia spojrzał profesorowi Muldzie prosto w oczy: – Czy pan zdaje sobie sprawę z tego – powiedział z przyciskiem, przez mgnienie rozkoszując się twardym brzmieniem swojego głosu – co by się stało, gdybyśmy uznali jej reklamację? Gdyby to się rozniosło, każdy mógłby tu przyjść i zakwestionować wyniki całego egzaminu. Nie sądzi pan, że mogłoby to pociągnąć za sobą bardzo dla nas niekorzystne konsekwencje? Profesor Mulda popatrzył na niego uważniej. Był w tym spojrzeniu respekt i jakby cień odrazy.

Jakub miał już dosyć tej sprawy. Wyszedł na korytarz, rozejrzał się, ale dziewczyny nigdzie nie było. Pokręcił głową. Więc nawet nie chciało jej się zaczekać...

Lecz jeśli nawet – pomyślał, schodząc po schodach na dziedziniec – rzeczywiście wpisał obok jej nazwiska za małą liczbę punktów – cóż z tego? W takim upale, gwarze, gadaninie, niepokoju? Są chwile, w których nie należymy do siebie. Wystarczy moment, a kierownica wypada z rąk i szkolny autobus rozbija się na przydrożnym drzewie. Oczywiście, każdy odpowiada za to, co robi – ale w głębszym sensie? Przecież mówić, że zawsze dokładnie wiemy, co robimy, to pleść głupstwa. Żyjąc – to określenie wydało mu się nadzwyczaj trafne – balansujemy między obecnością a nieobecnością. Prawo, rzecz jasna, nie chce nawet o tym słyszeć. Interesuje się tylko faktami i konsekwencjami faktów. Mówi: zrobiłeś to, co zrobiłeś, teraz musisz zapłacić. Ale czyż nasze życie nie jest pasmem pomyłek, zapomnień, przeoczeń, potknięć? Przypadek bez przerwy psuje nam szyki. I to nawet w najważniejszych chwilach życia. Iluż to z nas na przykład zawraca z przystanku do domu, by sprawdzić, czy rzeczywiście zamknęliśmy własne mieszkanie na klucz? No, kto z czystym sercem powie, że nigdy tego nie zrobił?

Więc jeśli ona nie miała szczęścia do przypadku – trudno, jej wina.

Szedł szybko przez brukowany dziedziniec w stronę Zielonego Mostu i chociaż nikt nie domagał się od niego żadnych wyjaśnień, toczył spór z niewidzialnym przeciwnikiem.

– Te przeklęte, wiecznie zapchane uniwersytety! Setki tysięcy młodych ludzi przesiewane jak żwir na budowie przez sita egzaminów, testów, kolokwiów. Pośpiech, nerwy, napięcie! Cóż się dziwić? Zresztą – nagle przypomniał sobie to, co rano przeczytał w gazecie, gdy jechał szóstką na Wyspę Spichrzów – podobno w samej Ameryce w rezultacie pomyłek, przeoczeń, zapomnień ginie około dziewięćdziesięciu tysięcy pacjentów rocznie. Amputacja zdrowej kończyny, materiały chirurgiczne zostawione w ranie, utrata wzroku po operacji zaćmy, niewykonanie cięcia cesarskiego na czas, nierozpoznanie guza piersi na zdjęciu mammograficznym. Co roku dziewięćdziesiąt tysięcy ludzi idzie w Stanach do piachu, bo ktoś się po prostu pomylił! Ale przecież nikt z tego nie robi krzyku! Takie są prawa życia.

Potem o całej sprawie zapomniał. Było tyle innych spraw. Wyjechał na wakacje, chodził po górach, leżał na słońcu, zbierał jagody i grzyby, tańczył w kawiarni, jeździł na rowerze, pływał kajakiem. Janka miała rację: zmiana miejsca dobrze mu zrobiła. Poczuł się psychicznie wzmocniony, rześki, mocny. Kiedy chwilami myślał o zdarzeniach z pierwszego lipca, miał wrażenie, że to wszystko mu się po prostu przyśniło.

Wykłady rozpoczął drugiego października.

Tydzień później, we wtorek, zmęczony i trochę roztargniony zszedł do kawiarni w gmachu prawa, siadł przy oknie i sącząc przez słomkę sok pomarańczowy, nieśpiesznie przeglądał poranne gazety, których nie zdążył przejrzeć w szóstce. Z głośników płynęła jakaś muzyka smętna i sentymentalna. Od czasu do czasu znad gazet rzucał okiem na Żuraw po drugiej stronie kanału. Popołudnie było piękne, słońce wciąż jasne, chłodny, orzeźwiający wiatr od strony wody. Poczuł się prawdziwie odprężony. Złota pogoda października! Tłumy na Długim Pobrzeżu kręciły się pod kolorowymi parasolami.

Przy sąsiednim stoliku siedziało parę osób. Nie słyszał o czym mówili, ale gdy muzyka trochę przycichła, doleciało do niego kilka słów, które nagle ułożyły się w czytelne, choć urywane zdania: ...więc ta dziewczyna chciała, żeby sprawdzili, czy nie zaszła jakaś pomyłka. Była przekonana, że to nieporozumienie... ale spławili ją... Jak się nazywała?... Czekaj, jakoś tak na -owicz czy -aniewicz... e, nie, chyba jakoś inaczej... zresztą nie wiem. – I co się z nią stało? – Jak to co? Po dwóch czy trzech dniach po tym fatalnym egzaminie odebrała sobie życie. – To było u nas? – No tak, u was, na prawie.

Siedział jak skamieniały. Tamci zamilkli. Odniósł wrażenie, że teraz patrzą na niego. Nagle przypomniał sobie to, co mu się przydarzyło na trzecim roku studiów.

Stare dzieje! Ileż to już lat!

Letnia sesja. Egzamin u sławnego profesora Tyca. Historia prawa. Napisał cztery strony. Zmiany we francuskim prawodawstwie po ścięciu Ludwika XVI. Wieczorem, pogodny, rześki, pewny siebie jak nigdy, podszedł do tablicy, na której wywieszono wyniki – i swojego nazwiska nie znalazł na liście! Cóż to znowu? Od razu zapukał do drzwi Tyca, by wyjaśnić nieporozumienie.

Profesor Tyc skończył właśnie siedemdziesiąt lat. Ze swoją ziemistą cerą w kolorze piwa, z ciemnymi rumieńcami na zapadniętych policzkach, z zagiętym nosem, wypukłymi oczami, długą, jaszczurczą szyją i ostrym jabłkiem Adama, przypominał wyleniałego kondora. Starannie ostrzyżony na siwego rekruckiego jeżyka, nosił kraciaste marynarki z miękkiej wełny i wąskie spodnie z mankietem. Pod szyją wiązał krwistoczerwoną muszkę w pomarańczowe grochy. Golił się podobno dwa razy dziennie, obficie skrapiał ciało wodą kolońską Fahrenheit i nie uznawał istnienia studentów bez garnituru z krawatem. W bitwie o Anglię latał na spitfajerach.

Pukając do gabinetu Tyca, Jakub uświadomił sobie, że ma na sobie czarne dżinsy i różową koszulę, którą dostał od

Janki na imieniny, ale było już za późno. Profesor Tyc spojrzał na niego zza prostokątnych okularów (czyste szkiełka na złotym druciku) pustym wzrokiem człowieka zawalonego jałową robotą: – O co chodzi? Jakub, stojąc w uchylonych drzwiach, szybko wyłożył sprawę. Tyc rzucił na biurko gruby plik kartek, który trzymał w palcach: – Czy pan rozumie, młody człowieku, że zabiera mi pan czas!? Nie widzi pan, ile mam do sprawdzenia?! A że nie ma pana na liście? Bo kartka się skończyła, kochany panie, więc komputer nie miał gdzie wydrukować nazwiska! – Ale czy mógłbym wiedzieć – Jakub poczuł, że blednie – jaką dostałem ocenę? Profesor Tyc obiema rękami zagłębił się w stertę papieru podaniowego, która piętrzyła się przed nim na biurku, ale pracy Jakuba nie znalazł. – Pan zaczeka za drzwiami – warknął pochylony nad papierami. – Zaraz znajdę tę pana enuncjację. Na jego różowym, wygolonym karku błysnęła sinawa blizna po kuli z messerschmitta, ślad po lotniczym pojedynku nad kanałem La Manche.

Jakub wyszedł na korytarz i stanął pod drzwiami gabinetu. Mijały minuty. Tyc go nie wzywał. Przysunął ucho do drzwi. Po chwili usłyszał blaszany głos Tyca i kogoś jeszcze: był to zapewne głos doktora Kuźnara. – Niech tam postoi sobie za drzwiami – powiedział Tyc do doktora Kuźnara. – To przechodzi pojęcie, jacy oni teraz bezczelni! Nie chce im się uczyć i jeszcze mają jakieś pretensje! Gdzie się, do diabła, podziała ta jego praca? Za drzwiami dały się słyszeć wściekłe szelesty papieru rytego z furią obiema dłońmi. – Powiedz mu, że dostał trzy i będziesz miał to z głowy – doradził flegmatycznie doktor Kuźnar. Jakub, jakby go dźgnęły te słowa, gwałtownie otworzył drzwi. Tyc kwaśno spojrzał na niego znad sterty papieru: – Jest pan jeszcze? Dostał pan dwóję. Jakubowi zbielały palce zaciśnięte na zimnej klamce. – To niemożliwe. Byłem dobrze przygotowany. Sprawdziłem wyniki. Odpowiedziałem na wszystkie pytania. Chciałbym zobaczyć moją pracę.

Zobaczyć swoją pracę?

Naraz przeraził się. Przecież jeśli będzie naciskać, a praca się nie znajdzie, Tyc odbije sobie na nim przy pierwszej okazji. Więc od razu, tłumiąc wzburzenie, zaproponował kompromis: – Proszę, żeby pan profesor jeszcze zajrzał do swojego notesu. Tyc, znudzony tym naprzykrzaniem się, wzruszył ramionami: – A tak, przypominam sobie, dostał pan trzy plus. – Nie zgadzam się – Jakub powiedział przez zaciśnięte zęby. – Byłem dobrze przygotowany. Zasługuję na ocenę dobrą. Cały dygotał ze wzburzenia. Gdyby teraz miał w ręku siekierę... Tyc spojrzał na niego lodowato. Ciemny rumieniec wystąpił mu na świeżo wygolone policzki, jakby za chwilę wewnętrzny ogień miał mu czaszkę rozerwać na strzępy. – Pan da indeks – wyciągnął w furii dłoń z grubym sygnetem na małym palcu i mocno przyciskając do papieru stalówkę zielonego parkera, wpisał do rubryki „Historia prawa" „trzy plus", po czym rzucił indeksem w stronę Jakuba. Jakub schylił się, podniósł indeks z podłogi i drżąc z wściekłości, wyszedł na korytarz. Gdy zamknął za sobą drzwi gabinetu, splunął na grawerowaną tabliczkę z napisem *Prof. dr hab. Juliusz S. Tyc*, przykręconą śrubkami do dębowej framugi.

Przez parę dni nie mógł się podnieść z tego wszystkiego. Więc kiedy w podziemnej kawiarni usłyszał tę niedobrą rozmowę, tamta scena sprzed lat stanęła mu przed oczami jak żywa. Teraz wiedział już dobrze, co musiała czuć dziewczyna w sukience z indyjskiej bawełny. Ale przecież do diabła, nie był żadnym Tycem!

Ach, wreszcie zapomnieć o tej przeklętej sprawie! Tak, to było najrozsądniejsze. I pewnie by o niej zapomniał, gdyby pewnego dnia, szukając jakichś papierów, nie zaszedł przypadkiem do wydziałowego archiwum. Kobietę, która wprowadziła go do długiego, oświetlonego jarzeniówkami korytarza, znał od dawna, więc mógł bez przeszkód zajrzeć do kartotek. Nie miał żadnego planu. W jakiejś chwili pomyślał tylko, że, ot tak, dla świętego spokoju, zajrzy przy okazji do teczek z egzaminów wstępnych. Może sobie przypomni twarz tamtej dziewczyny. Nie wiedział zresztą, co zrobi, jeśli trafi na ślad.

Dopiero po przejrzeniu paru skoroszytów poczuł, że wciąga go ta detektywistyczna robota, trochę poważna, trochę niepoważna. Bo przecież szukał, ale nie wiedział właściwie kogo. Patrzył na fotografie, ale co można zobaczyć na fotografiach przypiętych do podania? Samego siebie trudno rozpoznać na takiej fotografii, cóż zaś mówić o kimś, kogo widziało się parę chwil. Coś mu zamajaczyło w pamięci, przysuwał zdjęcia do światła, dotykał palcami czyichś twarzy, ale – nie, nie mógł sobie niczego przypomnieć... Mglisty obraz rozsypywał się jak cząstki puzzli. Bosa stopa w sandałku, rzemyk na łydce, popielate włosy rozczesane na środku głowy, kosmyk zakładany palcem za ucho, kolor cery, skroń...

Dał więc sobie spokój. Wyobraźnię należało trzymać na uwięzi. Ale w jakiejś chwili ze zdziwieniem uświadomił sobie, że do dalszych poszukiwań pcha go jakieś wstydliwe uczucie niemal fizycznego swędzenia, jakby delikatnie rozdrapywał czubkiem paznokcia ledwie zagojoną rankę na skórze. Coś podobnego poczuł w dzieciństwie, gdy przez dziurkę od klucza zaglądał do sypialni rodziców. Przecież nawet jeśli tamta dziewczyna coś sobie zrobiła – nikt mu nigdy niczego nie udowodni! Aż się zachłysnął poczuciem zupełnej bezkarności, chociaż wiedział, że to podłe i głupie. Tak jakby nagle wsiadł do pancernej limuzyny z kuloodpornymi szybami.

Gdy odnalazł protokół z lipcowego egzaminu, raz jeszcze – już tylko z czystej ciekawości – uważnie przejrzał od góry do dołu listę nazwisk. Stwierdził z ulgą, że żadne nie kończyło się ani na „-owicz", ani na „-aniewicz". Oczywiście, któreś z tych nazwisk było jej nazwiskiem. Ale które?

Dopiero po jakimś czasie pomyślał, że może przyszedł tu właśnie po to, by niczego nie znaleźć. Chciał zamknąć sprawę, zanim rozpoczęła się na dobre?

Miał wrażenie, że odsłoniła się przed nim jakaś mętna ciemność ludzkiego życia, w której nie umiał się poruszać. A najgorsze było to, że wtedy, tam, w gmachu prawa, los (nie wiedział, jak to nazwać) objawił się w takim głupstwie, w zupełnie „śmiesznej sprawie". O, gdyby los dosięgnął go w scenerii potrzaskanych skał, w gromach i piorunach Kaukazu, na pustyniach Synaju albo na lodowych polach Sybiru! Ale tu los nawet nie zasługiwał na to, by go nazwać losem. Ot, po prostu moment nieuwagi, głupstwo, roztargnienie, zbieg okoliczności, nic więcej.

Najbardziej drażniła go nieostrość samego faktu, nieuchwytność sensu, rozmycie znaczeń. Że też właśnie jemu musiało się coś takiego przytrafić! W delikatnej strukturze zdarzenia, którą badał teraz uważnie jak preparat pod szkiełkiem, najważniejszy był element niepewności i – jak to nazwał – nierozjaśnienia. Nie rozumiał, czemu ma służyć próba, której został poddany. Gdyby wina była wyraźna, mógłby pomyśleć o karze. Takie były reguły gry, na które – niech tam! – się godził. Ale on – i to było najważniejsze – bez trudu mógł sobie powiedzieć, że nie ponosi żadnej winy. Bo co właściwie naprawdę zdarzyło się tamtego lipcowego dnia? W końcu nawet jeśli wpisał do protokółu za mało punktów i tamta dziewczyna coś sobie rzeczywiście zrobiła, cóż on na to poradzi, że trafił na wariatkę? Normalna jakoś by to przeżyła.

Mógł więc całą tę śmieszną sprawę zbyć jednym machnięciem ręki. Pomyślał (nie bez pewnej dumy), że tak właśnie postąpiłoby trzy czwarte ludzi zamieszkujących Ziemię. Iluż to z nich powiedziałoby: – Jakubie, daj sobie spokój! To, nie ty, zrobiłeś to, co zrobiłeś. Po prostu stało się i tyle. No, wyluzuj się.

Ale mógł też sobie powiedzieć: – Nie, to ja i tylko ja zrobiłem to, co zrobiłem. *Ego non fatum, non fortuna, non diaboli* – przypomniał sobie pamiętne słowa św. Augustyna. Obie możliwości wydały mu się równorzędne, choć druga – przyznał to – miała w sobie nieco więcej patosu. Teraz obie chwiały się przed nim na szalkach niewidzialnej wagi. Żadna nie przeważała. Mógł wybrać. Przez moment pomyślał, że wszystko zależy od tego, jak nazwie to, co się stało. Jakie wybierze słowo. Mógł to, co się stało, nazwać „chwilą nie-uwagi" albo „podłością", „roztargnieniem" albo „draństwem", „pomyłką" albo „grzechem", „śmiesznym głupstwem" albo „tragedią". Ale chociaż miał te słowa na końcu języka, po-wstrzymał się z ich wymówieniem. Stan nierozstrzygnięcia, w jakim się znalazł, stan zawieszenia, uchylenia się przed podjęciem decyzji, trochę go męczył, ale chwilami – musiał to przyznać – był całkiem przyjemny, a nawet – cóż za okre-ślenie! – podniecający.

O, żeby tak ten stan mógł trwać wiecznie! Trwaj chwilo, jesteś piękna! Czuł się wyróżniony, że tajemnica dotknęła go osobiście, że uchyliła przed nim furtkę i że teraz tak może sobie rozmyślać nad zagadką – jak to określił – „rozumności przypadku", a więc nad podejrzeniem, że w tym, co się stało pierwszego lipca, kryje się jakaś ważna nauka, którą powi-nien zgłębić do dna.

Był ciekaw, kim się stanie.

# Terminal

Kilka dni później, gdy wracał wieczorem z Wyspy Spichrzów, zaszedł na dworzec, by zjeść coś w McDonaldzie. W oświetlonym pasażu, zobaczył człowieka, którego nie widział parę lat. Zwykle obawiał się takich spotkań – zmuszały do odgrywania uczuć, jakich w sercu już dawno nie było – więc i teraz, mijając wystawę McDonalda, zawahał się, czy podejść. Rozpoznał go z trudem. Studiowali kiedyś razem w gmachu prawa. Losy szkolnych kolegów skłaniają do filozoficznej zadumy – pomyślał, gdy uścisnęli sobie dłonie. – Zaczyna się od studenckiego teatru, w którym grupa wiernych przyjaciół przy dźwiękach gitary akustycznej recytuje do prawie pustej sali niezapomniane wiersze Rilkego, kończy zaś na skromnej posadzie rzecznika prasowego w biurze ochrony rządu.

Mężczyzna, który parę minut przed ósmą szedł jasno oświetlonym pasażem dworca, miał na sobie niedbale rozpiętą wojskową kurtkę z wytartym nadrukiem „US Army", czarne dżinsy z mosiężnymi ćwiekami i wysokie buty Camel z żółtej skóry na grubej podeszwie, które poskrzypywały przy każdym kroku. Krótko ostrzyżony, krępy, zwinny, przypominał trochę ochroniarzy z supermarketu Astra. Ogolona, okrągła, różowa głowa z maleńką blizną przy skroni. Ciemne, brązowe oczy. Niewielkie, niespokojne, wilgotne usta. Nazywał się Robert S. i pracował w gmachu komendy policji (nie bardzo chciał się rozwodzić nad tym, jak dostał tę posadę). Gdy więc nie śpiesząc się weszli do restauracji Paradis, by nad kieliszkiem wina powspominać dawne czasy, nagle, podczas rozmowy o wspólnych znajomych, o których obaj w gruncie rzeczy wiedzieli niewiele, zupełnie niespodziewanie dla siebie, z wahaniem, jakby dotykał jakieś sprawy sekretnej i brudnej, Jakub zapytał: – Słuchaj, czy ktoś u was prowadzi ewidencję samobójstw?

Robert uniósł brwi: – Po co ci to? Jakub nie był jeszcze pewien, co zrobi, więc tylko mruknął, że szuka dziewczyny, o której słyszał, że... Robert popatrzył na niego uważniej: – Zabiła się? Jakub kiwnął głową. Robert wyjął papierosa ze srebrnej papierośnicy i ustnikiem postukał w lśniące denko: – Kiedy? – Nie wiem. I nie wiem nawet, jak się nazywała... Ale może gdybym zobaczył fotografię... W palcach Roberta trzasnęła zapalniczka, błysnął niebieski płomyk: – Zajdź jutro na komendę. Rzucisz okiem na zdjęcia. Ale powinieneś wiedzieć, że to nie są miłe obrazki.

W komendzie był o ósmej. Po kamiennych schodach wbiegł na brukowany podjazd. Płaskorzeźba pruskiego orła, którą ujrzał nad sobą na granitowym tympanonie, bardziej przypominała runiczny znak, wykuty przez Gotów na kamiennym ołtarzu ofiarnym, niż szacowne godło umarłego cesarstwa. Zresztą nie miał czasu na rozmyślania. Od razu, nie czekając aż zdejmie płaszcz, wprowadzono go do dużej klatki ze szkła przy wartowni. Sprawdzono, czy nie ma broni. Przez moment na ekranie monitora telewizji przemysłowej kątem oka ujrzał błękitny zarys własnego szkieletu. Oplecione czarnymi tętnicami serce niespokojnie pulsowało pod mostkiem jak żywe stworzenie w nerwowych skurczach agonii.

Widok ten zawsze przejmował go lękiem, więc z przepustką w palcach, jakby trzymał koniec nici, wiodącej przez labirynt korytarzy w głąb starego pruskiego gmachu, szybko wjechał windą na trzecie piętro, wysoko, aż pod sam dach. Z gotyckiego okna, wychodzącego na północną część miasta, widać było wieżę kościoła Mariackiego, kopułę Synagogi, deszcz, ciemne chmury i stada mew krążące nad Ratuszem.

W sali, w której urzędował Robert S., paliły się jarzeniowe lampy. Światło miało zimny, niebieskawy odcień. Nie było tu okien, tylko pod sufitem, w mętnym powietrzu ciężko obracał się wentylator podobny do śmigła helikopterów z czasów wojny w Wietnamie. Żelazna szafa, pełna tekturowych teczek, była otwarta. Na długim stole z czarnym blatem piętrzył się stos szarych teczek związanych zieloną tasiemką. Robert skinął głową: – To wszystko z ostatnich miesięcy. Jakub zdziwił się: – Tyle? Robert rozplątał supły: – To sobie siadaj i patrz. Ja mam swoją robotę. Odszedł w drugi kąt sali i zagłębił się w papierach rozłożonych na metalowym biurku.

Gdy Jakub sięgnął po pierwszą teczkę, serce przyśpieszyło. Nie miał zbyt wielkich nadziei, pomyślał nawet, że przyszedł tu tylko po to, by przekonać siebie, że zrobił wszystko dla wyjaśnienia tej przeklętej sprawy. Poczuł się tak jak w dzieciństwie, gdy któregoś dnia w starym kościele na Czarnej stanął przed błękitno-czerwonym witrażem ze sceną według obrazu Dürera *Rycerz, Diabeł i Śmierć*. Ten sam lęk, czułość, pragnienie ucieczki. Może zresztą była to sprawa miejsca. Sala, w której urzędował Robert, wysoka, łukowato sklepiona, z żelaznymi podporami pod żebrowanym sufitem, przegrodzona ścianą z aluminiowej blachy, na której były wymalowane duże czarne cyfry, wyglądała jak zapomniany terminal starego lotniska. Na takim terminalu żegnał kiedyś kogoś, kogo już potem nigdy więcej nie zobaczył.

Wyjął z teczki niebieski formularz z czerwonym numerem sprawy w górnym rogu, delikatnie uniósł bibułkę przysłaniającą zdjęcie, przesunął palcem po czyjejś twarzy, jakby ścierał z fotograficznego papieru popiół. Przez chwilę przyglądał się młodej kobiecie z przedziałkiem na środku głowy i srebrnymi kolczykami w uszach. Była ubrana w białą bluzkę z falbanami jak urzędniczki, które żyją z dnia na dzień bez nadziei na szybki ślub, z nadzwyczajną starannością dbając o strój, włosy i paznokcie. Odłożył teczkę na bok. Nie, to nie była tamta...

Z kolejnych teczek wyjmował formularze z numerami spraw, oglądał zdjęcia doczepione zszywaczem do kartek, zaświadczenia lekarskie, ekspertyzy opatrzone fioletowymi pieczęciami, kwity z podpisami lekarzy sądowych. Ale wszystkie twarze na zdjęciach wydały mu się tak podobne jak twarze na zdjęciach, które oglądał na szkolnej wycieczce w muzeum KL Auschwitz. Podszedł wtedy do słynnej ściany z dziesiątkami tysięcy fotografii więźniów. Chciał zapamiętać chociaż jedną. Ale szybko spostrzegł, że nie zapamięta żadnej.

Gdy dzwony na Ratuszu wybiły południe, Robert wychylił się znad biurka. – Znalazłeś coś? – Słuchaj – mruknął Jakub – tu nie ma zdjęć... wiesz, jakich... Robert machnął ręką: – Przecież mówiłeś, że chodzi ci o twarze. A tamte zdjęcia sobie daruj.

Parę minut po pierwszej w którejś z teczek znalazł zdjęcie dziewczyny o popielatych włosach zaczesanych gładko do tyłu. Z lekko przechyloną głową patrzyła na niego bez uśmiechu. Machinalnie odłożył zdjęcie, jakby sparzył palce. Włosy dziewczyny miały ładny połysk, cera jasna, małe uszy, prosty nos, łagodna linia podbródka. Wpatrywał się w nią uważnie, szukał – jak to sobie powiedział – twarzy swojego grzechu, ale nie, ta była zbyt banalna. Patrząc na nią, wcale nie odnajdywał w sobie tamtego ledwie uchwytnego, drażniącego, gniewnego, podszytego odrobiną erotycznej czułości niepokoju, jakiego doznał w chwili, gdy schylona obok niego dziewczyna w sukience z indyjskiej bawełny pomagała mu zbierać z podłogi rzeczy, które wypadły z brązowej teczki. Podobna? Była nawet trochę podobna. Ale nie, to na pewno nie była tamta.

Do godziny trzeciej przejrzał wszystkie teczki. Przez chwilę – było to przy teczce pięćdziesiątej czy sześćdziesiątej – chciał nawet podziękować losowi za to, że – co go wciąż dziwiło – wszystkie twarze na zdjęciach były właściwie nie do odróżnienia. Jakby śmierć starannie wygładziła rysy i zatarła ich wątpliwą odrębność, nadając policzkom i podbródkom nieskazitelną obłość sklepowych manekinów o sztucznych rzęsach i martwych ustach. Uświadomił sobie, że pamięta przede wszystkim gesty tamtej dziewczyny: to, jak palcem zakładała włosy za ucho. Wziął do ręki kolejny formularz bez żadnej nadziei, że trafi na jakiś ślad.

Jarzeniowe światło, odbite od aluminiowej ściany, nadawało wszystkim fotografiom medyczny, trupi odcień. Sala z półkolistym sklepieniem, w której siedział teraz, miała w sobie coś z sal w koszarowych szpitalach, gdzie ludzie umierają pospiesznie, z twarzą nakrytą prześcieradłem, nie zostawiając po sobie ani dobrych, ani złych wspomnień. Sinawa barwa powietrza przygasała pod ścianami rozrzedzonym fioletem. Skrzydła wentylatora obracały się monotonnie, wzburzając smugę papierosowego dymu pod sufitem. Ich ptasie cienie wolno przepływały po stole, to przyciemniając, to rozjaśniając twarze na fotografiach.

Siedział do czwartej. Nie znalazł nic. Wciąż te same twarze na zdjęciach, senne obroty wentylatora, sinawe cienie skrzydeł wolno przepływające po blacie metalowego stołu – wszystko to zniechęciło go do dalszych poszukiwań. Chyba że Robert... Parę minut po czwartej poprosił Roberta, by dał mu tamte zdjęcia. Tamte, których nie było w teczkach. – Nie pchaj się w to – powiedział Robert. – Na tamtych zdjęciach nic nie ma. A twarze najczęściej niewyraźne. No i zmienione. Czasem nie do poznania.

Niechętnie wyjął z szafy pękatą teczkę przewiązaną sznurkiem. Jeszcze się wahał: – To nie są zdjęcia dla ludzi... Jakub wyciągnął rękę: – Pokaż. Gdy rozwiązał sznurek, czarnobiałe zdjęcia wysunęły się spod okładek ze śliskim szelestem, rozsypując się na stole jak talia lakierowanych kart. Każde miało w górnym rogu biały numer. Zdziwił się: myślał, że będą straszniejsze. Oczywiście, były nieprzyjemne, ale nie aż tak bardzo... Brał je ostrożnie w palce, przysuwał do lampy. Jarzeniowe światło odbijało się od lśniącej powierzchni fotograficznego papieru. Młode kobiety wisiały na klamce, na kaloryferze, na kablu, na drucie, na sznurku do bielizny.

Lecz choć twarze na wszystkich fotografiach były podobne, naraz poczuł dziwną pewność, że znajdzie ją za chwilę. Na zdjęciu, które wziął do ręki, zastygły ruch wykręconej głowy młodej kobiety w kwiecistej podomce, która z otwartymi ustami wisiała na cienkim pasku, wrzynającym się głęboko w szyję, ten ruch coś do niego mówił, do czegoś apelował, coś podkreślał, co trzeba było – ogarnął go popłoch, bo sprawa wydała mu się nagląca – natychmiast odczytać. Jak niewidomy czyta z ruchu warg. Sztywną ręką wplątaną w fałdy podomki dawała mu jakieś znaki, które policyjny fotograf łowił błyskami flesza i utrwalone na kliszy przekazywał gdzieś dalej, nie wiadomo dokąd.

Myśl, że ona mogłaby wyglądać tak jak ta kobieta, wprawiła go w przerażenie. Dotąd myślał o jej śmierci jak o czymś dalekim, abstrakcyjnym. Teraz ujrzał zabite ciało z bliska. To go zraniło najbardziej: że ona mogła zostać tak poniżona przez śmierć. Samo jej zniknięcie ze świata wcale nie było straszne. Iluż to ludzi wokół nas znika bez śladu?

Z komendy wyszedł o siódmej. Słońce dotykało już wieży dworca. Długie, postrzępione smugi zorzy, wybiegające zza horyzontu, płonęły wysokim łukiem nad Gradową Górą i dźwigami stoczni. Zrobiło się chłodniej. Zmierzch nadciągał od strony fortów i rosyjskich cmentarzy. Bryza, wiejąca z głębi miasta, unosiła w powietrzu suche liście i kolorowe papierki. Cień Wieży Więziennej przyciemnił mury Złotej Bramy. Szeroką jezdnią Huciska w stronę północnej dzielnicy płynęły długimi falami setki samochodów jak uciekające pod ziemię, spłoszone owady z błyszczącym chitynowym pancerzem. Patrzył z okna tramwaju na jasne niebo nad wieżą kościoła Mariackiego.

O zdjęciach, które oglądał na komendzie, prawie nie myślał. Ale te zdjęcia śniły mu się potem przez całą noc. Grał nimi bez końca w jakiegoś obłąkańczego tarota z człowiekiem, który siedział na żelaznym krześle po drugiej stronie metalowego biurka, zamaskowany, z głową owiniętą szmatami i nie chciał odsłonić twarzy. Obudził się przed świtem z uczuciem duszności, chociaż przez całą noc okno było otwarte, powietrze pachniało mokrym igliwiem sosen, a świeża rosa szkliła się na blaszanym parapecie.

Rano napił się tylko wody mineralnej z lodówki. Nie mógł nic przełknąć. Janka, smarując miodem chrupkie pieczywo, przypatrywała mu się z ukosa: – Co ci jest? Źle się czujesz? Zatrułeś się czymś? Machnął tylko ręką. Z zamkniętymi oczami położył się na wznak na tapczanie. Ucisk w piersiach. Może gdyby w którejś z tych szarych teczek znalazł zdjęcie tamtej dziewczyny, odczułby ulgę. Znałby jej los i mógłby się jakoś do tego losu odnieść. Nie wiedział, co robić dalej. Starał się sobie przypomnieć, co było na tamtych fotografiach. Z pamięci znów wynurzyły się twarze martwych kobiet. Wszystkie były dziwnie zmienione, właściwie pozbawione rysów, jakby w brutalnych operacjach plastycznych jakiś szalony Hans Bellmer pozaszywał im nylonową nicią usta i powieki.

Nazajutrz dzień był pochmurny. Słońce, żółtawe, zamglone, przysłonięte brudnymi obłokami, wspięło się szybko nad wieżę Ratusza, oświetlając Gradową Górę. Nad wieżą dworca krążyło stado ptaków. Ceglana fasada cesarskiego gmachu, poczerniała od kurzu i sadzy, w mętnym świetle dnia wyglądała jak granitowa płyta z wykutymi w kamieniu napisami, ustawiona pionowo nad ulicą. Każde okno ciemniało w ścianie jak pusta, wydrążona litera. W szybach odbijały się deszczowe chmury, nadciągające z wolna znad Siedlec.

Gdy wszedł do pokoju, Robert powiedział mu, że wczoraj poznał zaledwie pierwszy krąg. Czekała go jeszcze podróż do miejsc, do których dostęp mieli nieliczni. Za ścianą z aluminiowej blachy ciągnęły się w głąb gmachu prawdziwe labirynty przejść, galerii, żelaznych drabin, blaszanych podestów, katalogów, szaf i regałów, wśród których można było błądzić godzinami. Po krętych żelaznych schodach weszli do okrągłej sali. Przypominała wnętrze spiralnej muszli. Wklęsłe ściany, wyłożone brązową, glazurowaną cegłą, po których koliście biegły metalowe półki, ginęły w cieniu. W suficie jaśniało okrągłe okienko przekreślone ramą w kształcie krzyża. Zimne promienie słońca wpadały z góry przez zakurzoną szybę, za którą widać było cienie przelatujących gołębi. Podobne okna widział w barokowych kaplicach cmentarnych: znak, że słońce bożej Miłości zagląda także do podziemnego świata. Na żelaznych półkach piętrzyły się stosy teczek jak karty starej księgi, do której nikt nie zagląda, bo została napisana w nikomu nieznanym języku. Na tekturowych okładkach jaśniał kurz jak srebrzysty szron, obrastający w listopadzie żywe jeszcze kwiaty. Mętne światło spod sufitu rzucało fioletowe cienie żelaznych kolumn na ceglany mur.

Gdy został sam (Robert wrócił do swoich zajęć), z blaszanego pudła, stojącego pod ścianą, wyjął kilka dużych zdjęć. Rozpoznał bez trudu: zrobiono je najpewniej w podziemiach gmachu Anatomii. Na mokrych niklowanych stołach, oświetlonych lampą błyskową policyjnego fotografa, leżały rozkrojone skalpelem świeżo umyte ciała młodych i starych kobiet. Zniekształcone twarze. Głowy bez włosów. Zwoje fioletowych jelit wyjęte z otwartej jamy brzusznej i ułożone na piersiach. Wątroby ozdobione cyferkami na plastikowych paskach. Gardła rozcięte, z wywleczonym na wierzch siniejącym językiem. Jeżeli zachodziło podejrzenie, że samobójstwo zostało upozorowane dla ukrycia zbrodni, sprawę odsyłano do sądowego chirurga.

Usiadł na żelaznym krześle. Fotografie wypadły mu z palców na posadzkę. Schylił się z trudem jak stary człowiek. Pozbierał je niezdarnie. Drżały mu ręce.

Robert podał mu szklankę wody. To jeszcze nie koniec, jest jeszcze trzeci krąg. Ale nie chciał o tym mówić na komendzie. Z dziwnym uśmiechem zaprosił go do swojego domu na dalekim przedmieściu. Niech wpadnie wieczorem o dziewiątej.

O ósmej wsiadł do tramwaju koło Parku. Zbierało się na burzę. Nadciągające znad morza chmury spiętrzały się nad Katedrą jak ruiny pustej średniowiecznej budowli, którą nagle ogarnął pożar. Było to bardzo piękne. Pomyślał, że chciałby kiedyś zamieszkać w takim miejscu – jasnym, odludnym i pełnym powietrza. Potem spadł krótki deszcz. Ukośne smugi światła poprzecinały mgłę nad Parkiem. Na zachodzie uchylona brama niebios z czerwoną hostią słońca w środku była otwarta na oścież. Krążyły w niej niespokojne gołębie jak płatki sadzy w szklanym słoju. Zapowiadała się chłodna, wietrzna noc.

Gdy wszedł do mieszkania Roberta, na stole był już alkohol. Światło przyciemnione. Cicha muzyka. Zapach indyjskich kadzidełek. – Tylko się nie dziw niczemu – Robert poklepał go po ramieniu. – Jakbyś w tym robił tyle lat co ja, też byś miał dość. W pokoju stała duża sofa z bordowym obiciem w rajskie ptaki. – To po co w tym robisz? – zapytał Jakub, rozglądając się po wysokim wnętrzu. Na suficie łodygami gipsowych lilii wiła się secesyjna sztukateria. Okna były zasłonięte kotarą z granatowego pluszu. Pod ścianą na kolumnie wideo czarny telewizor z martwym ekranem. Robert skrzywił się: – Po co w tym robię? – wytarł usta białą chusteczką ze śladami szminki. – Mnie, niestety, nie chcieli na uczelni... Potem mocno objął Jakuba: – Słuchaj, zobaczysz coś nadzwyczajnego, że będziesz wył z zachwytu. Zaraz przyjdzie Jola.

Na brązowej butelce, stojącej na stole, Jakub zobaczył złotą nalepkę z sylwetką człowieka w trójkątnym kapeluszu. Baron Münchhausen, który sam siebie wyciągnął za włosy z bagna? Na dywanie koło starego fotela, obitego wytłaczaną skórą, wśród rudych listków pokruszonego tytoniu leżało parę przełamanych papierosów ze srebrnym ustnikiem. Robert nalał do kieliszków. Bez uśmiechu, unosząc kieliszki tak, by nie uronić ani kropli zmrożonego płynu, wypili za dawną przyjaźń. Gdy powtórzyli, w piersiach Jakuba zapaliło się ciepłe światło, a nadmorskie pejzaże w złotych ramach, dzieła Schneidera i Mokwy, wiszące po obu stronach białych drzwi, gipsowe medaliony z profilami antycznych Greczynek, granatowe zasłony i ściany oklejone papierową tapetą w czarne i czerwone chryzantemy z lekka się wygięły niczym dekoracja na filmach niemieckich ekspresjonistów. Patrząc na to wszystko jak przez szybę, Jakub pomyślał, że w tym klimacie „starej przyjaźni", który napawał go coraz większym wstrętem, może zapomni choćby na chwilę o paru rzeczach, o których chciał zapomnieć.

Kiedy do pokoju weszła Jola, mieli już za sobą parę kolejek. Świat kołysał się jak łódź na fali. Cień kobiecej głowy, jak cień przelatującego ptaka, przepłynął długą smugą po gipsowych sztukateriach na suficie, załamał się na ścianie w kącie pokoju i zgasł wśród paproci pod oknem. Chłodny powiew od strony drzwi zadzwonił szkiełkami żyrandola. Jola zjawiła się w kręgu światła bezszelestnie. Gruby dywan w perskie wzory, rozłożony przed bordową sofą, wytłumił kroki. Była wysoka, miała ładne duże dłonie z pomalowanymi na czarno paznokciami, jasnoniebieskie oczy o wywiniętych rzęsach, garbaty nos i smukłą szyję z owalnym, rudym znamieniem koło prawego ucha. Jakub przypatrywał się jej z prawdziwą przyjemnością jak jubiler ogląda pod światło świeżo oszlifowany diament. Wypukłe usta, podobne do rozciętego owocu. Śliczne zęby. Włosy ufarbowane w kolorowe pasemka, luźno związane na czubku głowy. Spódniczka z czarnej skóry. Ładny zapach Guerlaina na przegubach rąk. Srebrne kółka w uszach. Buty z bordowej skórki na wąskim obcasie.

Potem Robert włączył telewizor, roześmiał się głośno i wszyscy – Jakub, Robert i Jola – z kieliszkami w palcach rozsiedli się wygodnie na sofie przed ekranem, na którym w prawym górnym rogu zaczęły szybko przeskakiwać świecące cyferki dat, godzin, minut i sekund. Kolorowy film, który zaczęli oglądać, nie miał ścieżki dźwiękowej.

Były to nieme, nakręcone przez policję „operacyjne zdjęcia" kobiet, które popełniły samobójstwo w wannach i pod prysznicami. Nagie ciała leżały w wodzie ciemnej od krwi. Sine usta. Zapadnięte powieki. Pokaleczone przeguby. Te, które zabiły się pod prysznicem, kuliły się w dziwnych pozach na dnie emaliowanych brodzików. Na szyjach nierówne cięcia. Dłonie pobrudzone krwią. Potłuczone szkło leżało na zalanej wodą posadzce z terakoty.

Ale były też inne. Te siedziały pod prysznicem po turecku, z głową odchyloną do tyłu, oparte plecami o wykafelkowaną ścianę kabiny. Czyste, gładkie, białe jak marmur, podobne do świętej Teresy Berniniego, trafionej strzałą bożej Miłości, patrzyły w górę, w jaskrawe światło zaparowanej żarówki, jakby chciały wypatrzyć gdzieś wśród obłoków promieniste słońce. Woda wypływająca z rozchylonych ust, ściekała na piersi i brzuch.

Wybiegł z domu Roberta, zatrzaskując za sobą drzwi jak ciężką, kamienną płytę z mosiężnym napisem „Briefe". Mdłości podchodziły mu do gardła. Ostatkiem sił rozerwał palcami koszulę pod szyją. Półprzytomny ze wstrętu, nie mógł już dłużej słuchać dzikich wybuchów śmiechu tego pijanego mężczyzny, nalewającego zmrożoną wódkę do kieliszków i płaczliwego chichotu tej kobiety rozwalonej na dywanie, która zadzierając do góry gołe nogi, podobna do przewróconego na grzbiet białego pająka, sztywnymi ruchami kolan i łokci naśladowała pozy martwych kobiet z telewizyjnego ekranu. W zimnym deszczu biegł ulicami w stronę śródmieścia, potykając się na śliskich płytach chodnika.

Do domu dotarł dopiero koło siódmej. Janka zdążyła już wyjść do szkoły.

Wpełznął do łóżka w ubraniu, skulił kolana pod brodą i drżąc z zimna, szybko zasnął.

# Ktoś powraca do Jakuba we śnie

Kojące światło napełniło duszę. Nareszcie! Cóż za ulga po tylu koszmarach!

Śnił, że zrobił właśnie plakat do filmu Miloša Formana *Skandalista Larry Flynt* – piękny młodzieniec ukrzyżowany na nagim łonie kobiecym – i dumny ze swego dzieła, roześmiany, musujący jak włoskie spumante, przyjmował gratulacje od sławnych aktorek, sypał nowiutkimi banknotami euro na ręce tryskającej radością Janki, gdy nagle smukła hostessa, śliczna jak Pamela Anderson ze *Słonecznego patrolu*, wręczyła mu telegram na ozdobnym blankiecie z wiadomością, że sam kardynał Ratzinger złożył na niego w prokuraturze oficjalne doniesienie o „obrażaniu uczuć religijnych", po czym zażądał, by Jakub przeprosił Naród. „Słowa Jezusa – pisał kardynał – są często przerażająco twarde i formułowane z pominięciem wszelkich względów dyplomatycznych. Tymczasem doświadczenie Bożego gniewu nasze czasy zupełnie zatraciły, a przekonanie, że Bóg nikogo nie może potępić, stało się wśród chrześcijan powszechne. Teza, iż każdy może się zbawić na swój sposób, to w istocie pogląd cyniczny, w którym dostrzegam pogardę dla problemu prawdy i prawdziwego etosu".

Jakubowi serce zamarło. Natychmiast popędził do sądu, przeskakując po pięć stopni wbiegł na trzecie piętro, złożył zeznania, które go obciążały, przeraził się, bo kary śmierci jeszcze nie zniesiono, przystojna sędzina w malinowej garsonce skazała go na trzykrotne odśpiewanie hymnu narodowego, a gdy natychmiast hymn odśpiewał, oskarżyła go jeszcze o sporządzenie plakatu reklamowego firmy Benneton, na którym ksiądz całował się z zakonnicą.

Więc żadnej nadziei na prezydenckie ułaskawienie! Jakub zalewał się łzami. Nie można go było ukoić. Na sali sądowej, która wypełniła się po brzegi barwnym tłumem, ktoś krzyczał: – Więcej seksu i wolności, ale bez Solidarności! Prezydent Stanów Zjednoczonych, który ukazał się na balkonie dla gości specjalnych, wołając: – Peace! Freedom!, zaprosił wszystkich na „pokaz produktów cukierniczych o przedłużonym okresie trwałości", ale gdy chudy Arab w turbanie rzucił na niego fatwę, zachwycona publiczność zaczęła bić brawo. Burza oklasków! Jakub spojrzał w okno. Po drugiej stronie ulicy ujrzał Lenina w koszulce polo, który szedł na Zachód pchając przed sobą druciany wózek z towarami wschodnioeuropejskiego turysty. Wódz sowieckiego imperium na widok Jakuba w oknie sądu pozdrowił go wyciągniętą ręką – jak dobrego znajomego! Jakub zamarł z przerażenia. Jak udowodni teraz przed komisją Gaucka, że nie pracował dla Stasi?

Z kąta sali wysunął się przed stół trybunału siwy starzec i zagrzmiał zwiędłemi usty: – Ludzie dziś stanęli bezbronni wobec newage'yzmu, feminizmu, dekonstrukcjonizmu, nihilizmu. Zagubili się w umysłowym ciucholandzie. Mamy do czynienia z czymś, co w języku naszej epoki określa się mianem „śmierci Boga", „kresem absolutu", a w logicznym następstwie rzeczy także mianem „uśmiercenia podmiotu", „zniknięciem człowieka" i „rezygnacją z humanizmu". Siłą sprawczą nowożytnego kryzysu jest zhumanizowanie obrazu

Boga na podobieństwo i pożytek człowieka. Bóg nowożytnych to Bóg „ludzki", skłonny do ustępstw, taki, od którego da się niemało wytargować. Potrzeba nam z powrotem „nieludzkiego" Boga, który będzie nas mierzyć, nędzne istoty, swoją sprawiedliwą miarą, wytrącając z pychy i zadufania. Denerwują się takim żądaniem ciotki-dogmatyczki rewolucji zaprzeszłych tudzież ojcowie chrzestni tej formy terroru, która nosi niewinną nazwę poprawności politycznej!

– Nędzna istoto! – zawołał do Jakuba tłum wypełniający salę sądu. – Na kolana! Nieludzki Bóg będzie cię teraz sądzić!

Archanioł Michał sfrunął ze słynnego obrazu Memlinga, szybko rozstawił pośrodku sądowej sali wielką żelazną wagę, po czym wziął Jakuba za włosy i wiotkiego jak zwiędły por rzucił na prawą szalkę, która powędrowała w górę, jakby była pusta. – Wykasować go! Wykasować go! Delete! Delete! – wołał tłum. – Wolimy Barabasza i *Gwiezdne wojny*! Archanioł Michał uniósł miecz, Jakub skulił głowę w ramionach, zamknął oczy, gdy naraz, cóż to? – Mój ci on jest! Mój ci on jest! – białą chustę zarzuciła mu na głowę Danuśka. – Kardynale – zwróciła się do kardynała Ratzingera ta miss mokrego podkoszulka – przez niego płynie strumień piękności, choć on sam nie jest pięknością! – Ach, madame – skłonił się kardynał – proszę mi wybaczyć, że nie pojąłem w pełni ducha posoborowego! – Wolnyś! Wolnyś! – wołała Danuśka do Jakuba, którego cucono wodą. Wszyscy powstali. Wniesiono kwiaty i najwyższe odznaczenia państwowe. Cała sala zaczęła śpiewać *Kocham cię, Argentyno*! – Ojczyzna wolna, wolna – wołała Danuśka – więc zrzucam, zrzucam płaszcz Konrada! – i zaczęła się rozbierać.

– Uważam – szeptał ktoś do ocuconego Jakuba – że ludzie są wewnętrznie zniewoleni, boją się polityki, seksu, religii. Boją się przede wszystkim Kościoła. – W bólu masz rodzić dzieci! – wołał ktoś z głębi sali. – To kara za grzech pierworodny! – To patriarchalny przesąd! – odpowiadały głosy kobiece z ostatnich rzędów. – Musimy zniszczyć handel kobiecym ciałem, któremu patronuje Kościół! Ręce precz od naszych macic! Kopernik była kobietą! – Czy mogę spowodować zniknięcie gmachu parlamentu z całą zawartością? – zapytywał słynny magik David Copperfield, którego romanse z supermodelką Claudią Schiffer zachwyciły miliony kobiet na całym świecie. Tłum oszalał z radości. Jakub wspiął się na piramidę z wypchanego konia, psa, kota i koguta, i wdzięczność zalała mu serce. Happening wybuchnął fajerwerkiem stu tysięcy tęczowych barw. W kącie sali sądowej pracowała miarowo gigantyczna gilotyna, odkrawając połówki książek, które potem sklejano w wielkie bloki, tak by mogły ozdabiać regały w pizzeriach.

Jakubowi wirowało w głowie od blasków. Z daleka dostrzegł, jak w wielkich rozwartych drzwiach sądowej sali ukazuje się laureat pokojowej Nagrody Nobla, recytując potężne frazy wiersza *Który skrzywdziłeś człowieka prostego*. Bania z poezją rozbiła się. Jakub podniósł głowę. Gromady posłów parlamentu spadały spod sufitu jak śpiące nietoperze i tłukły się na dębowej podłodze. Lewica przelatywała z furkotem nad prawicą.

A potem w głębi sali sądowej ujrzał dziewczynę w sukience z indyjskiej bawełny. Stała przy drzwiach. Czekała na niego? Tutaj? Po chwili, widząc, że ją spostrzegł, z wolna uniosła dłoń i poruszając lekko palcami, jakby wabiła kury, dała mu z oddalenia jakiś tajemny znak, którego sens on tylko jeden mógł odczytać. W sali zrobiło się cicho. Wszystkie głowy odwróciły się w jego stronę. Płonął ze wstydu pod setkami spojrzeń. A dziewczyna pchnęła pięścią dwuskrzydłowe drzwi, które rozwarły się z przeraźliwym piskiem i nie oglądając się, wybiegła z sali. Pobiegł za nią przez milczący tłum stłoczony przy wyjściu. Uciekała długimi korytarzami, które nagle – poczuł zawrót głowy – zmieniły się w kamienne korytarze gmachu prawa. Biegła szybko po granitowej posadzce jak po tafli zamarzniętego stawu. Widział przed sobą gładko uczesane, popielate włosy, odsłonięte plecy z rudawymi piegami w wycięciu sukni i delikatną, białą skórę na karku. Z przerażeniem, nie pojmując co się dzieje, spostrzegł, że trzyma w ręku długi, błyszczący nóż. Chciał go wypuścić z dłoni, ale nie mógł rozewrzeć palców. Na moment stracił ją z oczu. Skręciła w ciemne przejście. Wbiegła na schody. Poślizgnęła się. Chciała chwycić za żelazną poręcz. Palce trafiły w pustkę. Popchnął ją. Upadła. Pochylił się nad nią, jakby uważnie oglądał okaleczony, kamienny posąg wyciągnięty z dna morza. Uniósł nóż i mocno przeciągnął ostrzem po gołym karku. Spod ostrza trysnęły czerwone krople i jak mrówki rozbiegły się po piegowatej skórze. Ale ona tylko spokojnie odwróciła głowę i popatrzyła mu w oczy. Potem uśmiechnęła się złym uśmiechem, jakby na znak, że wszystko pamięta.

Obudził się z krzykiem. Koszula była mokra od potu. Serce waliło w piersiach. Nie mógł złapać oddechu. Wszystko w pokoju wirowało. Okno. Drzwi. Ściana. Regał z książkami. Komputer. Krzesła. Był wieczór. Jasne światło zorzy płonęło nad Katedrą jak krzak ognisty. „Boże, czy odpowiadamy za treść naszych snów?" Nie mógł dojść do siebie. Dopiero po dłuższej chwili przypomniał sobie, że już św. Augustyn dowiódł, że nie ponosimy żadnej odpowiedzialności za sny, nawet najkrwawsze.

Janka zajrzała do pokoju: – Boże, co tak krzyczysz? Śniło ci się coś? Wstawaj. Już siódma. Spałeś cały dzień. I to jeszcze w ubraniu!

# Poszukiwacz Perły

Działo się z nim coś naprawdę niedobrego.

Po namyśle postanowił, że jeśli tylko znajdzie trochę czasu, wpadnie do doktora Jacka. Tak, to było całkiem rozsądne. Chciał – jak to sobie powiedział w jakiejś chwili – trochę rozejrzeć się w sobie. Metoda sokratyczna wydała mu się najlepsza. Pytania, odpowiedzi, ożywcza gra słów, introspekcja. Rodzenie trudnej prawdy pod czujnym okiem mistagoga, który potrafi zajrzeć na dno duszy.

Doktor Jacek, właściciel sławnego wydawnictwa Gwiazda i Obłok, mieszkał na ulicy Berlińskiej pod numerem 13 w starej kamienicy z płaskorzeźbą Meduzy na frontonie. Zielony szyld jego firmy, wiszący na południowej ścianie Zbrojowni, przyciągał uwagę przechodniów azjatyckim krojem złotych liter i znakami Ery Wodnika. W ciemnej, pachnącej indyjskimi korzeniami salce, do której wchodziło się jak do podziemnej groty, dwie smukłe Rosjanki o urodzie armeńskich księżniczek sprzedawały oprawne w pawiooki, lakierowany karton przekłady amerykańskich książek o tym, jak uleczyć siebie. Doktor Jacek miał w telewizji swój program *Okna i drzwi*, który puszczano raz w miesiącu o pierwszej w nocy na sto dziewięćdziesiątym ósmym kanale. Jakub poznał go niedawno w piwnicach Dworu Artusa na przyjęciu Lions Club.

Zadzwonił we środę. Umówili się na dwunastą. Idąc z Wyspy Spichrzów na Berlińską, starał się nie myśleć o ostatniej kłótni z Janką. W końcu – mówił sobie – może wszystko jakoś się jeszcze ułoży. Z pewnością nie powinien kłaść się w ubraniu. Nie rozgrzeszało go nawet śmiertelne zmęczenie. Ale przecież nie musiała krzyczeć. Ludzie kulturalni potrafią takie rzeczy załatwiać inaczej. Gdy na Ratuszu wybiła dwunasta, pod arkadami Złotej Bramy skręcił w stronę odbudowanej Synagogi, miedziana kopuła lśniła nad ulicą w złotym kurzu, minął stary Teatr Szekspirowski, aktorzy z Edynburga od tygodnia grali *Sen nocy letniej,* po czym za gmachem komendy policji skręcił w ulicę Berlińską.

Przed Synagogą otoczył go roztańczony tłum przebierańców w czarnych i czerwonych maskach. Z wysokich głośników dobiegała orientalna muzyka. Pachniało cynamonem, pomarańczami i wanilią. Chciał wyminąć tańczących szczudlarzy, myślał o tym, co czeka go w gabinecie doktora Jacka, ale wysoki mężczyzna z twarzą pokrytą różem i bielidłem, w biało-czarnym domino z hebrajskim napisem na piersiach, zagrodził mu drogę zabawnymi gestami dłoni w białych rękawiczkach. Chłopcy w czarnych skórach ponabijanych srebrnymi ćwiekami wtykali przechodniom do rąk kartki wyrwane z ilustrowanego wydania Biblii Holenderskiej. Szykowało się coś ważnego. Helikopter, krążący nad teatrem i budynkiem komendy, sypnął ulotkami z reklamą nowych perfum Guerlaina. Szkarłatne kartki, wirując w słońcu, spadały z nieba jak płatki Róży Mistycznej. Było pięknie, chciało się żyć.

Doktor Jacek przyjął go w gabinecie na piętrze.

Każdy gest jego ładnych rąk o długich, wypielęgnowanych palcach, którymi pięknie poruszał podczas powitania, jakby srebrną łyżeczką wyłuskiwał z muszli żywą ostrygę, świadczył, że naprawdę chce pomóc każdemu, kto pomocy potrzebuje.

Jasnowłosy, szczupły, łagodny, uśmiechnięty, miał na wąskim nosie okrągłe okulary w drucianej oprawie. Puszyste włosy zaczesywał na bok miękką falą, co nadawało jego twarzy wyraz nieco chłopięcy. Widać było, że lubi miękkie, tweedowe marynarki w rudych odcieniach brązu i pastelowe koszule z małym, półokrągłym kołnierzykiem, które nosi zawsze niedbale rozpięte pod szyją.

Na początek dał Jakubowi kwestionariusz (w odpowiednich rubrykach należało postawić krzyżyk), uważnie przejrzał wypełnione rubryki, po czym odłożył spięte zszywaczem formularze na mahoniowy stół z komputerem, faksem i automatyczną sekretarką. Kadzidełko indyjskie żarzyło się w dzbanku z japońskiej laki. Wiotki, błękitny dymek snuł się pod sufitem. Z kolorowego zdjęcia w srebrnej ramce uśmiechała się jasnowłosa kobieta w kaszmirowej sukni. Była to zapewne, jak Jakub się domyślił, piękna żona doktora Jacka.

Potem doktor Jacek wziął do ręki różowy ołówek i otworzył oprawny w skórę gruby notes. Najpierw zapytał Jakuba, jak układały się jego stosunki z ojcem. – Nie bardzo – powiedział po chwili namysłu Jakub. – Z matką było podobnie. Przypomniał sobie, że matka po powrocie z pracy zwykle kładła się na tapczanie twarzą do ściany i tak leżała do wieczora, udając, że nie widzi nikogo z domowników. Nie było to przyjemne. Doktor Jacek zapisał coś w notesie, potem zapytał Jakuba, jak mu się obecnie układa życie seksualne. – To znaczy? – Jakub wiedział, że takie pytanie padnie wcześniej czy później, więc przyjął je bez zdziwienia. Doktor Jacek chciał wiedzieć, czy Jakub współżyje regularnie. – Właściwie – odpowiedział Jakub niedbale – moje zainteresowania w tej dziedzinie wyraźnie osłabły. Doktor Jacek pokiwał ze zrozumieniem głową, jakby spodziewał się takiej właśnie odpowiedzi. Potem zapytał, czy Jakub czuje niekiedy napięcie lędźwiowo-krzyżowe. – Czasem czuję – odpowiedział Jakub. – Jak za długo siedzę przy komputerze.

Doktor Jacek wrócił jednak do sprawy urazów z dzieciństwa. Chciał wiedzieć, czy ojciec był dla Jakuba okrutny. Jakub uniósł brwi: – Okrutny? Skądże. – Bił pana? – Prawie wcale. – A czy matka pana biła? Jakub nie lubił takich pytań, więc odpowiedział krótko: – Tylko raz. Coś przeskrobał i dostał cienkim paskiem po rękach. Piekło straszliwie. Matka biła i płakała. Wcześniej pokłóciła się z ojcem. – Ale była emocjonalnie zimna? – dopytywał się doktor Jacek. – Czy ja wiem... Czasami była bardzo czuła. – Tuliła pana? Pieściła? Jakub dobrze wiedział, w którą stronę pójdą teraz pytania, ale poddawał się obrzędowi, jak jeniec w świątyni Azteków przeznaczony na ofiarę składaną bogu Słońca. Za chwilę doktor Jacek bezboleśnie wyrwie mu serce i rzuci na kamienny ołtarz, by spłonęło w świętych liściach aloesu. – Czy czuł pan wtedy podniecenie seksualne? – Kiedy mnie biła? – Tak, kiedy pana biła. – Nic nie pamiętam. – Niech się pan skupi. To ważne. Czy kiedy ona pana biła, ptaszek budził się? Jakub poczuł lekką irytację. O wszystkich tych rzeczach czytał tysiąc razy. Przez moment chciał nawet opuścić mieszkanie doktora Jacka, ale powstrzymał się, bo nie byłoby to uprzejme. – Nie, ptaszek się chyba nie budził. – I nie czuł pan winy, że matka płacze? – Czułem. To było paskudne. Bardzo sobie wyrzucałem, że jestem powodem jej łez. I przyrzekałem sobie, że kiedyś to jakoś naprawię. – Jak? – Nie wiedziałem. To było błędne koło. Ja dokuczałem matce, bo ojciec za nią nie przepadał. Ona mnie biła i płakała, bo za nim nie przepadała.

Doktor Jacek nalał do szklanek soku pomarańczowego: – Napije się pan? – Chętnie – Jakub przełknął parę łyków zimnego płynu. Doktor Jacek przetarł okulary irchową szmatką: – A teraz źle pan sypia? – Fatalnie. – I czuje pan – jak pan napisał (doktor Jacek pogrzebał chwilę w kartkach kwestionariusza) – stały ucisk w piersiach. – Tak. – I nie może pan odpędzić pewnych myśli. – To są dręczące myśli i sny. – Co się panu śni? – Śnią mi się dziewczyny. Mówię do nich, ale nie mogę zobaczyć ich twarzy. Są odwrócone. – I co pan robi? – Czasem podnoszę na nie rękę. – I co? Bije je pan? – Nie, nie mogę uderzyć. – Czuje się pan zablokowany? – To nie jest zablokowanie. Ja ich po prostu nie chcę uderzyć. – To dlaczego podnosi pan rękę? – Nie wiem. – A one co robią? – Nic nie robią. One się nie ruszają. – Nie ruszają się? – Tak jakby były nieżywe. – Więc stoją odwrócone. I co tam jest jeszcze? – Nic tam nie ma. Świeci tylko bardzo ostre słońce. Takie słońce, że trzeba mrużyć oczy. I jest tak gorąco, że nie ma czym oddychać.

Doktor Jacek przyglądał się uważnie Jakubowi: – Czy w tych snach pojawia się sytuacja z tamtą dziewczyną? – Może się pojawia. Ale ja nie pamiętam tamtej dziewczyny, więc nie wiem, czy to z nią. – Śni się panu tamten zielony stół? – Nie. – A tamta sala? – Może. Ale trudno ją rozpoznać. To wszystko się dzieje w jakimś kościele. I w tym kościele stoją te dziewczyny. A potem jedna się odwraca. – I co robi? – Nic. Ma na szyi krew. Coś mówi, ale ja jej nie słyszę. – Krzyczy na pana? – Krzyczy, ale ja nic nie słyszę. Widzę tylko jej otwierające się usta. – Często się to panu śni? – Nie. Tylko… parę dni temu we śnie… jedną z nich zraniłem nożem. Ale ona – dodał szybko – potem od razu wstała. Bardzo mnie to przeraziło. – To, że pan ją uderzył, czy to, że wstała? – Nie wiem. Ale obudziłem się przerażony.

Doktor Jacek odłożył ołówek. Potem, starannie dobierając słowa, objaśnił Jakubowi – jak to ujął – złożony mechanizm traumy, którą – taką wyraził nadzieję – być może da się uleczyć. Wszystko zależy od współpracy pacjenta z terapeutą.

Oto silne urazy z okresu dzieciństwa – mówił doktor Jacek – promieniują nadal na życie Jakuba. Z pewnością każdy z nas w młodym wieku przeżywa trudne chwile. Ale wewnętrzny konflikt psychiczny, związany z dramatycznym napięciem między rodzicami a dzieckiem, w większości przypadków samoczynnie ulega rozładowaniu w naturalnym procesie dojrzewania. Tymczasem u Jakuba konflikt ten przerodził się w rodzaj podświadomej chęci samoukarania za dawne winy syna wobec matki. Choć Jakub jest już dorosłym mężczyzną, mroczna część jego duszy („podświadomy Cień" – doktor Jacek użył sławnego pojęcia Junga) w poczuciu własnej grzeszności wciąż zwraca się przeciw macierzyńskiej Animie. Stąd się biorą zahamowania w życiu seksualnym. W snach Jakuba dochodzi do głosu podświadomy lęk syna przed matką. Nieżyjąca już, ale wciąż obecna w podświadomości Jakuba matka domaga się kary za „zdradę syna". Syn bowiem nie chciał – i nadal nie chce – razem z nią „umrzeć na krzyżu". W tym sensie zdradził ją w dzieciństwie i zdradza nadal.

Kryzys psychiczny, w jakim Jakub się znalazł, prawdopodobnie tu właśnie ma swoje przyczyny.

W snach Jakuba – kontynuował doktor Jacek – zraniona, upokorzona Anima chce przemówić do niego surowymi słowami oskarżenia i skargi, ale nie może się objawić w swojej prawdziwej postaci, to znaczy w postaci matki. Przybiera więc zastępczą postać skrzywdzonej, erotycznie atrakcyjnej młodej kobiety, która grozi Jakubowi samobójstwem. W ten sposób podświadomość Jakuba reaguje na dawne „samobójcze" zachowania matki. Bo właśnie samobójczą „demonstracją odmowy udziału w życiu rodzinnym" był jej zwyczaj kładzenia się twarzą do ściany. Matka, która na oczach przerażonego dziecka „odwracała się twarzą do ściany", groziła w ten sposób mężowi i synowi, „odejściem ze świata". Równocześnie takim zachowaniem wzywała syna, by towarzyszył jej w drodze „na krzyż", to znaczy, by towarzyszył jej w cierpieniu. On jednak, co zrozumiałe, temu żądaniu nie chciał i nie potrafił sprostać. Był zwyczajnym chłopcem. Lubił zabawę i śmiech. Podświadomie uznawał jednak, że skoro matka dała mu życie, jest tego życia właścicielką. Ma więc pełne prawo żądać, by „oddał" jej to, co od niej dostał. Temu żądaniu Jakub sprostałby tylko wtedy, gdyby upodobnił swoje życie wewnętrzne do wewnętrznego życia matki. Gdyby więc „zaraził się" jej rozpaczą i melancholią.

Nóż w ręku Jakuba – doktor Jacek odłożył gruby notes – z pewnością symbolizuje pragnienia samobójcze. Jakub podświadomie pragnie wyzwolić się z psychicznej udręki poprzez wyzwolenie się z życia, tak jak chce to uczynić dziewczyna z jego snów. Ale jest to też znak pragnienia, by wreszcie uśmiercić prześladującą Animę. Jakub jest z nią bowiem związany „podwójnym węzłem" miłości-nienawiści. Wszystko to sprawia – tak brzmiała konkluzja wywodu doktora Jacka – że Jakub wciąż nie potrafi żyć naprawdę na własny rachunek.

Być może – snuł dalej swoje rozważania doktor Jacek – droga do uleczenia urazu, jakiego Jakub doznał w trudnych kontaktach z matką, wiedzie poprzez „odzyskanie siebie". Dusza Jakuba pragnie symbolicznie umrzeć – tu doktor Jakub przetarł zamglone szkła swoich okularów irchową szmatką – i w tej symbolicznej śmierci upatruje drogę do nowego życia. W każdym z nas bowiem – doktor Jacek przypomniał Jakubowi słowa Mistrza Eckharta – żyje „człowiek wewnętrzny", „poszukiwacz Perły", „motyl mistyczny", „człowiek uwięziony". Jeśli uda nam się owego „człowieka uwięzionego" wyzwolić z tyranii praw „tego świata", to znaczy z niezdolności do życia na własny rachunek, Jakub będzie miał szansę osiągnąć „moment oświecenia" i wtedy może jego stan ulegnie poprawie.

Wizyta u doktora Jacka trwała do wpół do trzeciej.

Jakub podziękował doktorowi Jackowi i wyszedł na ulicę.

Był wstrząśnięty.

Przed pójściem na Berlińską nie bardzo wierzył w terapeutyczne talenty doktora Jacka. Tymczasem doktor Jacek nie tylko rozgryzł jedną z jego najpilniej strzeżonych rodzinnych tajemnic, dawał mu jeszcze dar najcenniejszy – obietnicę wewnętrznego spokoju. W opowieści o matce – Jakub musiał to przyznać – było sporo bolesnej prawdy. Tak mu się przynajmniej zdawało. Doktor Jacek misternie wywlókł z jego serca czerwoną nitkę wstydu. Ten wstyd dowodził, że trafił w dziesiątkę.

A jednak, gdy po wyjściu z gabinetu Jakub znalazł się na słonecznej ulicy, doznał dziwnego wrażenia, jakby został doszczętnie z czegoś obrabowany. Nic z tego nie rozumiał. Nagle całe zło świata, o którym tyle rozmyślał, rozpuściło się jak grudka brudnego śniegu w słońcu. Czyż świat – pytał siebie słowami doktora Jacka – nie jest dlatego tak straszny, że „toksyczni rodzice" zadają duchowe rany synom, a „nadopiekuńcze matki" blokują prawidłowy rozwój seksualny córek? Czyż nie należy – jak brzmiały zalecenia doktora Jacka – uwolnić się od widm dzieciństwa – „fantazmatycznej matki" oraz „autorytarnego ojca"? I czyż Zło w swojej najgłębszej istocie nie jest tylko bolesną mową nieszczęścia, odruchowym działaniem zranionej duszy, która „nie poznała jeszcze samej siebie"? Czyż nie jest tak, że człowiek prawdziwie szczęśliwy nigdy nawet nie pomyśli o czynieniu zła?

Tak, to, co doktor Jacek mówił, miało ręce i nogi. Jakub przyznawał mu rację. Popełnił w swoim życiu parę elementarnych błędów, teraz musi je naprawić. Czyż nie ma „źle ustawionej duszy", tak jak śpiewacy operowi miewają źle ustawiony głos? Najwyższy czas „odblokować się", „uwolnić ego", „pokochać siebie", „żyć pozytywnie", „być sobą", „dać sobie trochę luzu" „otworzyć na własną inność",„żyć bez winy i wstydu", nauczyć się łagodnej mądrości wybaczania sobie i innym. Te piękne słowa, które słyszał i czytał już tysiące razy, rozbrzmiewały w jego głowie jak magiczne formuły alchemików, obiecujących przemianę ołowiu w złoto.

Kopuła Synagogi, którą minął, połyskiwała w słońcu ozdobnymi gzymsami jak wielka mosiężna cukiernica, ustawiona w labiryncie śródmieścia. Na Biskupiej Górce, na którą rzucił okiem skręcając w Ogarną, obok gmachu dawnego domu noclegowego, ekipa monterów z Paryża kończyła właśnie ustawiać naturalnej wielkości kopię Statui Wolności, którą w kolejną rocznicę Wielkiej Rewolucji roku 1789 naród francuski przekazał miastu na znak wdzięczności za Wielki Strajk roku 1980, który odmienił losy Europy i świata. Olbrzymia kobieta z metalowymi promieniami wokół głowy, stojąca na wzgórzu z wysoko uniesioną miedzianą pochodnią, patrzyła zielonymi oczami na miasto, morze i błękitniejący na horyzoncie Półwysep Helski. Gdy zaś słońce, które wyjrzało zza chmur, oświetliło północną dzielnicę i obok Wielkiego Młyna, w miejscu wyburzonego hotelu Hevelius, zalśniły trzy złote kopuły cerkwi św. Cyryla, którą niedawno wybudowano za pieniądze potentata gazowego Kuzniecowa, smukła wieża dworca z uskrzydlonym kołem na niderlandzkiej fasadzie pięknie zarysowała się na tle Gradowej Góry.

Ale Jakub, zajęty swoimi myślami, nawet nie zauważył tych wspaniałości.

Gdy doszedł do mostu nad Motławą, wyjął z kieszeni tabletki, które dostał od doktora Jacka i rzucił je do rzeki. Brązowa buteleczka z kolorową nalepką przez chwilę kołysała się na wodzie, błyskając złotą zakrętką, po czym powoli, jakby z wahaniem, poszła na dno jak moneta rzucona do rzymskiej fontanny na szczęście.

Dzwony na Ratuszu zaczęły wybijać trzecią.

Jakub szedł na Wyspę Spichrzów.

Tymczasem w dalekim dorzeczu Amazonki umierały lasy deszczowe, dziura ozonowa otwierała się nad lodowcami Antarktydy, mieszkańcy zaś Australii ratowali stado wielorybów, które zabłąkało się właśnie na mieliznę koło Sydney. W tysiącach miast miliony ludzi wypijały miliony filiżanek czarnej kawy. Nawet kilkuletnie dzieci – telewizja biła na alarm na wszystkich kanałach – brały przed wyjściem do szkoły spidy i kokainę, by dać sobie psychicznego kopa na cały dzień. Europa z wolna przestawała się rozmnażać. Mało kto widział sens w płodzeniu kolejnych istot, które i tak wcześniej czy później miały zmienić się w ekologiczny nawóz o wysokich wartościach odżywczych. Trzy sztuki potomstwa uchodziły za wyczyn, którym mogli się poszczycić nieliczni. Narody broniły się co prawda przed wyginięciem, wytrwale produkując miliony kaset z obrazami wymyślnie spółkujących ludzi, by podgrzać wygasającą wolę przetrwania. Kościół wciąż jednak wahał się, jakie stanowisko zająć w tej sprawie, chociaż potrzeby były naglące. Na Wyspie Spichrzów sklepy z kosmetykami jaśniały tysiącem świateł jak prawdziwe sanktuaria Życia. Trzej Królowie o imionach Guerlain, Kenzo i Lagerfeld przynosili obietnicę, na którą czekali wszyscy. Rzeka szamponów i body balsamów, obfitsza niż święte wody Gangesu, spływała w każdej minucie z milionów ciał do mórz i oceanów na obu półkulach jak piana z boskich ramion Afrodyty. Pociągi z żelem pod prysznic, dłuższe niż mur chiński – jedyna budowla, jaką widać było z Księżyca – pędziły po równinach Europy, Ameryki i Azji. Tylko śmierć – spokojna jak wysoko kwalifikowana manikiurzystka – przechadzała się po niebie, czekając na dogodny moment, by jednym pstryknięciem palca zburzyć kruchą równowagę między istnieniem a nieistnieniem.

Miała godzina trzecia, jedna z tych tajemniczych godzin, które lekkim ściemnieniem słonecznej tarczy zwiastują wieczorny kres światła. Zachodnia półkula wchodziła powoli w strefę cienia. Morza zmieniały barwę z seledynowej na ciemnogranatową. Jakub szedł do znajomego Bodybildera, a z ulicznych straganów, które mijał, kolorowe okładki książek, wzywały go, by zaufał dobrym radom: *Kuchnia Kryszny*, *Siła Feng Shui*, *Szalony kowboj*. *Historia amerykańskiego farmera, który przestał jeść mięso*, *Jak Proust może zmienić Twoje życie*, *Anatomia duszy*. *Siedem stopni mocy i uzdrowienia*. Bodybilder, do którego Jakub szedł, miał w starym gmachu elektrowni na Wyspie Spichrzów fitness club. Ta posępna budowla ze znakiem błyskawicy na ceglanej fasadzie, którą najpierw przerobiono na miejską operę, a potem pozostawiono własnemu losowi, bardziej podobna do zapomnianej świątyni Persefony niż do magicznego miejsca, w którym kiedyś rodziło się światło, mogła swoim kościelno-fabrycznym wyglądem z pewnością odstraszyć każdego. Może właśnie dlatego na ceglanej fasadzie Bodybilder umieścił ułożony ze świecących rurek napis: „Niechaj Moc będzie z Tobą". Jakub odwiedzał to miejsce już parę razy. W wysokiej, pomalowanej na biało hali, podobnej do jasno oświetlonego garażu nowojorskiej straży pożarnej, nadzy mężczyźni, lśniący od potu, na niklowanych urządzeniach z zapamiętaniem oczyszczali swoje ciało z najmniejszych drobin Zła.

Bodybilder przyjął go w kantorku, swobodnie rozparty na metalowym krześle z płóciennym oparciem. Pił właśnie wodę mineralną z kryształowej szklanki. Opalony, krępy, z kształtną głową ostrzyżoną do skóry, z mocno zarysowaną, twardą szczęką i wypukłymi łukami brwiowymi, spod których patrzyły jasne, skłonne do żartów oczy, w swoim czarnym tiszercie, obcisłych spodniach marki Brentano i włoskich pantoflach z kremowego zamszu założonych na bose stopy, wyglądał jak masażysta z kliniki kardiologicznej na wakacjach w Chamonix. Miał – Jakub to słyszał od paru osób – piękną, starszą od siebie żonę, która nie chciała mu urodzić dziecka, co wpędzało go w melancholię. Budował dla niej właśnie willę za miastem. Z zawodu mechanik samochodowy, z upodobań biegacz i znawca kobiet, namiętnie czytał wieczorami książki teologiczne i dzieła azjatyckich mędrców.

Jakub nie zdziwił się więc, gdy z ust Bodybildera usłyszał opowieść o Oczyszczeniu.

Oto pewnej niedzieli, w dzień, ustanowiony na pamiątkę cudu stworzenia świata z nicości, Bodybilder zgodnie ze wskazaniami mistrzów Wschodu postanowił „oczyścić siebie". Głodówkę zaplanował na siedem dni. Codziennie o świcie, pochylony nad porcelanową muszlą, dotknięciem palca uważnie sprawdzał śluzy, mażące się soki i brudne kwasy, które śliską nitką opuszczały jego ciało. Ten widok Zła opuszczającego jego wnętrzności najpierw wprawił go w przerażenie. Nie przypuszczał, że aż tyle kryje się w ciemnych labiryntach jelit. Ale potem widzialność Zła, o której w dzieciństwie zabronili mu nawet myśleć katoliccy kapłani, uznał za znak, że można zapanować nie tylko nad własnym ciałem, lecz i nad duszą. Już po trzech dniach głodówki poczuł, że pod gumowymi podeszwami pantofli marki Nike ma sprężynującą warstwę powietrza, która unosi go parę centymetrów nad ziemią.

Aby wzmocnić efekty kuracji, poddał się jeszcze urynoterapii wedle wskazań Kawashaniego. Codziennie po przebudzeniu ostrożnie oddawał mocz do szklanki, bacząc, by żółty płyn pochodził ze „środkowego strumienia", po czym z zamkniętymi oczami powoli wypijał wszystko do dna. Gdy Jakub zapytał go, czy podgrzewa płyn przed wypiciem, odpowiedział, że nie, bo płyn z natury jest ciepły i wbrew uprzedzeniom, którym większość ludzi, niestety, ulega, smakuje jak zioła schłodzone po zaparzeniu. Resztę ze „środkowego strumienia" przeznaczał na lewatywę, którą robił sobie każdego wieczoru przed zaśnięciem. Za dnia pił tylko alpejską wodę mineralną. Gdy po tygodniu pojechał na plac budowy, żeby sprawdzić, jakie terapia dała efekty i wziął się do kopania fundamentów, co dawniej nudziło go i męczyło, wyślizgana do blasku łopata obracała się w dłoniach jak wyostrzony miecz samuraja. Tracąc siły, nabierał Mocy.

Opowieści Bodybildera Jakub wysłuchał z uczuciami mieszanymi. Pewne jej szczegóły wydały mu się nawet dość odpychające. Ale nie mógł zaprzeczyć, że oczy Bodybildera lśniły prawdziwym blaskiem zdrowia. Tylko uprzedzeni złośliwcy mogliby tego nie zauważyć.

Wizyta w kantorku fitness clubu przyniosła jednak odkrycia, jakich się nie spodziewał. Nagle w jakimś niedorzecznym rozbłysku myśli zdał sobie sprawę, że posiada ciało. – Też mi odkrycie – pokręcił głową. A jednak ta prosta prawda uderzyła go całą siłą oświecającego światła. Od jakiegoś czasu czuł bowiem, że jest od ciała odłączony czy oddzielony. Paskudne wrażenie. Tak jakby dotykał zdrętwiałej dłoni. Najwyższy czas, by do życia wprowadzić parę zmian. Nie myślał o żadnych zmianach istotnych, ot, po prostu we środę czy we czwartek zjadł na śniadanie i kolację mniej niż zwykle. Chrupkie pieczywo, pomidor, twarożek, szczypiorek. Chciał – jak to sobie powiedział – po prostu oczyścić organizm z toksyn. Czyż Zło na Ziemi – rozmyślał krojąc świeży ogórek na porcelanowej tacce – nie wzięło się stąd, że dusze naszych prarodziców wygnanych z Raju stały się mięsożerne? Czyż wielcy mędrcy Wschodu nie wiedzieli o tym od dawna? Więc Kain-wegetarianin miał najzupełniejszą rację, że prewencyjnie zabił Abla, tego obłudnego rzeźnika, składającego bez żadnych skrupułów dobremu Bogu krwawą ofiarę z koniny i jagnięciny? I gdyby ludzki rodzaj pozostał na zawsze przy sałacie, brukselce i kiełkach pszenicy, nigdy nie doszło by do Holocaustu, Hiroszimy i ataku na Word Trade Center? O, tajemnice ludzkich przeznaczeń, któż przeniknie ich głębię! Być może było w tym coś z prawdy.

Wrócił też do dawnych ćwiczeń fizycznych, co Janka, trochę zdziwiona nagłą zmianą w jego zachowaniu, przyjęła z uznaniem. Gdy gimnastykował się przy otwartym oknie w promieniach porannego słońca znad Zatoki, podała mu nawet biały ręcznik frotté, by otarł pot z czoła.

Przez parę dni pił tylko wodę mineralną i świeży sok wyciśnięty z pomarańczy prosto do szklanki. Głód, którego tak naprawdę nigdy w życiu nie zaznał, bo od dzieciństwa zawsze miał co jeść, napełnił go nierozsądną dumą. Słyszał o anoreksji, miał nawet dwie studentki, które o anoreksję podejrzewał, ale teraz, rezygnując ze śniadania, obiadu i kolacji, zrozumiał głębszy sens pasji głodowania, która zżerała w tysiącach miast na świecie wiotkie, na wpół przeźroczyste ciała milionów dziewcząt i młodych kobiet. Alchemia głodu wprawiała go chwilami w uniesienie. Każdy ruch ciała pobudzał krew. Oczyszczał duszę z niedobrych osadów. Czyste światło napełniało mięśnie. Oddech był lekki. Zmęczenie święte. W jakiejś chwili – co przyjął ze wzruszeniem – pot, spływający po ramionach podczas porannych ćwiczeń, wydał mu się podobny do strumyków krwi spływających po biczowanym ciele Jezusa z gotyckich obrazów. Skojarzenia tego wcale nie uznał za bluźniercze.

Ćwiczył zapamiętale. Przysiady, pompki, hantle. Tak jakby chciał zmienić ciało w instrument zemsty na nieposłusznej duszy. Dała mu się we znaki? Teraz za to zapłaci. Dosięgał ją krótkimi rozbłyskami bólu. Niewidzialną igłą wyciągał cierń z rany. W piersiach stopniowo zaczęło rozjaśniać się wewnętrzne światło. Dotąd ledwie żarzące się pod popiołem zmęczenia, teraz z całą siłą rozbłysło pod sercem – orzeźwiające, życiodajne, mocne. Oddychał łatwiej. Lepiej sypiał. Męczący ciężar, ściskający żebra, ustąpił.

Łykał witaminy, jadł surowe owoce. Nawet zaczął się inaczej ubierać. Bawiły go wakacyjne koszule w kolorowe palemki, luźne szorty z kolorowymi nadrukami, sandały na bosych nogach, skórzana przepaska na włosach. Co rano biegał w dresach po ścieżkach za osiedlem. Cieszyło go każde uderzenie stopy w twardą powierzchnię asfaltu.

Cóż za zmiany! Dusza, tysiącem włókien zrośnięta z ciałem, uwięziona w splotach mięśni, ściśnięta w klatce żeber, dotąd usychała odcięta do źródeł zdrowia. Teraz mogła odetchnąć. Gdy we wtorek rano po wyjściu spod prysznica stanął przed lustrem nagi, ociekający wodą, przez mgnienie zdało mu się, że ujrzał ją w głębi piersi jak na zdjęciu rentgenowskim. Unosiła się pod mostkiem niczym żywa, dopiero co połknięta hostia, otoczona subtelną aureolą miękkiego, organicznego blasku.

Podobnie wyglądała we śnie, który przyśnił mu się tej samej nocy. Miał ciało zupełnie przeźroczyste, pozbawione ciężaru, wyzwolone, stopione z duszą w jedno. Twarde jak kryształ bez trudu przechodziło przez najgrubsze mury. Nic nie mogło go zranić. Skóra na ramionach mieniła się chłodnym, mineralnym blaskiem, jak posypana ziarenkami miki. Unosił się nad ziemią, a spod serca wybiegały dwa żywe promienie – czerwony i biały.

Po kilku tygodniach ćwiczeń, wychodząc spod prysznica, patrzył na świat jak na słoneczny dar Dionizosa. Krew płynęła żywo pod skórą, gdy mokre ramiona tarł do czerwoności szorstką rękawicą. Nawet głos mu odmłodniał. Brzmiał w auli gmachu prawa dźwięczniej i donośniej niż zwykle.

A jednak w piątek, gdy stanął przed lustrem w łazience, po skórze przepłynął chłodny cień. Cóż to znowu? Zmęczenie? O tej porze? Z niejasnym niepokojem uświadomił sobie, że od jakiegoś czasu nie ma już tamtych niedobrych snów, od których tak chciał się uwolnić. Aż wzruszył ramionami. Czyż nie żył naprawdę nowym życiem? *Vita nuova*. Komunia z energiami kosmosu. Odrodzenie. Ruch na świeżym powietrzu. Sprinty na ścieżce pod lasem. Jazda na górskim rowerze. Ćwiczył nawet parę razy w fitness clubie Bodybildera.

Tak, umiał teraz duszę zmusić do zdrowia. Miał ją w garści jak złapanego wróbla. Niechby tylko spróbowała się sprzeciwić. Wystarczyło skutecznie rozgrzać mięśnie treningiem a już zaczynała tańczyć jak goła dziewczyna, która po kąpieli w saunie lubi się z piskiem tarzać w parującym śniegu. Co tydzień grał w tenisa z księdzem Janem na kortach za rzeką, pływał w basenie, biegał w dresach po ścieżkach na osiedlu. Jakby mu wszystko wyjęto z piersi. Dziwna lekkość. Skóra, żebra, w środku nic. To dlatego tak łatwo się poruszał? Ptaki też mają kości puste w środku. Dlatego tak łatwo latają.

Wyciągnął przed siebie rękę. Poruszył palcami, ale tamto dziwne wrażenie wcale nie ustąpiło. Ruszał palcami tak, jakby to nie była jego dłoń.

Włączył telewizor.

Codziennie rano – mówił spiker programu sportowego – w całych Chinach miliony mężczyzn i kobiet gromadzą się na placach, by unosić i opuszczać ręce zgodnie z odwiecznym, świętym rytuałem. Chińczycy, których ujrzał na ekranie, poruszali się bardzo ładnie, z wdziękiem, jak mądre automaty do malowania karoserii w fabryce samochodów. W skupieniu podnosili prawą nogę. Potem uroczyście opuszczali lewą. Stanął przed telewizorem i przez dłuższą chwilę powtarzał ich ruchy. Uniósł lewą nogę. Potem opuścił prawą. Sprawiło mu to przyjemność. Ruszał się nawet zręczniej niż oni.

Ale potem, patrząc na postacie w bluzach z granatowego płótna, nagle zastygł w bezruchu. Prawa noga uniesiona na wysokość oczu, lewa ręka cofnięta w tył, palce stulone w znak lotosu. Stał na jednej nodze i patrzył w ekran. Mijały sekundy. Tak jakby był – ta myśl nagle wdarła się do świadomości – jednym z milionów psów Pawłowa, które w trosce o zdrowie codziennie przed śniadaniem unoszą tylną łapę i głęboko wdychają świętą energię porannego powietrza przez wilgotny nos. Powoli opuścił nogę. Potem opuścił rękę. Podszedł do okna. Oparł się o framugę i długo, nie myśląc o niczym, patrzył na morze. Wąska chmurka o łososiowej barwie przecięła słońce. Stado mew uparcie krążyło nad wejściem do portu jak ruchomy, szary obłok. Czerwony tankowiec skręcał za latarnią morską na północ. Spadł krótki, rzęsisty deszcz. Duże, zimne krople rozpryskiwały się na blaszanym parapecie. Niebo nad wieżami Katedry pociemniało.

A kiedy nadeszła sobota, nie wstał już jak zwykle o szóstej. Nie potrafił z siebie wykrzesać nawet chęci ruszenia palcem. Leżał na łóżku i patrzył w sufit. Janka otworzyła okno: – No, wstawaj. Co tak leżysz? Nie widzisz, jakie słońce? – Zamknij – powiedział. – Zimno mi. – To się rozruszaj! – rzuciła mu na piersi ręcznik w niebieskie kwiaty lotosu, ale tylko przymknął oczy. Skwitowała to kwaśnymi uwagami. Co się dzieje? Przecież nareszcie wziął się za siebie i zaczął „żyć jak człowiek".

Ale z niego wyszło powietrze i nie było sposobu, by sprowadzić go na dobrą drogę, z której uległe, bez żadnego sprzeciwu, zaczął zsuwać się w przepaść jak szklana kulka, która wypadła z rąk Boga.

# Czułość i miłość

Gdy w poniedziałek o dziesiątej szedł na Wyspę Spichrzów, pomyślał o księdzu Józefie.

Lubił księdza Józefa od dawna i czasem odnosił wrażenie, że ksiądz Józef też go lubi, a że widywali się w gmachu prawa, gdzie ksiądz Józef miał co piątek wykład z symboliki Biblii, aż się zdziwił, że mu taka myśl dopiero teraz przyszła do głowy.

Pamiętał dobrze wiosenny dzień, pachnący mokrym śniegiem, słoneczną pogodą i wierzbowymi baziami, gdy w starym domu przy kościele św. Trójcy na którymś z rodzinnych spotkań zasiedli obok siebie przy owalnym stole ciotki Zofii, zastawionym makowcami i sernikami domowej roboty, po czym gotowi do niespiesznej podróży – jak wyraził się ksiądz Józef – z suchej krainy pragnienia przez ciemne zdroje ponczu do Kaananu słodkiej sytości, zaczęli rozmawiać o grzesznej epoce w życiu świętego Augustyna.

Wystarczyło kilka chwil, by Jakub spostrzegł, że w księdzu Józefie tajemniczo łączyły się cechy sprzeczne, co zawsze wzbudza podziw, a nawet zazdrość – uczucia, które dodają smaku każdemu spotkaniu. Bo cóż może być bardziej kuszącego – myślał później o tamtym dniu – nad zgłębianie niepojętego sekretu *coincidentia oppositorum*, gdy oto nagle, z lekkim popłochem w sercu spostrzegamy, że ogień i woda składają się z tych samych cząstek elementarnych, choć są absolutnymi przeciwieństwami, surowość prawa bywa formą miłości, choć nigdy odwrotnie, jedna zaś sekunda bólu, gdy rak trzustki błyskotliwymi *arpeggiami* zmierza do wielkiego mozartowskiego finału, trwa nieskończenie dłużej niż siedem tłustych lat szczęścia, choć żaden zegarmistrz świata nie chce nawet o tym słyszeć.

Wykształcony jak mało kto, gadający soczystą gwarą górali z Południa, ksiądz Józef chętnie zachodził do domu przy św. Trójcy. Cóż to były za wejścia! Już od progu ku radości zebranych rzucał na powitanie parę jędrnych żartów, na które zgodnie odpowiadano serdecznym śmiechem. Sam śmiał się głośno swoim miękkim, dudniącym głosem, machając wielką, ciepłą dłonią ze złotymi włoskami na grzbiecie, jakby się opędzał od niezasłużonych pieszczot. Potem zaś, gdy nacieszono się jego pogodną wesołością, nagle poważniał, brał pod rękę któregoś z biesiadników i z kawałkiem makowca w palcach uprzejmymi pytaniami niespiesznie – jakby zgarniał ryby do sieci – naprowadzał go na dłuższą rozmowę o świętym Tomaszu albo o „filozofii dialogu", czym wzbudzał – rzecz jasna – popłoch. Któż mu bowiem w takich rzeczach potrafił dorównać! Mówiono, że umie służyć radą. Na jego kazania do Katedry ściągały tłumy.

Spotkali się na prośbę Jakuba późnym popołudniem, w porze sprzyjającej medytacjom, przy starych drzewach Wielkiej Alei, w miejscu dawnych ewangelickich cmentarzy, gdzie kiedyś rozciągało się morze grobów. Korona czarnego cisu, pod którą usiedli na kamiennej ławce, dawniej ocieniała granitowe płyty z niemieckimi napisami, teraz zaś rzucała cień na asfaltowe ścieżki jasnego parku, po których z turkotem jeździli na deskorolkach roześmiani chłopcy w adidasach i bejsbolówkach z daszkiem przekręconym do tyłu. Widać stąd było prześwitujące za drzewami białe mury sławnego szpitala, w którym w dniach wielkiej wojny robiono z ludzi mydło, teraz zaś z powodzeniem przeszczepiano serca, przywracając tym cudownym zabiegiem każdemu, kto tego pragnął, błogosławioną zdolność odczuwania bólu. Patrząc na to wszystko Jakub pomyślał, że wybrał dobre miejsce.

Ksiądz Józef nie nosił sutanny, jakby obawiał się, że czarny kolor kapłańskiego stroju może spłoszyć każdego, kto potrzebuje rady i pocieszenia, przyszedł więc na spotkanie z Jakubem w szarej marynarce z koloratką pod szyją. W skromnym, eleganckim ubraniu z angielskiej wełny, z włosami przyprószonymi siwizną, opalony, bardziej podobny do wysmaganego górskim wiatrem skandynawskiego turysty niż do katolickiego kapłana, którego homilie, co niedziela wygłaszane w Katedrze ze złoconej ambony, cieszyły się zasłużoną sławą, promieniował spokojnym wdziękiem męskiej dojrzałości, któremu trudno się było oprzeć. Gdy Jakub opowiedział mu o tym, co zdarzyło się na lipcowym egzaminie, wysłuchał wszystkiego z uwagą jak stary przyjaciel, którego nic już nie dziwi, po czym z pochyloną głową, długo zgłębiając w myślach sens tego, co usłyszał, zaczął powoli mówić swoim głębokim, ciepłym głosem, którego brzmienie chwilami przypominało Jakubowi brzmienie dzwonu cerkiewnego. A że słońce, choć już trochę przymglone, wciąż jeszcze świeciło za drzewami po zachodniej stronie parku, ptaki w czarnych koronach sosen leniwie przelatywały z gałęzi na gałąź, Jakub poczuł w sercu ulgę, bo trochę obawiał się tego spotkania.

Słuchając słów księdza Józefa, w których wola pomocy pięknie łączyła się z mądrością, poczuł, że wychodzi z cienia. Serce napełniły dobre uczucia. Ksiądz Józef radził mu, by nadal starał się odnaleźć dziewczynę, której przytrafiła się niemiła przygoda na egzaminie – przecież nie ma żadnej pewności, że ona nie żyje – a gdyby poszukiwania nie dały rezultatu, niechże przynajmniej pomoże komuś, kto równej jak ona pomocy potrzebuje. Tak będzie najlepiej. Winę bowiem można zmazać tylko poprzez naprawienie krzywd. Innej drogi nie ma. Ważne, co mówi nam serce, a serce mówi przecież Jakubowi, że jeśli jest wina, to powinna być i skrucha i zadośćuczynienie.

A gdy tak Jakub, patrząc na słońce migocące w gałęziach, wsłuchiwał się w ciepły głos księdza Józefa, który starannie dobierał słowa, by żadnym z nich nie zranić duszy potrzebującej wsparcia, mały, żółty motyl nadleciał od strony kwitnących klombów i przysiadł na dłoni Jakuba, stulając skrzydła w słońcu. Czyż mogła być lepsza wróżba?

Ale potem ksiądz Józef spod nastroszonych, siwiejących już trochę brwi spojrzał na Jakuba uważniej i w jego głosie zabrzmiały tony ostrzejsze, co jednak Jakub przyjął bez zdziwienia, bo, choć się do tego nie przyznawał, właściwie czekał na taki obrót rozmowy. – Lecz widzisz, Jakubie – mówił ksiądz Józef – ja sobie tak chwilami myślę, że ty może robisz ze swojej duszy teatr. Czujesz, że grzechu nie było żadnego, ale wmawiasz sobie, że masz na sumieniu jakąś dziewczynę, którą – jak mówisz – skrzywdziłeś. Bo może myślisz sobie tak: jeśli jest grzech, to jest i Bóg, i dusza. Więc tę swoją duszę boleśnie rozdrapujesz palcem niewiernego Tomasza, żeby ona zaczęła krwawić. Bo jak dusza zacznie krwawić – tak sobie może myślisz – to ty będziesz miał pewność, że ty ją naprawdę masz. I ja to dobrze, Jakubie, rozumiem, bo dzisiaj coraz więcej ludzi, nawet chrześcijan, nie bardzo wierzy w duszę, nawet jeśli wierzy w Boga. Bo w duszę dużo trudniej uwierzyć niż w Boga.

Lecz powiem ci tak, Jakubie: najważniejsza jest zawsze osoba ludzka – „persona". Pojęcie to znaczyło w dawnej Grecji człowieka o tyle, o ile może on brać udział w dramacie. A dramat to było coś takiego, co się działo między ludźmi. Tam pojawił się wielki problem: jaka jest relacja człowieka do człowieka. Czy człowiek jest winien nieszczęścia, które spotyka innego człowieka. Na ile człowiek może uratować człowieka, na ile człowiek może zgubić człowieka? Czy może być ratunkiem, czy zgubą, czy jednym i drugim. A może tylko zgubą? A może ani jednym, ani drugim?

Ale ja ci to wszystko mówię dlatego, że ja, widzisz, Jakubie, nie wiem, czy ty naprawdę chcesz pomóc tamtej dziewczynie, czy raczej, skarżąc się na swoje zmartwienia, myślisz przede wszystkim o sobie.

Bo jeśli ty myślisz przede wszystkim o sobie, to nawet gdybym ja ci dał rozgrzeszenie, to nie będzie to – wierz mi – prawdziwe rozgrzeszenie. Bo męka jest najpierw, łzy później, nigdy odwrotnie. Więc sam sobie odpowiedz, jak to naprawdę z tobą jest i czego ty ode mnie jako kapłana oczekujesz.

Jakub starał się słuchać księdza Józefa uważnie, w skupieniu patrzył na słońce, które migotało w gałęziach drzew niczym świetlisty znak nadziei, dawany mu przez kogoś z oddalenia, lecz nagle poczuł w sobie zamęt. Od jakiegoś czasu nie mógł się oprzeć wrażeniu, że – jak to sobie kiedyś nazwał w myślach – odkleja się od świata i teraz tego wrażenia doznał z niezwykłą siłą. Spłynęła na niego łaska nieobecności. Dawniej uważał, że świat został urządzony tak, żebyśmy nie mogli nawet przez jedną chwilę nie brać w udziału w sprawach świata. Bo nawet jeśli odmawiamy udziału w sprawach świata, to przecież zawsze, właśnie poprzez swoją odmowę, jakiś w nich udział bierzemy. Ale teraz, w tej dziwnej chwili, w której słowa księdza Józefa przestały do niego docierać, poczuł się wyzwolony ze świata. Przecież – pomyślał, nie odrywając wzroku od motyla, który zerwał się z dłoni i trzepocząc żółtymi skrzydełkami odfrunął w górę ku koronom drzew – wystarczy tylko wzruszyć ramionami, a wszystkie nasze sprawy, nawet te najważniejsze, rozwiewają się jak dymek z papierosa. Nic z nich nie zostaje.

Dopiero teraz uświadomił sobie, że idąc na spotkanie w parku liczył na łagodne, lecz stanowcze potępienie. Może gdyby został skarcony, poczułby twardy grunt pod nogami. Lecz teraz – pocieszony, lecz pusty – czuł pod stopami tylko powietrze. Jeszcze chwila, a byle wiaterek uniesie go nad ziemię jak puch dmuchawca. Tymczasem ksiądz Józef – jakby zupełnie nie zdając sobie sprawy z tego wszystkiego – znowu się uśmiechnął: – Jakubie, najważniejsze jest to, co ty sam naprawdę masz w swoim sercu. Jeśli będziesz to wiedział, będziesz wiedział, co robić dalej. Moje rady nie będą ci do niczego potrzebne. Ale – wybacz mi te słowa – są trzy rodzaje prawdy: prawda, tyz prawda i gówno prawda. Czyś ty przypadkiem się nie zapatrzył na św. Teresę Berniniego? Ja wiem, każdy by chciał cierpieć tak efektownie jak ona.

Słysząc te słowa, Jakub ujrzał znów tamte popielate, rozczesane pośrodku głowy włosy o delikatnym połysku, stopy w sandałach, cienki rzemyk owinięty wokół kostki... I chociaż starał się skupić uwagę na tym, co ksiądz Józef do niego mówił, coś ciągnęło go ku tamtej delikatnej, wrażliwej istocie, która pojawiła się w jego życiu tylko przez moment, jak piórko gołębia spadające w ogień, a jednak zostawiła w sercu bolesne zadraśnięcie, narywający ślad, z którym nie wiedział, co począć. Znowu poczuł, że wtedy, tamtego lipcowego dnia, zrobił coś paskudnie głupiego, okrutnego, na co nie było żadnego usprawiedliwienia. Tak jak nie mogło być żadnego usprawiedliwienia dla kogoś, kto nieuważnie zaprószył ogień w domu, w którym potem spłonął ktoś młody i piękny.

A jednak druga połowa duszy – ta trzeźwa – miała wszystkie te sentymenty gdzieś. Do diabła, przecież to nie on skrzywdził tamtą dziewczynę.

Gdy ksiądz Józef wstał z ławki i asfaltową ścieżką odszedł niespiesznie ku plebanii kościoła akademickiego, patrzył za nim przez chwilę, ale serce zaczęły opuszczać dobre uczucia. Teraz, po rozmowie, po której spodziewał się tak wiele, pomyślał, że potrzebuje czegoś dużo mocniejszego i chyba wiedział, gdzie tego szukać.

Ksiądz Tadeusz?

Ksiądz Tadeusz był proboszczem w kościele św. Brygidy. Spowiadał zwykle w piątki, ale dotrzeć do niego było trudniej niż do któregokolwiek z kapłanów. Cóż się dziwić! Zawsze otoczony tłumami, może nawet większymi niż te, które co niedziela ściągały do Katedry na każdą homilię księdza Józefa, postawny, energiczny, z siwizną przetartą na ciemieniu, w szumiącej sutannie przewiązanej sznurem, poruszał się z męską stanowczością ogrodnika winnicy Pańskiej. Żywo gestykulując, zamaszyście rozdzielał Boże łaski, na które wszyscy czekali, a na dodatek co kilka dni, błyskając przed mikrofonem okularami w złotej oprawce, przemawiał przez radio do milionów kobiet i mężczyzn, w zachwycie wsłuchanych w każde jego słowo. Gdy po niedzielnej mszy wychodził na plac przed kościołem św. Brygidy w białej komży z haftowaną stułą zarzuconą na ramiona, by zamienić parę słów z wiernymi, którzy cierpliwie czekali na jego pojawienie się w drzwiach plebanii, natychmiast otaczała go gromada kobiet i miejscowych ludzi interesu, przez którą trudno się było przecisnąć. Mówiono, że pod skromną sutanną ksiądz Tadeusz nosi przepasaną błękitną wstęgą śnieżnobiałą marynarkę od Armaniego, podobną do paradnego munduru argentyńskich generałów, na piersiach zawiesza sobie setkę krajowych i zagranicznych orderów, które przy każdym kroku pobrzękują niczym pęk kluczy w kieszeni luźnych spodni i czasem ukazuje się światu w tym stroju, co ludzie, doceniający znaczenie świeckich oznak władzy w skutecznym sprawowaniu trudnej misji Kościoła, uznają za mądre i najgłębiej słuszne.

Jakub tylko się uśmiechnął, że przyszła mu ochota na rozmowę z kimś tak niedostępnym, o kim zresztą słyszał sporo niedobrego. Ale w samej myśli, by spotkać się oko w oko z księdzem Tadeuszem, kryła się – jak pomyślał – podniecająca perwersja zabarwiona gorzkim posmakiem wykroczenia, a nawet, kto wie, może i zdrady. Rozczarowany rozmową z księdzem Józefem, zapragnął zrobić coś głęboko sprzecznego z własną naturą. Chciał poznać – jak to określił – siebie do głębi, a czyż nasza prawdziwa natura nie odsłania się właśnie w chwilach, gdy stajemy w obliczu czegoś, co jest nam do szpiku kości obce?

Gdy we czwartek przechodził obok kościoła św. Brygidy, przyszło mu do głowy, że może by warto obejrzeć największą monstrancję świata, wykonaną ze srebra i bursztynu, którą ksiądz Tadeusz wystawił niedawno w bocznym ołtarzu. Uchylił ciężkie drzwi i rozglądając się po ceglanym wnętrzu, pełnym czerwonego i błękitnego światła gotyckich witraży, wszedł do świątyni. W głębi bocznej nawy ujrzał postawnego mężczyznę w sutannie. Ksiądz Tadeusz modlił się przy wysokim klęczniku, świecąc w półmroku białą koloratką.

Serce uderzyło żywiej. Kościół był pusty. Jakub, przemagając obawę, podszedł bliżej. Ksiądz Tadeusz, nagle oderwany od modlitwy, obrzucił go nieuważnym spojrzeniem, sięgnął po stułę przewieszoną przez pulpit klęcznika, po czym skinieniem białej dłoni z sygnetem na małym palcu zachęcił, by przeszli do czarnego konfesjonału stojącego po lewej stronie ołtarza. Światło witraży grało setką barw na posadzce ze starych płyt nagrobnych. Jakub uklęknął na drewnianym stopniu konfesjonału, przysunął twarz do kratki, za którą ksiądz Tadeusz sadowił się na drewnianej ławie, przez chwilę układał w myślach to, co chciał powiedzieć, lecz gdy zaczął mówić, mówił długo i zawile.

Kiedy przestał mówić, odpowiedziała mu cisza. Ksiądz Tadeusz poprawił stułę na ramionach. Najpierw chciał ustalić, jak przedstawiają się fakty. Jakub jednak, choć bardzo chciał, nie umiał odpowiedzieć na wszystkie pytania. Wie, że stało się coś niedobrego. Odrzucił prośbę dziewczyny, lecz nie wie, czy słusznie. Ksiądz Tadeusz mu przerwał. Przecież mógł ją zapytać raz jeszcze, skoro pojawił się cień wątpliwości. Tak, pojawił się cień wątpliwości, ale właśnie tylko cień. Ta dziewczyna, twierdząc, że widziała, jak wpisał dobrą ocenę, mogła kłamać. Ale czy wsłuchał się uważnie w jej głos? Wiedziałby wtedy, czy mówiła prawdę, bo ludzki głos nie potrafi kłamać. Wsłuchać się uważniej? Wtedy? Tamtego dnia? W gmachu prawa? W tym zamieszaniu, huku, gadaninie, napięciu? To, że kłamała, było równie prawdopodobne, jak to, że mówiła prawdę. Musiał wybrać. Wszystko działo się tak szybko. Nie miał czasu na rozmyślania. Wybrał, że kłamała. Więc dlaczego tu przyszedł, skoro wie, że wybrał dobrze? Nie wie, czy wybrał dobrze. Ale wie, że gdyby pozwolił jej zdawać raz jeszcze, może udałoby się uniknąć najgorszego. Co ma na myśli? Jakub milczał przez chwilę, po czym powoli powiedział, że dziewczyna mogła coś sobie zrobić.

– Więc ona nie żyje? – Ksiądz Tadeusz zdziwił się, bo sprawa, początkowo wyglądająca na rutynowy przypadek zaniedbania, przybrała nagle poważny obrót. Ale Jakub miał tylko takie przeczucia. – Przeczucia? – w głosie księdza Tadeusza pojawiło się rozczarowanie. – Szukałeś jej? – Szukałem. – I co? – Nie znalazłem. – Ale czujesz wyrzuty sumienia? – Jakub, odsuwając twarz od kratki, niepewnie skinął głową. Ksiądz Tadeusz uniósł dwa palce: – Żałuj więc za grzechy i módl się. Bóg ci dopomoże. Na pokutę zadaję ci…

Ksiądz Tadeusz stuknął w kratkę, Jakub wstał, wyszedł z konfesjonału i skierował się ku kruchcie. Gdy doszedł do drzwi, zniechęcony pomyślał, że światem rządzi Wielka Liczba i nie ma na to żadnej rady. Ileż to takich dramatycznych historii jak ta, którą opowiedział w konfesjonale, kapłani wysłuchują codziennie na porannej spowiedzi! Cóż więc dziwnego, że po jakimś czasie spowiednika ogarnia uczucie niezwalczonej nudy. Wielka Liczba potrafi złamać każdego. Wbrew sensacyjnym plotkom w konfesjonałach panuje dzika szarość. Zło to królestwo przeciętności. Może gdyby dziewczyna w sukience z indyjskiej bawełny podcięła sobie żyły, o, wtedy ksiądz Tadeusz pewnie poświęciłby sprawie więcej uwagi. Zło nabrałoby rumieńców. Lecz teraz? Jakieś banalne niedopatrzenie!

Uśmiechnął się do siebie. Więc jednak rację miał ksiądz Józef? Więc przyszedł do kościoła św. Brygidy wcale nie po to, by zmazać swoją winę, tylko po to, by się utwierdzić w swojej pysze? Niepowtarzalny, rajski ptak wrażliwego sumienia! Więc ksiądz Tadeusz doskonale wyczuł tę jego paskudną, zamaskowaną pychę egotyka, który wyjątkowością własnych win chce się wyodrębnić z szarego tłumu? I dlatego spowiedź skrócił do twardego żołnierskiego minimum, po czym zalecił Jakubowi najzupełniej standardową pokutę? Po prostu postawił go na baczność – jak pierwszego lepszego szeregowca grzechu! Kapłani znają się na ludziach, więc było to możliwe. Z pewnością każdy chętnie wmawia sobie, że jest zranionym Pelikanem czułego sumienia. Ale sumienie skrupulatne, wpatrzone w siebie jak Narcyz, krok tylko dzieli od zwykłej podłości.

Jakub stał w kruchcie i myślał, co robić dalej. Dopiero po dłuższej chwili uświadomił sobie, że choć przyszedł tu z jakimś wyraźnym zamiarem, wcale nie przyszedł po rozgrzeszenie.

Więc właściwie po co przyszedł?

Po prostu od tamtego przeklętego lipcowego dnia coś przeszkadzało mu jak włos na podniebieniu. Ostre szkiełko w oku Kaja z baśni Andersena. Chciał to usunąć, wypłukać, zmyć, ale nawet spowiedź u sławnego księdza Tadeusza nie przyniosła mu spodziewanej ulgi, choć przez parę chwil miał złudzenie, że wszystko idzie ku dobremu.

Gdy wyszedł z kościoła, znów ujrzał księdza Tadeusza.

Ale teraz ksiądz Tadeusz nie mówił już ściszonym głosem cierpliwego spowiednika, teraz błyskając w słońcu okularami w złotej oprawce, ksiądz Tadeusz donośnym głosem grzmiał na szerokich schodach wiodących do świątyni, przytrzymując ręką furkoczącą sutannę, którą targał wiatr wiejący od strony Stoczni. Siwe włosy powiewały mu jak srebrne języki ognia nad głowami apostołów w Wieczerniku. Przed nim, na kościelnym placu, obok autokaru z egzotyczną nazwą biura turystycznego, stała grupa kilkudziesięciu kobiet w chustkach na głowie. Musiały przyjechać z daleka. Nad złotymi trąbami kolejarskiej orkiestry, szykującej się do odegrania powitalnej melodii, furkotało rozpięte na drążkach błękitne płótno z białym napisem „Tylko Maryja zawsze Dziewica". Ksiądz Tadeusz, unosząc białą dłoń z rubinowym pierścieniem na małym palcu, mówił o „mniejszości żydowskiej w rządzie" i bardzo się niepokoił o losy kraju, nad którym czuwa – jak powiedział w chwili, gdy słońce na moment oświetliło chłodnym blaskiem jego natchnioną twarz – Boża Matka, macierzyńską miłością obejmująca wszystkich mieszkańców Ziemi.

Jakub przystanął w drzwiach. W dzieciństwie nigdy nie czuł, że jest kochany przez Boga, choć bardzo tego pragnął i całym sercem próbował sobie wyobrazić, jak to jest, gdy naprawdę czujemy się dziećmi Boga. Być naprawdę dzieckiem Boga – ileż by za to dał! Czy jednak każdemu to pisane? Z pewnością Bóg kochał Ziemię i ludzi, lecz – takie pytanie stawiał sobie Jakub wiele razy w dzieciństwie – czy kochał także jego, małego Jakuba – osobiście?

Im Jakub miał więcej lat, tym trudniej mu było w to uwierzyć. Boża Miłość, o której tyle słyszał w domu i w kościele, miała charakter ogólny, rozpraszała się w nieskończonych przestrzeniach kosmosu, zraszała Ziemię z niebieskich wysokości jak srebrny deszcz, lecz – takie odnosił wrażenie – omijała jego głowę. Nie czuł na włosach dotknięcia bożej ręki, które – był o tym przekonany – czuli z pewnością inni.

Ale teraz? Teraz, stojąc w drzwiach kościoła, usłyszał w słowach księdza Tadeusza najczystszy głos Miłości. Bo te kobiety, które przyjechały z daleka na plac przed kościołem, żarliwie cisnęły się do swego kapłana, a on kładł im na głowach białe, ojcowskie dłonie, głaskał po siwych włosach i ściskając ich biedne, spracowane ręce, ciepłym głosem powtarzał: – Bóg jest Miłością, pamiętajcie, Bóg jest Miłością. Musimy walczyć Miłością z wrogami Miłości. I Jakub – choć bronił się przed wzruszeniem – nagle w tym ciepłym, ojcowskim głosie usłyszał prawdziwy głos uczuć, których tak pragnął w dzieciństwie. Aż się zawstydził, ale widok kobiet wpatrzonych w księdza Tadeusza poruszył w sercu jakąś ukrytą strunę, która od lat pozostawała w uśpieniu i teraz dała o sobie znać, chociaż śmiać mu się chciało z gadaniny o „żydowskiej mniejszości w rządzie". W słowach księdza Tadeusza płonęła prawdziwa uzdrawiająca miłość. Na własne oczy widział, że te kobiety – te udręczone, biedne, schorowane, zrozpaczone, złamane życiem, zdeptane, poniżane przez swoich mężów kobiety, które przejechały setki kilometrów do swego kapłana, właśnie dzięki jego słowom podnosiły się z poniżenia, odzyskiwały siłę, bez której nie umiałyby żyć. Teraz żadna z nich nie była już ani bezbronna, ani porzucona, ani samotna.

Przecież ta miłość – myślał, jadąc tramwajem do domu – ta miłość płonąca w słowach księdza Tadeusza, zaprzeczała każdemu słowu Ewangelii. Lecz czy bez podkładu nienawiści byłaby równie żarliwa i życiodajna? Drwił z bredni księdza Tadeusza o „żydach i masonach", czy jednak sam potrafiłby rozpalić w nieszczęśliwych sercach równie silną wolę życia? Czy umiałby dać im równie mocne oparcie?

# Don't worry

Bo kimże był sam?

Wiedział dobrze, że i w nim, i w Jance jest coraz mniej miłości. Kłócili się o głupstwa. Wieczorem po powrocie z pracy mówili: „miałam dziś ciężki dzień", „miałem dziś ciężki dzień". I każdy dzień był naprawdę „ciężkim dniem", bo nie rozjaśniało go już dawne światło. Jeszcze się łudzili, że to tylko przejściowe, że to minie, ale ich ciała mówiły co innego. „Wlekli się" do pracy. „Powłóczyli nogami", wracając. „Nie chce mi się ruszyć ani ręką ani nogą" – mówili siadając do kolacji i to wspólne zmęczenie łączyło ich na moment, ale potem rozdzielało jak zimny płomień.

A na dodatek złe sny, w których powracały twarze nieżywych kobiet z policyjnych fotografii i paskudne sceny z pokoju Roberta, wciąż kołatały się pod czaszką. Nagle budził się w środku nocy przerażony, że zrobił coś strasznego, chciał gdzieś biec, coś naprawić, ukryć się przed czyimś wzrokiem, czemuś zapobiec, więc w niedzielę, gdy powróciła pogoda, wybrał się na miasto, by trochę odetchnąć od tego wszystkiego.

Lubił dzielnicę nad rzeką, więc tam skierował swe kroki. Minął małe domy rybackie na Grodzkiej, kamieniczki z pruskiego muru koło Baszty Słomianej, przeszedł pod ceglanymi murami krzyżackiego zamku, który właśnie odbudowano w widłach Motławy i Raduni za pieniądze wiedeńskiej kapituły rycerzy Zakonu Jerozolimskiego Najświętszej Marii Panny jako sześciopiętrowy parking z tarasem widokowym na szczycie najwyższej wieży. Lecz choć szedł w stronę mostu przy dawnej przystani promu, wcale jeszcze nie wiedział, że idzie na plebanię księdza Jana. Potem mówił sobie, że to samo słońce go tam zaprowadziło. Gdy tak szedł w stronę rzeki, pajęcza sieć cieni, rzucanych na brukowaną jezdnię koło gazowni przez gałęzie przydrożnych kasztanów, zdawała się wytyczać drogę, tak jakby ktoś niewidzialny prowadził go za rękę na drugi brzeg.

Ksiądz Jan był wikarym w kościele św. Tomasza na wyspie Holm. Znali się jeszcze z licealnych czasów. Ostrzyżony na czarnego jeżyka, wysoki, śniady, postawny, mimo młodego wieku cieszył się zasłużoną sławą zdolnego kaznodziei. Nic dziwnego, że po powrocie z Brukseli, gdzie obronił z wyróżnieniem doktorat z teologii *Tajemnica Słowa w pismach Dietricha Bonhoeffera*, polecono mu, by sprawował duszpasterską opiekę nad „środowiskami twórczymi", które w kapryśnym rytmie zdrad i nawróceń to oddalały się od Kościoła, to się do Kościoła zbliżały, jak fale przypływu i odpływu w sławnym opactwie Saint Michel. A że skończył właśnie lat czterdzieści, w swoim wielkim kościele, którego gotycka przestrzeń pobudzała wyobraźnię do poszukiwania tajemnych związków między Wiarą i Pięknem, organizował wernisaże, koncerty symfoniczne i jazzowe, wieczory poetyckie i happeningi, głosząc słowo Boże z talentem i werwą, co przyciągało do jego świątyni artystów i młode kobiety spragnione wiary pogłębionej i trudnej. Obdarzony przez Boga nie tylko dostojną zręcznością wysłowienia, lecz i niedźwiedzim zdrowiem, dobrze zbudowany, wysportowany, w eleganckiej czarnej marynarce z koloratką pod szyją, starannie ogolony i spryskany Old Spice, jeździł szybkim fordem metalic i parę razy grał z Jakubem w tenisa na kortach za rzeką. Jakub pamiętał go z dzieciństwa jako zadziornego chłopca, który lubił skakać do stawu przy młynie, zupełnie nie bacząc na to, że woda może go wciągnąć do śluzy.

Na strzelistej wieży kościoła św. Tomasza, pięknie górującej miedzianym szczytem nad wyspą Holm, którą Jakub ujrzał, gdy wszedł na most przy dawnej przystani promu, ksiądz Jan umieścił neonowy napis „don't worry" w pięciu wersjach językowych. Nocą purpurowe litery, ułożone ze szklanych rurek, pulsowały nad miastem jak otwierające się i zamykające oko Boga. Widać je było z daleka. Gdy ksiądz Jan został wikarym w kościele św. Tomasza, z surowego wnętrza ceglanej świątyni od razu usunął wizerunek ukrzyżowanego Chrystusa. Krucyfiks z figurą okrwawionego Syna Człowieczego, dzieło średniowiecznych mistrzów z Padwy, zawieszał w prezbiterium tylko na czas sprawowania liturgii. Po zakończeniu nabożeństwa razem z ławkami i klęcznikami wynosił go do zakrystii.

Do swego kościoła zapraszał najwybitniejszych artystów z całego świata. To właśnie dlatego oczyścił świątynię z wszelkich przedstawień figuralnych i witraży. Nie powinny rozpraszać uwagi widzów kontemplujących dzieła sztuki rozwieszane na ceglanych ścianach. W pustej centralnej absydzie zostawił tylko jasne okna z mlecznego szkła. Tradycyjny ołtarz zastąpił specjalną rzeźbą Caldera z czarnego granitu, podobną do wielkiego kowadła celtyckich druidów (dar księdza Albrechta Ruperta z Kolonii, z którym przyjaźnił się od dawna). Profesor C. w zażartej dyskusji z Jakubem wyznał, że usunięcie krzyża ze świątyni, z pewnością kontrowersyjne, pomogło mu jednak odnaleźć wiarę utraconą w czasach licealnych. Ksiądz Jan uznał te słowa za potwierdzenie słuszności wyboru swojej drogi do ludzkich serc zagubionych w labiryncie współczesnego świata. Droga ta wiedzie – jak mówił – do Królestwa Prawdy przez bramę Piękna.

Dawniej Jakub na uroczyste wernisaże przychodził do kościoła św. Tomasza razem z Janką.

Na ostatnim wernisażu był sam.

Wystawa, którą obejrzał przed tygodniem, objechała pół świata. Obejrzało ją prawie dziesięć milionów ludzi na pięciu kontynentach i miasto pękało z dumy, że może ją gościć u siebie. Jakub był przy jej ustawianiu w pustym kościele. Robotnicy z firmy Hersen & Bolsano montowali na żelaznych stelażach między gotyckimi filarami wielkie szklane skrzynie. W każdej ze skrzyń, jak królewna Śnieżka w kryształowej trumnie, leżały, siedziały i stały nagie, doskonale zakonserwowane trupy kobiet, dzieci i mężczyzn. Wystawa była dziełem sławnego niemieckiego profesora, który ciała nieżywych ludzi, pochodzące z prosektoriów, dzięki specjalnej obróbce chemicznej przeobraził w dzieła sztuki o zagadkowym przesłaniu. Zatopione w przeźroczystej żywicy syntetycznej zwłoki, zupełnie bezwonne i twarde jak kamień, przy uderzeniu wydawały piękny, metaliczny dźwięk jak porcelanowa filiżanka trącona łyżeczką. Ich woskowa skóra, nadżarta przez tajemnicze choroby, była popękana jak drewno gotyckich rzeźb.

Prawie wszystkie ciała miały oczy otwarte. Gdy Jakub wszedł do kościoła, na centralnym miejscu ujrzał skrzynię z jasnego szkła, w której na purpurowym pluszu w pozie wypoczywającej odaliski leżała naga „Madonna". W jej otwartym brzuchu spało zwinięte w kłębek różowe dziecko z maleńką piąstką pod brodą. Janka, gdy zobaczyła w gazecie fotografię słynnej „Madonny", powiedziała, że księdza Jana razem z niemieckim profesorem należy po prostu natychmiast wsadzić do więzienia. Jakub nie był jednak tak stanowczy. Kto wie, może ksiądz Jan miał sporo racji, gdy na uroczystym wernisażu mówił do zaproszonych gości, że nieco szokujące „rzeźby" niemieckiego profesora, z pozoru – jak sam przyznał – najgłębiej pogańskie i bezbożne, w istocie skłaniają widzów do głębszych rozmyślań nad nieprzeniknioną tajemnicą Bożego Wcielenia.

Gdy Jakub wszedł na plebanię św. Tomasza, była dziewiąta. Idąc przez główną nawę kościoła, przeszedł wśród szklanych skrzyń. Martwe ciała zastygłe w pozach tancerzy, sprzedawców, maszynistek, spikerów telewizyjnych, policjantów, sławnych piosenkarzy rockowych, generałów, znanych polityków i aktorów, patrzyły na niego nieruchomymi oczami o rybim połysku. W ostatniej skrzyni, przy samych drzwiach do zakrystii, dwumetrowy, nagi Arab w turbanie rozwierał palcami swoje żebra jak drzwiczki tabernakulum, ukazując w głębi otwartych fioletowych płuc czerwoną hostię serca. Po tym wszystkim średniowieczne, spłowiałe, haftowane ornaty, wiszące w zakrystii, wydały się Jakubowi podobne do luźnych płatów wytatuowanej skóry, zdartych z czyichś pleców.

– Więc chcesz się poradzić? – zapytał ksiądz Jan, gdy weszli do pokoju na piętrze. Plebanię odgradzały od ciemnych wód portowego kanału gotyckie mury wirydarza, porośnięte bluszczem i dzikim winem. – Nie – odpowiedział Jakub. – Ja bym chciał – zawahał się przez chwilę, bo to, co chciał powiedzieć, nie było uprzejme – żeby to była prawdziwa spowiedź. – Jak chcesz – ksiądz Jan wcale się nie obraził. Założył białą komżę, usiadł na krześle przy oknie i przerzuciwszy stułę przez poręcz, czekał, co Jakub chce mu powiedzieć, bo sprawa – jak się domyślił – musiała być pilna i ważna, skoro Jakub przyszedł o tak wczesnej porze. Jakub poczuł się trochę spokojniejszy. – Więc... – zachęcił go ksiądz Jan, opierając policzek na dłoni. Miał ciemne oczy, głęboko osadzone pod gęstymi brwiami, i zdrowe, zawsze trochę wilgotne usta o wiśniowym odcieniu. Śniada cera ciemniała na policzkach po świeżo ogolonym zaroście.

Gdy Jakub powoli opowiedział o tym, co zdarzyło się pierwszego lipca w gmachu prawa, ksiądz Jan popatrzył na niego ze współczuciem. – Szukałeś jej? – Szukałem. – I co? – Nic. – Powinieneś się modlić za nią i za siebie. – Na pewno. Ale ja chcę – Jakub uśmiechnął się tak, jakby wypowiadał coś wstydliwego – żebyś mi dał rozgrzeszenie. Ksiądz Jan uniósł brwi, czekając na dalsze wyjaśnienia, bo nie zrozumiał, dlaczego Jakub nalega na coś, co jest oczywiste. Jakub przez chwilę milczał. Potem powiedział cicho: – I żebyś mi je dał po łacinie. Ksiądz Jan przyjrzał mu się uważniej, ale wcale się nie roześmiał. – Po łacinie? Po co ci to? – Nie wiem. Ale chcę, żeby to było po łacinie.

Ksiądz Jan rozważał przez chwilę, jak powinien postąpić, potem poprawił stułę: – Dobrze, uklęknij. Jakub uklęknął, pochylił głowę i wstrzymując oddech, jakby szykował się do skoku z dużej wysokości, przymknął oczy. Ksiądz Jan uniósł dwa palce: – *Ego te absolvo...* Jakub nie podnosił głowy, czekał na coś jeszcze, ale ksiądz Jan tylko delikatnie dotknął jego ramienia. – Wstań. – Już? – zdziwił się Jakub. – Dałeś mi rozgrzeszenie? – Dałem – ksiądz Jan składał stułę na poręczy krzesła. Jakub patrzył na niego: – To powiedz, dlaczego dałeś mi rozgrzeszenie? Ksiądz Jan nie przerywał składania stuły, która miała piękny złoty haft w kształcie winnej latorośli: – Dałem, bo zobaczyłem skruchę i postanowienie poprawy. Jakub parsknął: – Ale ja nie czuję żadnej skruchy. Zrozum, ja się chcę tylko uwolnić od tego gówna. Ksiądz Jan sięgnął po papierosa ze złotym ustnikiem: – Wiesz, mógłbyś sobie darować te wyrażenia, które ci nie przystoją. Co zrobiłem, zrobiłem z czystym sumieniem. Dostałeś rozgrzeszenie. – To dlaczego ja nic nie czuję? – A co, chciałbyś, żeby od razu było, jak ręką odjął? Jakub żachnął się: – Nie o to chodzi. Tylko... – Tylko co? Przecież ja widzę, że chciałbyś to jakoś w sobie ułożyć. Ale tego nie da się zrobić tak po prostu. Na to trzeba czasu. Ważna jest sama chęć, a tę widzę. – Co widzisz? – Że chcesz zmazania win. – Więc teraz te winy są już zmazane? – Są. Ale masz obowiązek zadośćuczynienia. – Wiem. Ale dlaczego nic nie czuję? – To sprawa wiary i pracy nad sobą. Musisz wejrzeć w siebie. Wtedy może doznasz działania Łaski. Wyszli z plebani na nabrzeże. Daleko za rzeką nad dachami piętrzyły się chmury zwiastujące burzę. Wieża kościoła Mariackiego podpierała zwały szarej mgły, które stanęły nad miastem. Portowym kanałem w stronę Zielonej Bramy płynął biały statek spacerowy z roześmianymi ludźmi na pokładzie. Na maszcie furkotała czerwona flaga z koroną i dwoma krzyżami jak purpurowy płomień, od którego mogły zająć się niskie obłoki.

Dostał więc rozgrzeszenie, lecz złe sny wcale nie znikły. Przeciwnie: tej samej nocy, gdy zasnął obok Janki, powróciły z dawną siłą. Znów śniły mu się tamte kobiety na niklowanych stołach, w wannach i pod prysznicami.

Tak jakby miał w sobie dwie dusze. Dusza moralna została uzdrowiona, a przynajmniej chciał wierzyć, że tak się stało. Ta druga dusza – tajemnicze siedlisko uczuć i snów – szukała ocalenia jak dawniej.

# We dwoje

Gdybyż to jeszcze z Janką układało mu się inaczej... Stawały mu przed oczami sceny podobne do upozowanych zdjęć, które robi każda rodzina, by powiadomić świat o swoim szczęściu. Flesz lampy błyskowej, cisza, odprasowane ubrania, stado dzieci, zęby wyszczerzone w porcelanowym uśmiechu, a pod spodem Dante i „lasciate ogni speranza".

Cóż, życie Janki – co było po części jego zasługą – nie należało do łatwych. Wiło się kapryśnymi liniami na łące czasu jak jedwabna wstążka rzucona niedbale w trawę. Najpierw ułożyło się w piękny wzór, potem, zgniecione czyjąś nieuważną stopą, ściemniało i zgasło. Młodość, energia, zapał, niezły dyplom z fizyki. Wystarczyło jednak, że trafiła do szkoły, a od pierwszych chwil zdała sobie sprawę, że choćby wyprula z siebie żyły, świata nie zmieni. Co jakiś czas, gdy jedli śniadanie, w przypływie rozpaczy rzucała z całych sił srebrną łyżeczką do herbaty w dębowy blat stołu: – Boże, ja chcę mieć wreszcie normalne życie, normalną pracę, normalny dom, normalne dzieci! Jakubie, przecież innym się udało!

Odżywała dopiero na wakacjach. Sudety, Karkonosze, mróz, sople w słońcu. Widok białych stoków narciarskich koił jej nerwy jak balsam. Wspinała się na sudeckie skały w pomarańczowej kurtce polar, w bordowej czapce z puszystym pomponem, w okularach z niebieskimi szkłami, po czym ze szczytu Śnieżki japońskim aparatem strzelała panoramę górskich widnokręgów, obracając się dookoła jak łyżwiarka figurowa na igrzyskach w Salt Lake City. W pensjonacie Jagna całymi wieczorami sklejała pamiątkowe zdjęcia gór w kolorową harmonijkę. Czarodziejka zszywająca pokrojone na kawałki ciało węża z chińskiej baśni. Gdy Jakub zrobił doktorat, zniecierpliwiona brakiem realnych zmian w ich życiu, w sypialni powiesiła wymowne zdjęcie średniowiecznych ruin jakiegoś śląskiego zamku, oplecionych nieprzytomnie gęstą roślinnością. – Niechże – jak powiedziała wbijając ozdobny gwóźdź w ścianę – to zielone okno z widokiem na Kotlinę Kłodzką da jej choćby trochę wytchnienia od tego wszystkiego.

Gotować nie lubiła i robiła to tylko w stanie wyższej konieczności. Dbała o linię: na cały dzień poziomkowy jogurt i garść pestek słonecznika. Jakub gotował więc sobie sam, nawet gdy wracał po paru godzinach wykładów ledwie żywy ze zmęczenia, co nazwała „podziałem domowych obowiązków". Po pracy – taki obraz widywał często – kładła się na materacu w kwiecistej podomce i przeglądała kolorowe pisma. Połyskliwy, drżący cekinami świat piosenkarzy i gwiazd filmowych bawił ją i śmieszył, jak każdy głupi świat, w którym nie było przeklętej, pobazgranej jadowitymi graffiti szkoły, zimnego pokoju nauczycielskiego i ogolonych do skóry uczniów z klas starszych z kolczykami w uszach, którzy wymyślnie ubliżali jej na lekcjach, na co nie miała żadnego sposobu. Ich ojcowie, z którymi usiłowała rozmawiać na wywiadówkach, zarabiali dziesięć razy tyle co ona, młoda nauczycielka fizyki ze specjalnością „elektrostatyki ciała absolutnie czarnego" i podnosili bez żenady głos, gdy usiłowała się skarżyć na cokolwiek (w końcu płacili za wszystko).

Ubierała się bez ekstrawagancji. Szarości, biele, beże. Sukienki wiotkie, lekkie, luźne. Czółenka na płaskim obcasie, zdrowe, wygodne, sportowe. Grafitowe pończochy z równiutkim szwem na łydce. Jasne szminki o amarantowym odcieniu. Dobre pudry. Na powiekach niebieski cień, ale bez przesady, tylko by zaznaczyć, że umie dbać o siebie. Szczupła, wysoka, wąska w przegubach, energiczna, pełna uroku, miała jasne oczy w kolorze zmętniałej wody, długie rzęsy, bujne, spadające na ramiona czarne włosy z puszystą grzywką, brwi wąziutkie, łukowate, łagodny podbródek, nos prosty, szyja długa, usta ciemne, długie palce, znaków szczególnych brak.

W dzieciństwie została zamordowana przez matkę.

Choć śmiertelna rana, jaką jej zadano, nie zagoiła się nigdy – zbyt była głęboka, by kiedykolwiek prawdziwą radość zagościła w jej oczach (ból na dnie źrenic zapalał się o zmierzchu jak diament na dnie mętnej rzeki) – z wielką starannością wklepywała co wieczór kremy w białą skórę na szyi i brzuchu, by śmierć, uparcie czająca się w kątach mieszkania, zapomniała o niej na zawsze. Codziennie rano wsiadała na górski rower w kolorze różu pompejańskiego i szybko pedałując, przejeżdżała z Jakubem parę kilometrów po asfaltowych ścieżkach osiedla. Ćwiczyła mięśnie lędźwi i bioder. Życie erotyczne, jako ważny punkt „normalnego małżeństwa", wymaga bowiem zdrowia i sprawności fizycznej. Zresztą lubiła być szczupła. Czasem dopuszczała męża do siebie, czasem nie. W rozmowach z przyjaciółką, szkolną bibliotekarką, swoje części intymne bez uśmiechu nazywała „działem udostępniania", seks bowiem, podobnie jak ekologiczna żywność i sport, łagodzi bóle menstruacyjne, które co miesiąc zamieniają życie kobiety w piekło.

Dwa lata po ślubie, gdy już dość dokładnie poznała blaski i cienie małżeństwa, przeczytała książkę o znakach Zodiaku, po czym, idąc za radami francuskiej autorki, kupiła granatową pościel w żółte gwiazdy i półksiężyce. Tajemne symbole Nocy miały rozjaśnić iskrą życia więdnący mrok sypialni, którą od nieprzychylnych międzygwiezdnych przestrzeni odgradzały żaluzje przeciwwłamaniowe. Wahadełkiem sprawdziła energie wód podziemnych. Łóżko przesunęła bliżej okna.

Jakuba poznała na drugim roku studiów. W pewne słoneczne, październikowe przedpołudnie wpadła na niego na pierwszym piętrze gmachu prawa, gdy złamany, w wymiętej dżinsowej kurtce, w niedopiętej pod szyją koszuli, w niedoczyszczonych butach, szukał wśród braci studentów duchowego wsparcia po „jakiejś niedobrej sprawie z profesorem Tycem". Utuliła go jak spłakane dziecko na łące w Dolinie Radości i zaczęła z nim chodzić. Potem doszło do sprzeczki o jakieś głupstwo i chodzić ze sobą przestali, ale przeznaczenie, jak wąż przyczajony w piasku, cierpliwie czekało na swój czas. Po miesiącu lodowatego milczenia, gdy mijając się na schodach udawali, że się nie znają, umalowana karminową szminką, z fryzurą zmienioną na bujne afro, w naszyjniku ze srebra, z paznokciami polakierowanymi na fioletowo, z błyszczkiem na powiekach, podeszła do niego z tyłu i nagle – sama nie potrafiła sobie wyjaśnić, co ją napadło – zaczęła szarpać go za włosy. Najpierw chciał uwolnić się z dzikiego uścisku, lecz potem, czując znajomy zapach perfum Chanel No 5, uległ, bo siła, z jaką szarpała, mogła być – odczuł to z ulgą – wyrazem uczuć gwałtownych, więc dogłębnie szczerych.

Zresztą byli już na piątym roku, białe listopadowe róże w Parku koło Katedry nabrały złotawej barwy, szykując się na coroczną śmierć w gloriach jesiennego szronu, należało więc pomyśleć o przyszłości. Tego samego dnia dopełnili uroczystego rytuału pojednania przy świecach i bułgarskim winie Sophia, które pachniało Europą Śródziemnomorską, do której wspólnie tęsknili. Pobrali się wkrótce, choć Jakub przed samym ślubem, gdy już mieli jechać białym peugeotem doktora N. do gotyckiego kościoła św. Jakuba, gdzie czekał na nich weselny orszak złożony z przyjaciół i kolegów, zawahał się i nawet pomyślał, że może by całą rzecz odłożyć na nieco później, ale nie znalazł w sobie dość sił, by przeprowadzić ten, przelotny zresztą, zamiar do końca.

Gdy któregoś dnia zaczął mówić o tym, co stało się na lipcowym egzaminie w gmachu prawa, słuchała go nieuważnie. Przeglądała właśnie kolorowe strony „Elle" z pożegnalną kolekcją Yves Saint-Laurenta. Dopiero gdy usłyszała niespodziewanie słowo „samobójstwo", na moment podniosła głowę. Zwyczajna opowieść o jakimś egzaminie, która ją trochę nudziła, nagle zaświeciła romantycznymi barwami, rozpraszając zimnym fajerwerkiem prawdziwej katastrofy szare ciemności życia, w których tonęła jak karp w wigilijnej wannie. Potem zapytała, czy ktoś oprócz niego wie o całej tej sprawie. Gdy pokręcił głową, wzruszyła ramionami, przewracając poślinionym palcem kredowe strony z tęczowymi zdjęciami modelek w wieczorowych kreacjach. Nie powinien sobie tym zawracać głowy. Przecież nic się nie stało. Nie ma żadnego dowodu, że tamta dziewczyna coś sobie zrobiła. A poza tym trzeba być twardym, Jakubie. Bo inaczej zjedzą nas jak popcorn. Oczywiście, ona rozumie, że on „na tym swoim uniwersytecie" nie ma łatwego życia. Ale czy ona ma życie słodsze? Powinien o tym pamiętać.

W każdej szkole, do której trafiała, wdawała się w lodowate, niekończące się kłótnie z dyrektorką, o ile ta była fizycznie podobna do jej matki. To podobieństwo wyzwalało w niej gwałtowne reakcje, nad którymi nie umiała zapanować. Matka pracowała w magazynie odzieży roboczej przy supermarkecie Real, pomiatała ojcem, technikiem samochodowym na bezrobociu, który wiecznie zasypiał przed telewizorem z puszką piwa w palcach i z rozpaczy paliła trzy paczki mocnych papierosów dziennie. Jej zapadnięte, zszarzałe policzki – prawdziwe emblematy wiecznego umęczenia – bez przerwy oskarżały Jankę o niewdzięczność.

Kiedy Janka wyszła za Jakuba, rodzice odetchnęli z ulgą. Przed ślubem jej głównym zmartwieniem było to, jak będzie wyglądać w kościele i czy nie przyniesie rodzinie wstydu. Białą, bardzo udaną suknię z tafty, ozdobioną pięknie francuskimi koronkami i rosyjskim muślinem, uszyła sama, nie kłując się nawet jeden raz w palec. Jakub szedł do ołtarza w kościele św. Jakuba wsłuchany z uśmiechem w szlachetny szelest drogiego materiału. Ten zmysłowy dźwięk pięknie harmonizował ze słynną pieśnią *Ave Maria*, którą na organach wygrywał znajomy student akademii muzycznej.

Już wkrótce po ślubie pojęła, że ma na niego sposób. Gdy zrobił coś nie tak, zacinała się w milczeniu i potrafiła milczeć całymi tygodniami. Jakby w ogóle nie istniał. Niech skruszeje. Nocą, odwrócona do niego plecami, z twarzą wtuloną w poduszkę, leżała na materacu jak martwa. Jakub drżał w ciemności zraniony do żywego. – Ja jestem dumna kobieta – mówiła nazajutrz do przyjaciółki z biblioteki, która słuchała nieuważnie jej zwierzeń, mieszając łyżeczką kawę Nesca w kubku Jacobsa. Wiedziała, że ma życie częściowo tylko udane, ale cóż, tak już pewnie jest na tym świecie. Lubiła nawet Jakuba, czasem jednak czuła do niego jakąś bolesną urazę, sama zresztą nie wiedziała o co.

Powoli tonęła w cichym morzu rezygnacji. Seksualnym pieszczotom poddawała się wpatrzona w białe światła samochodów przejeżdżających przed domem, które przepływały po suficie jak ptactwo odlatujące do ciepłych krajów. Czasem, spragniona miłości, przyciągała go żarliwie do siebie i głośno oddychała, tak jak powinna oddychać normalna kobieta przeżywająca miłosne uniesienia. Zresztą chwilami wierzyła, że wszystko jeszcze się jakoś ułoży. Ale gdy po miłosnym zbliżeniu wychodziła do łazienki, by pod prysznicem zmyć z siebie słone ślady miłosnych dotknięć, przełykała łzy palące w gardle jak jodyna. Czuła, że wszystko jest nie tak, chociaż wszystko było najzupełniej normalne, a nawet wzorowe. Miała męża, pracę, mieszkanie. Gdy byli u znajomych, głaskała go po rękach i słuchając dowcipów, wybuchała perlistym śmiechem, by pokazać wszystkim swoje ładne, białe zęby. W końcu u innych bywa jeszcze gorzej. Sama to widziała. Były jednak noce, gdy – jak mówiła do przyjaciółki – chciało jej się wyć do księżyca z jakiegoś wściekłego żalu, który rozrywał serce. Wtedy szła do kuchni, brała do ręki szeroki nóż do krojenia chleba i wbijała go z całych sił w stolnicę, by nie wybuchnąć na cały dom dzikim krzykiem. – Nie będę płakać. Nigdy – przysięgała sobie i potrafiła dotrzymać przysięgi.

Więc gdy Jakub znów zaczął mówić o tym, co stało się pierwszego lipca w gmachu prawa, ledwie rzuciła na niego okiem. Czytała właśnie kolorową historyjkę z obrazkami o romansie Marylin Monroe z Johnem F. Kennedym, by zapomnieć o tym, co ją rano spotkało w szkole. Jakub mówił z trudem. Dobierał słowa ostrożnie. Ściszał głos. Ręką podkreślał sens zdań. Rozumiała, że nie może sobie poradzić z tą „niedobrą sprawą". Właściwie chciała mu pomóc. Tylko co miała zrobić? Zresztą to on powinien się nią zajmować. Już od paru tygodni brała różowe tabletki na uspokojenie. On tymczasem zmuszał ją do wysłuchiwania tej przykrej historii, plątał się w szczegółach, wymieniał nazwiska ludzi, których nie znała. Było to męczące i nie prowadziło do niczego. Przerwała mu więc: – Wstaw wodę na herbatę. Zrobię ciasto. Powiedziała to zupełnie tak, jak matka mawiała do ojca w niedzielę, gdy demonstracyjnym wypełnianiem obowiązków kuchennych szydziła z jego bezrobocia.

Podszedł do czajnika, zapalił gaz. Wymieszała mąkę, dosypała proszku, zakręciła z rodzynkami. Jedli ciasto w ciszy. Było smaczne, chociaż – dodała po chwili, oblizując palce – mogłaby dać trochę mniej cukru waniliowego. – Daj spokój

– Jakub dojadał okruchy z talerzyka. – Świetne ciasto. Rozpogodziła się na chwilę. Zresztą jutro była sobota, więc nie musiała iść do szkoły.

Z rozpaczy kupiła sobie jamniczkę, burą suczkę o smutnych oczach, której nadała imię „Happy". Niech chociaż ktoś będzie w tym domu szczęśliwy. Z czułością pieściła ją na oczach Jakuba, jakby chciała powiedzieć, że ją tylko jedną ma na świecie. Czasem myślała, że coś sobie zrobi, że dłużej już nie wytrzyma, ale przecież czy w ogóle życie ma jakiś sens? Przecież tak męczą się wszyscy. A matka męczyła się mniej?

Najgorsze były drobiazgi.

– Jak kładziesz widelec! – wybuchała nagle, gdy jedli śniadanie w kuchni. – Widelca na obrusie nie kładzie się tak, widłami do dołu, tylko tak, do góry! Ile razy mam ci powtarzać! I waląc widelcem o stół, pokazywała mu, jak widelec powinien leżeć na obrusie.

Mała sprawa z widelcem i małżeństwo Jakuba chwiało się jak butelka trącona łokciem, która za chwilę zleci ze stołu na posadzkę. Więc szybko odwracał widelec widłami do góry. Lecz przy kolacji znowu powtarzał swój błąd. Na widok widelca leżącego widłami w dół, Janka podbiegała do stołu zaczerwieniona ze wzburzenia i odwracała go na wznak.

– Tak masz kłaść! Rozumiesz! Tak się kładzie widelec na stole! Nikt cię tego nie nauczył?! Wina jego rosła jak ciasto w garnku Czarnej Kucharki.

Lecz dużo gorsza była sprawa z chodzeniem. Bo Jakub lubił jeść śniadanie, chodząc po kuchni. – Przestań wreszcie chodzić! Jedz normalnie jak ludzie! – krzyczała Janka znad swojego müsli z mlekiem. – Siadaj przy stole! – uderzała pięścią w blat, aż podskakiwały talerze. – Widzisz? Tu spodek, tu kanapka, tu siadaj, tu przy stole! Przestań wreszcie chodzić, bo ja zwariuję! Spacerowanie Jakuba po kuchni z kanapką w palcach burzyło fundamentalny ład jej życia.

Ach, jakże lubił tak z kanapką w palcach stanąć przy oknie i z dziesiątego piętra patrzeć na miasto i światła nadmorskiego świtu! Za oknem morze, na którym przysiadły kadłuby kontenerowców pełne japońskich aut, prom wali pełną parą do Karlskrony, a nad tym wszystkim zatykająca dech w piersiach poranna zorza w stu odcieniach różu i złota. Gdybyż tak Janka po prostu zechciała stanąć obok niego ze swoją kanapką w palcach, żartując, śmiejąc się, gadając o niczym, jak to robiła w studenckich czasach. Bo widok z okna był rzeczywiście w najlepszym gatunku.

Ale marzenia rozbijał brzęk noża rzuconego na talerz:
– Siadaj wreszcie, przestań chodzić, jedz jak ludzie, przy stole, bo ja zwariuję! Zamykając oczy ściskała palcami skronie. Jakub siadał bez słowa na brzegu krzesła. Jego wina była oczywista. Chciał dotknąć łagodnie jej dłoni, prosząc o wybaczenie, ale gwałtownie cofała rękę: – Zostaw!

Po jakimś czasie oboje wybrali milczenie. Jedli śniadanie w ciszy, starannie gryząc chleb i kukurydziane płatki. Łudzili się, że w tej ciszy przeczekają niedobry czas.

Ale niedobry czas jakoś wcale nie chciał się skończyć.

# Nóż

Gdy w piątek parę minut przed dziesiątą Jakub wszedł na Wyspę Spichrzów, gmach prawa tonął już w słońcu. Woda kanału, opływająca kamienne mury, grała tysiącem zielonych rozbłysków. Z uśmiechem minął młodych ludzi siedzących na trawnikach z książkami na kolanach i butelkami Fanty w rękach, przeszedł obok posągu Temidy, rzucił okiem na białe żagle jachtów, majestatycznie przepływające wzdłuż nabrzeża w stronę Zielonego Mostu, po czym, wyspany, wypoczęty, po dobrym śniadaniu, w czyściutkiej koszuli od Silvera, którą wczoraj wyprasowała mu Janka, wbiegł po schodach do granitowego gmachu. Opiekuńcza wieża kościoła Mariackiego, którą zostawił za sobą po drugiej stronie rzeki, podobna do ceglanej kolumny, wytrwale podpierającej niebo nad miastem, rzucała rudy cień na czerwone dachy ulicy św. Ducha. Żuraw stał nad wodą jak czarny mnich w kapturze kontemplujący przemijanie.

Cóż za piękny dzień! Gdzież tu myśleć o widmach i koszmarach nocy! Niech przepadną w otchłaniach mroku! Rozpoczął egzamin punktualnie o dziesiątej i choć chwilami zapatrywał się w okno – niedobre sny, wciąż, niestety, czaiły się w kątach duszy jak nietoperze oślepione światłem – w porę budził się z zamyślenia, bo życie toczyło się dalej, zupełnie obojętne na wszelkie zranienia, o ile nie były to zranienia śmiertelne, po czym z uprzejmym uśmiechem zwracał się do kolejnej osoby, która w odświętnym ubraniu, stosownym do uroczystej chwili, zasiadała po drugiej stronie czarnego, dębowego biurka z wylosowanym pytaniem w palcach: – Tak, słucham, proszę mówić dalej.

Koło jedenastej wstał, by trochę rozprostować kości. – Proszę, niech pani usiądzie – uprzejmym gestem wskazał krzesło brunetce w białej bluzce, która właśnie weszła do pokoju. – Ma pani kwadrans. Proszę się przygotować. Chce pani papier do notowania? Podał jej z półki parę kartek, potem przypomniał sobie, że musi jeszcze zejść na chwilę do dziekanatu, przez moment z ręką na klamce zastanawiał się, co wziąć ze sobą, gdy nagle drzwi – ciężkie, rzeźbione drzwi z ciemnego dębu, na których od niepamiętnych czasów widniała emaliowana tabliczka z numerkiem 11 – otwarły się z trzaskiem, uderzając go mocno w ramię. Ból jak elektryczna iskra przeszył rękę od łokcia do ramienia. Kątem oka, ujrzał nad sobą błysk metalu, zasłonił się przed ciosem, ale zimne ostrze zadrasnęło uniesioną dłoń, więc odruchowo, jakby sparzył palce, cofnął się, słysząc nad sobą czyjś rozpaczliwy krzyk: – To za moją córkę! Za to, coś jej zrobił!

Na szczęście drzwi były otwarte. Paru studentów, czekających na swoją kolej na korytarzu, zdołało dopaść mężczyznę, który wdarł się do pokoju. Wykręcili mu rękę, przycisnęli mocno do ściany. Nóż wypadł z zaciśniętych palców na podłogę jak sopel lodu spadający z gałęzi na zamarzniętą ścieżkę. Dziewczyna w białej bluzce, przerażona widokiem krwi na dłoni Jakuba, krzyczała tak przeraźliwie, że ludzie zaczęli zbiegać się z sąsiednich pokojów: – Co się stało? Dzwońcie na policję! Szybko! Jakiś wariat zranił nożem pana Jakuba… Dopiero po dłuższej chwili Jakub ocknął się z oszołomienia. Ale gdy spojrzał na mężczyznę, którego studenci wciąż trzymali mocno za przeguby, poczuł lęk, jakiego nigdy dotąd nie doznał.

Bo mężczyzna płakał.

Łzy płynęły po gładko wygolonych policzkach.

Zrobiła się cisza. Przerażona dziewczyna w białej bluzce kuliła się w kącie pod oknem, przyciskając pięść do ust, lecz Jakub patrząc na nią, wciąż nie mógł pojąć, co się właściwie stało. Mężczyzna, przyciśnięty do ściany, kręcił głową jak opętany. Gdy studenci poluzowali uścisk, osunął się na krzesło jak zmięte ubranie rzucone na poręcz. Jakub przyłożył chusteczkę do skaleczenia, niechętnie spojrzał na ludzi, którzy tłoczyli się w drzwiach, po czym, starając się nadać głosowi możliwie najspokojniejsze brzmienie, z trudem powiedział: – Proszę nigdzie nie dzwonić. Żadnej policji. Nie trzeba. Ktoś podniósł nóż z podłogi. Z wahaniem wziął ostrze w dwa palce. Rękojeść była jeszcze ciepła. Na ostrzu – rozmazany ślad krwi. Oglądając błyszczącą stal, w której zobaczył swoje zamglone odbicie, powiedział do studentów: – Puśćcie go. Spojrzeli na niego tak, jakby nie zrozumieli prośby. Zniecierpliwiony dorzucił: – No, słyszycie? Dziękuję. Idźcie już. Ruchem głowy wskazał dziewczynę skuloną za biurkiem. – Ją też zabierzcie. Gdy wzięli ją pod ręce, roztrzęsiona, ledwie stała na nogach.

Wciąż nie docierało do niego to, co się stało. Pani Jadwiga, energiczna blondynka w niebieskiej bluzce, która przybiegła z sekretariatu, trzęsącymi się rękami zaczęła owijać mu białym bandażem zakrwawione palce, lecz on, poddając się biernie wszystkiemu, wciąż nie odrywał oczu od mężczyzny siedzącego na krześle.

Mężczyzna nie był młody. Na czarnej, potarganej czuprynie siwiejące pasma. Głęboko osadzone oczy o zaczerwienionych białkach patrzyły wrogo spod gęstych, nastroszonych brwi. Ślady ospy na siniejącym nosie. Pocięte zmarszczkami policzki. Starannie wygolona twarz. Napięta, woskowa skóra na dużych, kościstych dłoniach pokryta wątrobianymi plamkami. Usta wąskie, zaciśnięte. W swojej za dużej, szarej, dwurzędowej marynarce w paski, w dziurkowanych, brązowych półbutach o startych, okrągłych noskach, w czarnych wymiętych spodniach z szerokim mankietem, wyglądał na kogoś dużo starszego niż był. Już nie płakał. Ze zwieszoną głową rozcierał palcami boleśnie wykręcony przegub.

Jakub nie spuszczał z niego oczu: – Pan mnie musiał z kimś pomylić – powiedział cicho, ale mężczyzna spojrzał na niego z taką nienawiścią, aż Jakub zdziwił się, że można mieć tyle zła w oczach. Ludzie wciąż tłoczyli się w drzwiach, z wyciągniętymi szyjami zaglądając do pokoju. – Proszę zamknąć drzwi – rzucił zniecierpliwiony w ich stronę. – Tu nie ma nic do patrzenia. Ale nie ruszyli się z miejsca. Poprawił opatrunek na dłoni: – Pomylił mnie pan z kimś – powiedział znów do mężczyzny, ale tak, żeby usłyszeli wszyscy. Mężczyzna tylko pochylił się, jakby raz jeszcze chciał się na niego rzucić. Z głębi korytarza dobiegły czyjeś krzyki: – O, jest radiowóz. Przyjechali nareszcie. Nie śpieszą się, palanci. Widzicie, jak idą? Jakby mieli gówno w gaciach! Gdy mężczyzna usłyszał te słowa, w jego oczach pojawił się błysk przerażenia. Zerwał się z krzesła, podbiegł do drzwi, jednym pchnięciem roztrącił studentów, przedarł się przez ludzi stłoczonych przy wejściu i pustym korytarzem, ślizgając się na kamiennej posadzce jak trafiony śrutem ptak na zamarzniętym jeziorze, popędził w stronę okna. Ktoś pobiegł za nim krzycząc: – Trzymajcie go! Gdzie, do cholery, ta policja? – ale jemu te wściekłe okrzyki tylko dodały sił, wspiął się na kamienny parapet, pchnął okno, otworzył je z brzękiem i chwyciwszy za framugę, zeskoczył w dół, na dziedziniec.

Dopiero teraz w głębi korytarza pokazali się dwaj policjanci. Wcale się nie śpieszyli. Ludzie wołali do nich: – Tutaj! Tędy ucieka! – ale mężczyzna zdążył już przebiec trawnik, minął gazony z daliami, roztrącił ludzi przy bramie i kulejąc, wbiegł na ulicę Stągiewną. Zniknął w tłumie koło Zielonego Mostu.

Nikt nie potrafił powiedzieć, kim był.

Od razu rozdzwoniły się telefony. Szeptano do przysłoniętej dłonią słuchawki, że Jakub ma romanse ze studentkami, że pewnie to była jakaś skrobanka z powikłaniami, na dodatek ten zwariowany ojciec, stąd ta cała awantura. Ale samego Jakuba – co go zdziwiło – nikt o nic nie pytał. Wydało mu się nawet, że wszyscy starają się być dla niego bardziej uprzejmi niż zwykle, jakby chcieli go za coś przeprosić czy puścić w niepamięć jakiś niespłacony dług, byleby tylko nie wiedzieć o niczym. Nawet rozmowa z dziekanem skończyła się na paru pośpiesznie rzuconych słowach: – Musimy pomyśleć o bezpieczeństwie naszym pracowników. W końcu coś takiego może przydarzyć się każdemu... Słysząc te słowa, Jakub przypomniał sobie, jak bezpieczeństwo wygląda na Uniwersytecie Łomonosowa w Moskwie: żelazne bramki przy wejściu, ochrona z kałasznikami, przepustki dla studentów...

Jance nie powiedział o niczym. – Skaleczyłem się. Nic ważnego. Zresztą miała dosyć swoich kłopotów w szkole.

Ale to, co się stało, wytrąciło go z równowagi. Zwykle w poniedziałki, gdy nie miał ochoty wracać do domu, między drugą a trzecią zachodził do pokoju doktora N., by w pięknym gabinecie z kasetonowym sufitem, z którego patrzyły na niego rzeźbione głowy Nietzschego, Hegla i Schopenhauera, trochę odetchnąć przy żartobliwej rozmowie, więc i w ten poniedziałek odwiedził doktora N. o zwykłej porze. Lecz rozmowa, równie pogodna co zawsze, nie przyniosła mu spodziewanej ulgi, choć doktor N. całą piątkową sprawę puścił od razu w niepamięć, zabawnie, jak bohaterowie Monthy Pytona, machając kosmatą ręką ozdobioną złotym sygnetem, jakby opędzał się od dokuczliwych much. O czym tu gadać! Mało to wariatów na Ziemi? A że lubił dawać

Jakubowi dobre rady, więc i tym razem z uśmiechem powiedział parę słów. W jego niskim, ciepłym głosie czuło się gorzkawy aromat prawdziwej mądrości obojętnej na względy tłumu.

Doktor N. skończył właśnie czterdzieści dziewięć lat. Niebezpieczna pora dla ambitnych mężczyzn, którzy co jakiś czas odczuwają palącą potrzebę podsumowania liczby snopków na malowniczym rżysku życia. Pszenica i kąkol. Bolesne żniwa. Ten były mistrz olimpiad studenckich w chodzie sportowym, miłośnik Jana Jakuba Rousseau i Herdera, niegdyś rumiany chłopak z bujną czupryną, teraz żylasty chudzielec z bruzdą wiecznego uśmiechu wokół ust, siwiejący tym rodzajem siwizny, który lubią młode kobiety, spragnione odrobiny dojrzałego, męskiego cynizmu, bystry, uduchowiony, łagodny, od trzydziestu lat piszący wiersze metafizyczne, poczucie niespełnienia rekompensował sobie mocną religijnością podhalańskiego chowu. Nie odbierało mu to wszakże ostrości spojrzenia na życie. Jakub lubił z nim rozmawiać w trudnych chwilach. Uśmiech doktora N., podszyty skrywanym cierpieniem, zachęcał do życia dużo bardziej niż szerokie uśmiechy teoretycznych optymistów, którzy nie zaznali na własnej skórze gorzkiego ciężaru egzystencji.

– Och, Jakubie, Jakubie – doktor N. uniósł ramiona gestem sławnego dyrygenta, choć miał na sobie tylko siwy sportowy sweter od Henness-Mauritza, apetyczne dżinsy z kremowego sztruksu i wygodne włoskie mokasyny z cielęcej skórki – pamiętaj, zawsze egzaminuj przy świadkach, nigdy nie zostawaj sam na sam z egzaminowaną osobą. Czasy są trudne. Jeśli kogoś oblejesz, zdesperowany ojciec podniesie na ciebie rękę, zrozpaczona matka złoży skargę w ministerstwie, a studenci podadzą cię do sądu, że dokonałeś na nich morderstwa z premedytacją. Pamiętaj więc, zawsze dwie osoby, nigdy jedna, a po egzaminie natychmiast przeszukaj pokój. Tak, tak, nie rób zdziwionych oczu. Lepiej sprawdź, czy ci ktoś nie podrzucił amfy, bo może cię to kosztować trzy lata pobytu w dość nudnym miejscu, w którym trudno o kobietę. Równie przykry jest zarzut molestowania seksualnego, szczególnie gdy sprawie nadadzą rozgłos media spragnione krwi niewinnych. Dlatego zawsze egzaminuj przy otwartych drzwiach. Jakubie, pamiętaj, zawsze dwie osoby i otwarte drzwi!

Jakub uśmiechnął się, bo przerabiał to już w Londynie. Dobrze pamiętał sławny college Johnsona na Hampstead, gdzie zaproszono go któregoś dnia: wszystkie pokoje, w których pracownicy naukowi rozmawiali ze studentkami, były zawsze otwarte na przestrzał, a jasno oświetlone wnętrza gabinetów przypominały kryształowe akwaria w Muzeum Historii Naturalnej, w których można bez zahamowań studiować bezpruderyjne życie intymne złotych rybek.

Filozofia doktora N. była prosta i zamykała się właściwie w jednym zdaniu, które doktor N. zamierzał – jak mówił żartem – wykuć na kamiennych tablicach: „Nigdy nie oblewaj nikogo". Jego rady brzmiały jak psalm, który zaczynał się tonami buffo, a kończył się patetycznym beethovenowskim finałem. Brutalna prawda Ziemi w sojuszu z promienną prawdą Ideału. Należy unikać niepotrzebnych napięć. Bądź zawsze życzliwie nastawiony do studentów. Uśmiechaj się. Rzucaj żartami. Mów miękkim, ciepłym głosem, jakbyś nigdy w życiu nie słyszał, co to jest egzamin komisyjny, w którym czasem, niestety, bierzesz niechlubny udział, łamiąc na zawsze czyjś kruchy los. I nie były to tylko rady doktora N. Sporo ludzi, których Jakub znał, traktowało egzamin jako okazję do „zawarcia przyjaźni ze studentem". Przyjaźń ta bowiem – jeśli zawiązana w dobrej atmosferze – mogła przynieść obfite plony.

Jakub słuchał tych rad z przykrością, bo sam oblewał, gdy należało oblać i nawet jeśli, jak niosła fama, był „zbyt surowy", co brzmiało jak wyrzut, zachęcający do „zmiany polityki", nic sobie nie robił z tej opinii, która – jak ostrzegał go z miłym uśmiechem doktor N. – mogła mu popsuć korzystny *image*, bez którego nikt nie ma, rzecz jasna, przyszłości nie tylko w życiu zawodowym, lecz i w życiu prywatnym.

Ale teraz, pod wpływem niedawnych wypadków, które zostawiły w duszy bolesny ślad, zaszła w nim ważna zmiana. Teraz z najwyższą uwagą wpatrywał się w każdą egzaminowaną osobę, która z wylosowanymi pytaniami w palcach zasiadała przed nim po drugiej stronie czarnego biurka. Jakby zaglądał w głąb czarodziejskiego zwierciadła.

Były to przeważnie osoby z problemem, których na Ziemi nie brakuje, bo problemy mnożą się na wszystkich kontynentach jak jaszczurki na wyspach Galapagos. Zaczynał zwykle egzamin od ciepłej, swobodnej rozmowy o niczym, by rozluźnić napiętą atmosferę. Lecz gdy zdawało się już, że wszystko idzie w najlepszym kierunku, w jakiejś chwili gdzieś na dnie młodych oczu zawsze dostrzegał ten sam ciemny błysk rozpaczy, niemą zapowiedź nie dającego się powstrzymać wybuchu łez, jakim wrażliwe dusze w najzupełniej słusznym rozżaleniu witają nieuchronnie nadciągającą klęskę, choć żywą energią wysłowienia maskują niedobre przeczucia. Od znajomej psycholog, która od wielu lat trudniła się uzdrawianiem dusz w studenckiej przychodni, wahając się między chłodną surowością dogmatów Zygmunta Freuda a miłosną słodyczą Ericha Fromma, usłyszał któregoś dnia: – Czy pan wie, ilu studentów do mnie przychodzi? Setki! – nie wątpił więc, że z młodymi ludźmi, zasiadającymi po drugiej stronie czarnego biurka, należało postępować z najwyższą ostrożnością jak z otwartym ogniem przy cysternie Shella.

Egzamin miał we wtorek o dziesiątej. Gdy tylko do pokoju weszła krucha blondynka o drżących ustach pociągniętych różową szminką, skupił się maksymalnie, by rozpoznać zagrożenie, bo pytania, które wylosowała – zresztą najzupełniej rutynowe – wyraźnie jej nie podeszły, co z rozczarowaniem wyczuł natychmiast. Była szczuplutka jak dziecko. Bursztynowe włosy, rozdmuchnięte na czubku głowy w jasną chryzantemkę, nadawały jej twarzy wyraz płochliwej bezradności. Prosty nos obsypany piegami, jasna twarz, łagodny, zaokrąglony podbródek. Oczy z zielonymi kropkami na wodnistej tęczówce, obronnie zmrużone pod podkręconymi niebieskim tuszem rzęsami, wyraźnie unikały kontaktu z jego wzrokiem. Gdy uśmiechała się, odsłaniała wilgotne różowe dziąsła nad białymi zębami. Dolna warga – co spostrzegł z przyjemnością – trochę obrzmiała, była jakby nieco wilgotniejsza od górnej. Gdy szukała słów, by wyrazić trudniejszą myśl, jej delikatne, zaróżowione nozdrza rozszerzały się jak skrzela welonki przepływającej za szybą akwarium. Pastelowy makijaż, wykonany z wielką starannością, miał bardziej bronić ją przed światem, niż przyciągać mężczyzn spragnionych rozkoszy. Była w skromnej turkusowej bluzce ze srebrnym motylem przypiętym do kołnierzyka. Pod miękkim, rozchylonym materiałem kryły się drobne piersi w sztywnym czarnym staniku z koronką. Na wskazującym palcu prawej ręki, obok nadłamanego paznokcia, rozmazana plamka zielonego atramentu.

Gdy po paru minutach, wsłuchując się w jej niepewny, gasnący głos, pomyślał, że trzeba już sprawę kończyć – oczywiście, możliwie najuprzejmiej, lecz jednak stanowczo – bo nie potrafiła niczego sensownego powiedzieć nawet o „śmierci Boga" w pismach Nietzschego, czego nie usprawiedliwiały żadne okoliczności łagodzące, zaczęła splatać i rozplatać swoje delikatne palce z paznokciami polakierowanymi na niebiesko:
– Ja to wszystko wiem, tylko nie mogę sobie przypomnieć! Przysięgam! Ja wszystko wiem, tylko nie pamiętam! Boże, gdyby mi pan dał jakieś pytanie pomocnicze! Bo ja wszystko mam w głowie, tylko się zablokowałam psychicznie.

Te słowa go zmroziły. Poczuł ukłucie w sercu jak przyłapany na gorącym uczynku, choć przecież, jak mniemał, nie zrobił nic złego. Ale naraz wszystkie niedobre sprawy, o których chciał zapomnieć, znów stanęły mu przed oczami. Miał przed sobą topielicę, która – to było jasne – szła pod wodę, rozpaczliwie wyciągając ku niemu ręce. Więc swoją „zbytnią surowością" zablokował ją psychicznie odcinając od życiodajnych złóż pamięci? Gdzieś w głębi duszy przemknął cień dziewczyny w sukience z indyjskiej bawełny. – Ach – starał się uśmiechnąć możliwie najłagodniej do tej spłoszonej istoty, która patrząc teraz na niego z drugiej strony czarnego biurka, nerwowo przygładzała swoje bursztynowe piórka na głowie – niech się pani odpręży. I po cóż się tak denerwować? No, już dobrze, prawda? Może pani mówić dalej, czy jeszcze chciałaby pani chwilę odpocząć? Skinęła głową, lecz w jej oczach wciąż tlił się znajomy, ciemny błysk rozpaczy, który nie zapowiadał łatwego happy endu.

Należała do gatunku ptaków, które nie fruwają zbyt wysoko. Takie ptaki cieszą się, jeśli uda im się przelecieć nad krzakiem bzu. Miała zwichnięte skrzydła jak gołąb trafiony kamieniem przez złośliwego chłopca. Od razu gdy weszła do pokoju, wyczuł, że nie wiedzie jej się w życiu, że ona teraz, podejmując kolejną próbę, dobrze wie, że już w punkcie wyjścia nie ma żadnych szans i tak naprawdę w głębi ducha, choć jeszcze nie umie się do tego przyznać, marzy tylko o tym, by rzucić się pod pierwszy lepszy pociąg. Ach, przeciąć wreszcie to monotonne pasmo klęsk, którego dotąd nie potrafiła rozjaśnić choćby jednym efektowniejszym zwycięstwem, z jakiego zwykle – niczym z czarodziejskiego źródła żywej wody – czerpiemy siłę do przetrwania rzeczy najgorszych. Są ludzie, którzy szukają kropli goryczy, która przepełni kielich. Tacy czekają tylko na pretekst. Wystarczy drobiazg, a skaczą w przepaść. Więc ona była jedną z nich? Wpatrywał się w napięciu w jej twarz jak w egipski hieroglif, lecz w oczach z zieloną tęczówką widział tylko wzbierającą rozpacz, nic więcej.

Tak, teraz już nie chodziło jej o żaden egzamin. Teraz chodziło o życie. O kolejne potwierdzenie, że „życie jest do niczego".

Patrzył na nią równie przerażony jak ona. Bo co właściwie tu robił, w tym pokoju, przy tym czarnym biurku, w tym kamiennym gmachu na wyspie, otoczonej ciemnymi wodami z wolna płynącymi ku morzu? Stał na straży Prawa i Prawdy, tego domagało się od niego społeczeństwo, miał jak chłodny selekcjoner drużyny piłkarskiej oddzielać lepszych od gorszych, na tym polegała jego praca, za to mu płacono. Lecz teraz, na widok tych drżących ust pociągniętych różową szminką, poczuł, że całe to jego Prawo i cała ta jego Prawda warte są tyle, co rozlatujący się dom, w którym nikt nie chce mieszkać.

Przecież niemiłosiernie dręczy tę kruchą, szczuplutką jak dziecko istotę, żąda, żeby wiedziała dokładnie, co i gdzie Nietzsche napisał, naciska na daty, chce faktów z życiorysu, domaga się uściślania pojęć, bezlitośnie przypiera do muru. Czyż nie widzi w jej oczach błysku najprawdziwszej rozpaczy? Na cóż mu teraz była cała ta jego Prawda, święta stanowczość selekcjonera, który – niczym Archanioł Michał na Sądzie – dobrze wyostrzonym mieczem beznamiętnie strąca „przegranych" w ból i poniżenie, oczywiście z wiarą, że czyni to wszystko dla dobra wspólnego, dla narodu, dla ludzkości, dla państwa?

Po tamtej stronie biurka krucha dziewczyna z problemem. Stojąca na krawędzi. Bezbronna. Po tej stronie biurka on. W garniturze. W białej koszuli od Silvera. Odświeżony wodą Kenzo. W półbutach od Jansena. Spokojny. Zrównoważony. Pewny siebie. Na posadzie. Z pensją. Z żoną. Z własnym mieszkaniem. Więc ma ją teraz jednym ruchem palca strącić sprawiedliwie w ból i poniżenie? Tylko po co? A cóż to świat na tym straci, jeśli teraz, wejrzawszy w jej los, mimo wahań wpisze jej do indeksu słabą ocenę pozytywną? Że ona nie ma teraz zielonego pojęcia o Nietzschem? Przecież jeszcze się zdąży o Nietzschem nauczyć. Poza tym ten Nietzsche... powiedzmy sobie wyraźnie: ponury mędrzec, pilny uczeń tego kruka, Schopenhauera... Czy znajomość jego dzieł wzmocni tę kruchą istotę? Czy da jej siłę do przetrwania rzeczy najgorszych? Czy odgrodzi od niedobrej pokusy?

Czuł, że odnalazł drogę pośród ciemności. Zadał kruchej blondynce pytanie pomocnicze, a gdy dziewczęce oczy rozjaśniły się nadzieją i pamięć – choć niedoskonała – powróciła, do indeksu wpisał swoim złotym pelikanem magiczne słowo „dos-ta-te-czny", które jak zaklęcie Merlina rozproszyło chmury zgromadzone nad młodą głową. Łzy, których się spodziewał od pierwszej chwili, spłynęły po upudrowanych policzkach, rozmazując niebieski tusz pod oczami. Nie były to jednak – czuł to – łzy szczęścia. Były to prawdziwe łzy upokorzenia. Krucha blondynka wiedziała doskonale, że nie zasługuje na żadną „ocenę pozytywną", ale z ulgą przyjmowała dar – magiczną formułę ocalenia jasnoniebieskim atramentem wpisaną do księgi jej losu.

Gdy po paru minutach patrzył na nią z okna, miał w sercu spokój. Mocno przyciskając do biodra torbę z czarnego skaju ze srebrnym napisem „Nina Ricci", szła energicznie w stronę bramy środkiem brukowanego dziedzińca w swoich różowych bucikach na wysokim obcasie prawie tą samą drogą, którą uciekał przed policjantami tamten szalony ojciec, któremu studenci odebrali nóż. Z pewnością tłumiła w sobie najwulgarniejsze przekleństwa. Najpewniej nienawidziła teraz Jakuba bardziej niż kogokolwiek na Ziemi i pogardzała nim za to, „że dał się tak głupio złapać na łzy". Wdzięczność? Nie czuła żadnej wdzięczności. Dawniej nie puściłby płazem takiej zniewagi. Miał zwyczaj wyrównywać rachunki natychmiast, jak lustro, które odbiciem słonecznych promieni chce oślepić słońce. Teraz jednak? Czyż ta dzika, niesprawiedliwa furia, która się w niej kłębiła, ta wściekła furia wrogości i pogardy, nie mająca nic wspólnego z Dobrem i Pięknem, nie umieszczała jej po dobrej stronie, po stronie życia?

Lecz jeśli tamten mężczyzna z nożem był rzeczywiście ojcem dziewczyny w sukience z indyjskiej bawełny? Gdyby znalazł tego człowieka... Ale wiedział, że ten człowiek zniknął na zawsze. Jego płacz dowodził, że napaść się nie powtórzy. Kto tak płacze, nie weźmie już noża do ręki. Lecz jeśli ona, zanim coś sobie zrobiła, rzeczywiście powiedziała temu człowiekowi, że padła ofiarą podłości i dlatego ten szalony człowiek zrobił to, co zrobił?

Znów zaczął sobie wyrzucać, że wtedy, tamtego lipcowego dnia, zadawał pytania z głupią beztroską, znudzony, senny, obojętny na wszystko, może nawet złośliwy i nawet nie patrzył na tych, którzy podchodzili do zielonego stołu. Czyż w tamtej chwili, gdy stanęła przed nim gładko uczesana dziewczyna w sukience z indyjskiej bawełny, senny od upału, nie pragnął, żeby zapadła się pod ziemię – jak Persefona porwana do Erebu na zawsze?

# Jakub robi to pierwszy raz

Egzamin skończył przed szóstą.

Chciał odetchnąć po tym wszystkim, zaszedł więc do Parku, na ławce nad stawem przeglądnął gazety, zajrzał do Katedry na koncert organowy, pokręcił się po księgarni przy ulicy Cystersów.

Po drodze chciał jeszcze kupić butelkę bordeaux dla Janki.

W supermarkecie Astra było niewielu klientów.

Wszedł na salę szybko, minął stoisko z papierosami i już miał skręcić w stronę kas, gdy naraz sięgnął ręką na najbliższą półkę i kolorowa rzecz znikła w głębokiej kieszeni płaszcza. Stało się to tak nagle, że przez chwilę nie wiedział, co zrobił. Boże drogi, cóż to za głupstwa?

Teraz myślał tylko o jednym: czy ktoś zobaczył? Wydawało mu się, że zobaczyli wszyscy. Tak pewnie poczuł się Adam w chwili, gdy poznał, że jest nagi. Starał się nie rozglądać, ale to właśnie wprawiło go w popłoch. Nie stój! Spaceruj jak wszyscy! Przemagając strach, ruszył między półkami w głąb sklepu. Stateczny gość, odpowiedzialny, na stanowisku, z niezłą pensją, w jasnym prochowcu, z kaszmirową apaszką pod szyją, w brązowych butach od Jansena. Byle dalej od tego miejsca! Przystając co parę kroków, brał do ręki makarony, kornflejksy, pudełka z müsli, uważnie czytał kolorowe etykiety, porównywał ceny, a serce, to głupie serce, które nie rozumiało niczego, waliło mu w piersiach.

Spłoszony spojrzał w stronę kas. Elektroniczne bramki? Jak mógł o tym nie pomyśleć! Takie bramki prześwietlają nas jak wszechwidzące oko Boga. Chciał kolorową rzecz natychmiast położyć z powrotem na półkę. Chyba zwariował! Teraz? Przecież zobaczą! Więc energicznie zakręciwszy wózkiem przy skrzynkach z coca-colą, prując powietrze jak żaglowiec „Otago" pod pełnymi żaglami, z uniesioną głową ruszył prosto ku kasom. Chwała, Lordzie Jimie!

Ogarnęło go musujące zdumienie, że porusza się tak sprawnie, chociaż krew waliła w skroniach, a serce skakało w piersiach. Szedł między półkami szybko, pewnym krokiem, z wózkiem załadowanym puszkami, pudełkami, butelkami. Zwykły klient zadowolony z udanych zakupów! Popiskiwały kółka. Dzwoniły butelki. Pobrzękiwały słoiki. Podszedł do kasy, wyjął portfel, coś zagadał żartobliwie do młodej kasjerki z włosami ufarbowanymi w różowe pasemka, odłożyła na jego widok pismo dla kobiet z księżną Dianą na okładce, zaczęła wystukiwać należność na plastikowej klawiaturze, zręcznie wyłożył z kosza na gumowy pas transmisyjny makaron, jabłka, konserwy, ser, sok, miód, wafelki, kasa brzęknęła, podał kasjerce banknot, wepchnął resztę do kieszeni, nawet nie licząc, odpowiedział uprzejmym „dziękuję" na jej uprzejme „dziękuję ślicznie", jeszcze jeden krok, jeszcze drugi i już przejechał magiczną linię kas, już dojechał do rozsuwanych drzwi, już zatrzymał się przy wózkach ustawionych przy wejściu.

Kasjerka wróciła do lektury kolorowego pisma, a on ze wstrzymanym oddechem, pochylony nad drucianym koszem wózka, nie wierząc jeszcze, że się udało, drżącą ręką zaczął pakować słoiki, butelki, pudełka, puszki do foliowej torby z czerwonym napisem „Supermarket Astra". Skóra mu cierpła na myśl, że wypuścili go tylko na chwilę, że już się gdzieś tam zaczaili w pobliżu i zaraz pokazowo zwiną go na oczach wszystkich. Niemal czuł na sobie czyjeś uważne, palące spojrzenie. Spostrzegł, że ktoś się zbliża, zadrżał, ale nie, to tylko druga kasjerka – ostro wymalowana blondyna w wysokich butach z niebieskiego skaju – przepłynęła obok ze szklanką gorącej kawy w palcach jak obwieszona frędzlami gondola wenecka.

Wyszedł ze sklepu mokry jak mysz. Elektroniczne bramki? Nie było żadnych elektronicznych bramek. To nie ten sklep. A nad miastem piękna, jasna pogoda! Obłoki, obłoki, jak bije serce, jaki żal i smutek ziemi. O, jakże wy straszne jesteście, stróże świata, obłoki! Przeszedł szybko wśród hond, toyot, mercedesów stłoczonych na parkingu, mrużąc oczy przed śliskimi błyskami na seledynowych, czerwonych i lazurowych karoseriach. Usłyszał za sobą czyjeś szybkie kroki. Przerażony skulił głowę w ramionach. Więc jednak! Ale nie, to tylko jakieś dziecko goniło psa. Gdy rudy spaniel przebiegł obok, odetchnął niczym nurek wynurzający się z morza. Powietrze było chłodne. Nabrał go w płuca. Wypuścił przez nos. Boże, co za ulga. Nareszcie.

A więc udało się! Niczego nie rozumiał. Jak to? Dlaczego? Jakim cudem? Był kompletnym amatorem, zrobił to pierwszy raz w życiu – a jednak! Ogarnęła go bezsensowna duma, jakby wygrał pojedynek z „jednorękim bandytą". W jednej chwili lęk i wstyd roztopiły się jak grudka śniegu. Teraz czuł tylko dumę. Nic więcej. Przeszedł spokojnie przez jezdnię (nie obejrzał się ani razu) i wydłużonym krokiem ruszył ku domowi.

– Co ci jest? Wyglądasz tak, jakbyś miał gorączkę. – Janka dotknęła czoła, gdy wszedł do mieszkania. Był zaróżowiony jak nigdy, rozgrzany, niespokojny, ale nie były to bynajmniej rumieńce choroby. O, nie! Gdy niedbale wręczył jej zawiniętą w kwiecisty papier butelkę bordeaux, wyraźnie ucieszyła się z niespodziewanego daru: – Coś ty! Nie szkoda pieniędzy? Ale jesteś kochany! Czerwone wino piła zawsze w czasie miesiączki, by uzupełnić bolesną stratę.

Jednak przez następne dni jasną halę supermarketu Astra omijał z daleka.

Za dużo wrażeń jak na jeden raz. Musiał trochę dojść do siebie. Zresztą po cóż się tu kręcić? Dopiero po tygodniu, bardziej z ciekawości niż z potrzeby, znów zbliżył się do drzwi ze szkła, które rozsunęły się przed nim bezszelestnie jak wodna zasłona w tunelu prowadzącym do podziemnej groty. W górze ułożona ze szklanych rurek, żarząca się jasną zielenią nazwa „Supermarket Astra". Uśmiechnął się do siebie. Ach, ci Rzymianie! Seneka, Marek Aureliusz, Katon! Wiedzieli, co mówią! *Per aspera ad astra*! Przez trudy do gwiazd!

Wszedł do oświetlonego sklepu. Teraz to wnętrze nabrało nowych barw. Bogate szpalery półek ciągnęły się w głąb sali jak szpalery dojrzewającej winnicy Pańskiej. Uprzejmie skłonił się kasjerce. Równie uprzejmie odpowiedziała na jego uśmiech (Poznała go? Niedobrze…). Wziął wózek, wjechał między półki. A dookoła morze symboli i świateł. Hesperyjski sad. Milka, Hanussen, Bounty, Nugat, Alpengold, Milky Way, Palmolive, Dove, Erle Gray, Lipton. Srebro, czerwień, złoto. Nad głową wenecki karnawał reklam. Promocja! Promocja! – wołały ze ścian wielkie plansze z fotografiami roześmianych dziewcząt w skąpych strojach. Oferta, jaką Szatan przedstawił w Raju szlachetnym prarodzicom, wydała mu się skromnym żartem. Jedno jabłko! Tu jabłek były tysiące. Wjechał głębiej między szpalery półek, zanurzył się w las rzeczy, pokręcił się przy chłodniach z lodami, rzucił okiem na reklamę Pelikana (najnowsze modele piór), a gdy po paru chwilach wynurzył się zza złotej piramidy puszek z ananasami, kolejna kolorowa rzecz spoczywała bezpiecznie w głębokiej kieszeni płaszcza. Boże drogi – zdziwił się – więc to takie łatwe? Los wyraźnie mu sprzyjał, błogosławiąc zręczności palców.

Dlaczego to robił, nie wiedział. Miał pieniądze, pracę, posadę, ludzki szacunek. Ale nagle ta rozświetlona przestrzeń wielkiego sklepu, dotąd odgrodzona od świata demarkacyjną linią kas, pilnie strzeżona przez dwóch ogolonych do skóry ochroniarzy, którzy jak senne ogary krążyli wśród półek, otworzyła się przed nim jak grota z baśniowymi skarbami Sezamu. Dziwne wrażenie... Miał teraz wszystko w zasięgu ręki. Zatrzęsienie dojrzewających owoców, aż nie wiadomo, co rwać! Same drzewa życia. Czuł, że znalazł się poza zasięgiem ognistego miecza. Oczywiście wchodziły w grę tylko przedmioty drobne, poręczne, łatwe do wsunięcia do kieszeni. Złote jabłka z ogrodu Hesperyd.

To, co zrobił, było głupie, naiwne, bezsensowne. Gdyby wpadł, w jednej chwili zmarnowałby „cały dorobek życia". Ale nie mógł zaprzeczyć, że było także niebezpieczne, słodkie, urocze i prawdziwie w swym idiotyzmie zachwycające. Mądrość? Ach, na pewno mądrość powinna kierować naszymi krokami. Ale na cóż komu mądrość, jeśli szczęścia nie daje? W końcu nawet mądry Beethoven napisał *Odę do radości* a nie *Odę do mądrości*.

Boże drogi, nie wiedział, czy to on sam, czy raczej jego ręka sięgnęła na półkę. Jeden ruch – i już! Poszedł do końca za dziecięcym pragnieniem? Bądźcie jako dzieci!

Jesteśmy warci tyle, ile nas sprawdzono. Więc dotąd zupełnie nie zdawał sobie sprawy z tego, kim jest naprawdę? I dopiero teraz odkrył, do czego jest zdolny? Zawsze uważał, że ma dwie lewe ręce. Nigdy nie miał talentów manualnych. W szkole jak większość ludzi zamieszkujących Ziemię nienawidził robót ręcznych i sportów zręcznościowych. A tu tymczasem – kto by pomyślał! – wystarczyło, że wszedł między półki, jeden ruch i nagle – cóż za metamorfoza! – z nieudolnego chłopca bystry, lotny, zręczny Hermes ze skrzydełkami u stóp, dla którego nie ma rzeczy niemożliwych! Przemiana gąsienicy w motyla! O, Owidiuszu! Nie mógł się nadziwić, że wszystko znowu poszło tak łatwo. Więc jednak, wbrew temu, co myślał o sobie, dostał od losu jakiś dar, którego w sobie nawet nie podejrzewał i który dotąd lekkomyślnie zaniedbywał? Więc przez całe życie żył w niezgodzie ze swym powołaniem i dopiero teraz zbliżył się do drzwi, za którymi nieskończenie mądre Parki przędły nić jego tajemnych przeznaczeń? I ujrzał tę nić? I pojął dokąd ona prowadzi? I poszedł za nią jak Tezeusz za nicią Ariadny? A więc to właśnie o tym mówiła Cyganka, gdy pewnego dnia zapukała do drzwi willi Tannenheim?

Ale przecież, do diabła, był po prostu zwyczajnym sklepowym złodziejem, niczym więcej!

Złodziejem? Wzruszył ramionami. Przypomniał sobie scenę, którą ujrzał w supermarkecie Astra przed miesiącem.

Było to w którąś sobotę. Koło dziewiątej dwaj ogoleni do skóry ochroniarze złapali miłą rodzinę na „próbie kradzieży". Zwykła rodzina, jakich tysiące! Jasnowłosa matka w różowym płaszczu z niebieskimi guzikami. Ojciec, krępy, rumiany, ogolony kierowca tira w skórzanej kurtce ze złotym haftem „Buffalo Kids". Piegowata, ładna córeczka w pomarańczowym sweterku ze słomianymi warkoczami ładnie związanymi różową kokardą. Znaleziono przy nich ściągniętą z półki puszkę sardynek, luksusowe mydełko i czekoladowy wafelek.

Nie kryli oburzenia. Kobieta wyrywała łokieć z mocnej dłoni ochroniarza, który nie chciał jej przepuścić przez przejście przy kasach: – Kupujemy tu codziennie od roku! Zostawiliśmy tu grube tysiące! O co tyle krzyku? Że dziecko chciało sobie wziąć wafelka?! A weście sobie tego pieprzonego wafelka! – I rzuciła wafelkiem ochroniarzowi prosto w twarz. Jakub szybko wynurzył się zza stosu puszek z ananasami. Łapczywie chłonął każde słowo, jakby znalazł się na awangardowym „Festiwalu Teatrów Otwartych". – Co wy się tak przejmujecie? – kobieta szarpała się z ogolonymi mięśniaka-mi. – Ten wasz szef ma takich supermarketów jak ten z pięć albo i więcej. I jeszcze jeździ z dziwkami białym mercede-sem. Sama widziałam! Forsy ma jak lodu! Kasjerkom nie płaci, ale na dziwki ma!! A my? Mąż od sześciu miesięcy na bezrobociu! Żadnej pracy nie może znaleźć! Niczego! Prze-cież wy w tym sklepie na tych waszych promocjach rozdaje-cie sto razy tyle wafelków za darmo i czy na tym tracicie? On nawet jak traci, to ma zysk. Więc co? Więc mamy się teraz spowiadać jak w kościele z tego głupiego wafelka? A oddaj im, Agnisiu, te sardynki! Macie, nażryjcie się! – I rzuciła puszką w głąb sklepu, trafiając w stos szamponów Palmolive, który rozsypał się na posadzce.

Jakub pokręcił głową. Wszystkie te wykrzykiwania nie miały żadnego sensu. O czym tu gadać? Ukradli i tyle. Ale nagle roześmiał się do siebie, aż wszyscy w supermarkecie spojrzeli w jego stronę. Spłonął rumieńcem, nie mógł się jednak powstrzymać. Nagle ta scena, ta głupia, bezsensowna scena z matką, ojcem i dzieckiem, których przyłapano na kradzieży sardynek, mydełka i wafelka, nabrała rozmachu biblijnej wizji. Prawdziwy Michał Anioł w Kaplicy Sykstyń-skiej! Oto Dobro wśród błyskawic i burzowych chmur starło się na równinach Armagedonu z siłami Zła. Tylko gdzie było to Dobro a gdzie Zło? Bagatela! Ciekawe – pomyślał – jak wielki Sokrates poradziłby sobie z argumentacją tej wrzesz-czącej baby?

Przecież ta szarpiąca się z ochroniarzami kobieta była głęboko przekonana, że... Pan Jezus jest po jej stronie! Cóż za święte oburzenie malowało się na jej twarzy. Ileż to razy mówiono jej, że bogaczom będzie trudniej wejść do Królestwa Niebieskiego niż wielbłądowi przejść przez ucho igielne. I naraz to, co jeszcze przed chwilą było epickim freskiem wielkiego Michała Anioła, stoczyło się w farsę.

To dlatego się roześmiał. Nagle bitwa na równinach Armagedonu zmieniła się w groteskowy spektakl rodem z *commedii dell'arte*. O, Poliszynelu! O, Arlekinie! Od tego czasu zaglądał do supermarketu Astra dość regularnie. I za każdym razem jakaś drobna rzecz znikała w głębokiej kieszeni płaszcza. Ach nie, wcale nie chodziło o pieniądze, o nie, podniecała go raczej sama niedobra rozkosz przeobrażania się, upojenie nagłą zmianą tożsamości, ekscytacja ryzykiem bolesnej kompromitacji na oczach wszystkich. Czuł, że znad obłoków, które płynęły nad miastem, błogosławi mu grecki bóg Proteusz, nieuchwytny bóg zmienności, tajemniczy pan metamorfoz. Nie chciał, by go zapamiętały kasjerki i ochrona, więc za każdym razem ubierał się inaczej. Raz więc uroczyście wkraczał do oświetlonego sklepu w kremowym prochowcu z czarną dyplomatką w ręku, jak przedstawiciel miejscowego biznesu, raz wchodził zgarbiony, w spranej dżinsowej kurtce Levi Straussa, poprzecieranej na łokciach, niczym dostawca wody mineralnej Volvic, innym razem lekko wbiegał w szarym, postrzępionym swetrze od Hennes-Mauritza, niczym człowiek z branży komputerowej, któremu nie wiedzie się w handlu dyskami DVD. Umiał się wtopić w tłum. Nieuchwytny, bujający na granicy ducha i materii, anonimowy, niewidzialny, pojawiał się i znikał w jasnej hali supermarketu Astra, zostawiając na półkach puste miejsca, ziejące jak dziura po wyrwanym zębie.

Wieczorami, gdy zasypiał obok Janki, jakiś głos napominał go w ciemności, by wreszcie oprzytomniał. Był to, oczywiście, głos daimoniona, którego czcił sam Sokrates. Ale Jakub ostatnio nie odnosił się do daimoniona przychylnie.

W jakieś chwili uświadomił sobie, że nie jest sam. Na całej planecie miliony jego niewidzialnych braci codziennie robiły dokładnie to, co on. Gdy w sobotę, jadąc czerwoną szóstką do śródmieścia, w gazecie przeczytał o „kradzieżach w supermarketach", tylko się melancholijnie uśmiechnął. W samym tylko Londynie straty osiągały co roku astronomiczną sumę czterech miliardów funtów, z czego dwa miliardy to były kradzieże wewnętrzne, dokonywane przez personel. I rzecz ciekawa, państwo Anglików wcale nie chwiało się pod ciężarem tej astronomicznej sumy, przeciwnie, nadal rozkwitało jak panna młoda po ślubie. W Paryżu podobne straty wynosiły osiem miliardów franków i jeśli nawet dane z San Francisco i Nowego Jorku, nie mówiąc już o Berlinie czy Warszawie, jeszcze nie nadeszły, z całkowitym spokojem można było przewidywać, że utrzymają się jak co roku na przyzwoitym poziomie liczb siedmiocyfrowych. Dawało to do myślenia.

Najwspanialsze były, oczywiście, promocje.

Któż ich nie lubi! Wchodził do rozświetlonego sklepu i ogarniała go musująca euforia. Muzyka! Śpiew! Latynoskie rytmy! Długonogie studentki w różowych fartuszkach z falbanką, z puszystymi uszami króliczków na głowie, podchodziły do niego z plastikową tacką, by wręczyć, ot, kubeczek poziomkowego lub morelowego jogurtu. Nie płacisz, a dostajesz. GRATIS! To słowo pojawiało się wszędzie. Na reklamach, nad kasami, nad półkami, nad chłodniami.

Musiał przyznać rację Wittgensteinowi. Granice naszego języka są granicami naszego świata.

Bo czyż istnieje dla nas coś, co nie ma nazwy? – pytał siebie, plastikową łyżeczką jedząc morelowy jogurt z plastikowego kubka. – Żadna rzecz sama z siebie nie wie, czym jest. Do *ding an sich* nie mamy żadnego dostępu. Dopiero siatka słów, którą narzucamy na bezimienny świat, obdarza rzeczy tożsamością. Bo rzecz, dopóki nie zostanie nazwana „rzeczą", nie wie nawet, że jest rzeczą. To słowo ją stwarza. Nadaje jej imię. Kto nie zna słowa „król", nigdy nie poczuje się królem. Jesteś takim, jakim siebie nazwiesz.

Nazywanie rzeczy, które nie mają nazwy – przypomniał sobie sławny wywód Borysa Uspienskiego – to akt stworzenia, przemianowanie zaś – to przeistoczenie albo nowe narodziny. Właśnie w sferze nazw własnych następuje utożsamienie słowa i denotatu, charakterystyczne dla wyobrażeń mitycznych. Wówczas, jak mówi platoński Sokrates w dialogu *Kratylos* – imię jest jak cała wypowiedź, jak logos denotatu. Mówi o jego istocie. Nazywamy, aby dostrzegać rzeczy takimi, jakimi są, aby je rozróżniać.

Więc znikanie kolorowych rzeczy w głębokiej kieszeni płaszcza nazwał w głębi duszy „robieniem gratisów".

„Gratis"! To było słowo żartobliwe, lekkie, czarujące, karnawałowe, wdzięczne jak hiszpańska seniorita tańcząca flamenco. O, Dionizosie! „Robić gratisy" znaczyło traktować życie jak żartobliwą przygodę, być po stronie uśmiechniętego bóstwa Ironii, cieszyć się swobodną zręcznością palców. To słowo bez trudu zmieniało bolesną „kradzież" w dowcipny „kawał", ponure „wyrządzanie zła" w zabawną grę w „kto kogo wykiwa?", raniącą „krzywdę" w swawolny „żart". Uskrzydlało duszę jak obrazy Fragonarda i Watteau, którymi zachwycamy się wszyscy, choć dobrze wiemy, jak bardzo są paskudne.

Słowo „kradzież" zaś? To było słowo bez polotu, przykre, cuchnące komisariatem, nieszczęściem, kratami i pryczą. To słowo wlokło za sobą takie słowa jak „kara", „krzywda", „odpowiedzialność", „przesłuchanie", „rozprawa", „akt oskarżenia", „wyrok", „poniżenie", „wstyd", „łzy", „rozpacz", „areszt", „kajdanki", „grzywna". Biła z niego odpychająca woń sądowej sali, w której tanie meble śmierdzą pokostem, nuda wionie z pedantycznych „protokołów", a drętwa „sprawiedliwość" z krostowatą twarzą sędziego-nieudacznika pastwi się nad „złodziejem" tylko dlatego, że sama nigdy nie pozna słodkiej wiedzy, czym jest radosna, olśniewająca zręczność palców, o której „prokurator" może tylko marzyć.

Wybór nasuwał się chyba sam.

# Erozja

Czuł, że wkroczył do królestwa masek. *Larvatus prodeo!* Rano, w audytorium III, swoim dźwięcznym, mocnym głosem, tak by słyszały go dobrze ostatnie rzędy, objaśniał sens pojęcia cnoty u św. Augustyna, z wyczuciem cieniował subtelne rozróżnienia między Dobrem i Złem w nieśmiertelnych pismach Platona – a wieczorami? Wieczorami kolorowe przedmioty znikały jak zaczarowane w głębokiej kieszeni płaszcza. Nie miało to, rzecz jasna, żadnego sensu. Wszystkie te „drobne gratisy" dowodziły, że „stacza się na dno". Prawdziwe spadanie. Acheron w południe. A jednak jakieś głosy, dobiegające z głębi serca, niczym sowie szelesty podziemnego świata, podpowiadały mu, że czyni dobrze. Bo czy, Jakubie, ktoś, kto zna Zło tylko ze słyszenia, może odpowiedzialnie grzebać w jego tajemnicach?

To dziwne rozdwojenie ekscytowało go i wzmacniało, chociaż – jak dawniej myślał – powinno go właśnie osłabiać. Nie rozumiał. Cóż to znowu? Tak bardzo rozgrzewała go sama świadomość, że nikt nie wie o jego sprawkach? Nareszcie miał własny, pewny na sto procent grzech, którego nikt nie mógł mu odebrać? I teraz na samym sobie mógł studiować do woli esencję Cienia, której sekrety bezskutecznie starali się zgłębić najwięksi filozofowie? Kto wie, może tak właśnie było, chociaż wierzył w to tylko czasami.

Zresztą nie tak dawno był w Rzymie.

Słońce! Pinie! Cyprysy! Gdy do światowej stolicy chrześcijaństwa przyjechał luksusowym autobusem z pielgrzymką nauczycieli, ostrzeżono go natychmiast, by uważał na siebie w sławnych sklepikach z dewocjonaliami przy kolumnadzie Berniniego, skąd krok tylko do miejsca papieskich audiencji.

– Kochani, uważajcie na każdego Włocha! – żartobliwie pokrzykiwał młody ksiądz-przewodnik do spoconych przybyszów z Północy na placu św. Piotra. W jego głosie – Jakub wychwycił to natychmiast – raz po raz pobrzmiewała swawolna nutka podziwu dla „tych włoskich urwisów, dla których, drodzy państwo, nie ma rzeczy niemożliwych. Oj, potrafią oni, potrafią!" Drobne oszustwa przy wydawaniu reszty, opromienione smagłą urodą sprzedawcy, który błyskawicznie, jak magik w cyrku, podmieniał monety, miały w sobie czar nieśmiertelnej *commedii dell'arte*, zwanej inaczej *commedia all'improvviso*. Kradzież? Pod złotym słońcem Południa dużo trafniej brzmiały słowa lekkie, śpiewne, karnawałowe, wibrujące jak skrzydełka kolibra: „świsnąć", „zwędzić", buchnąć", „podprowadzić", „zakosić", „ściągnąć", „zwinąć", piankowe słowa migoczące blaskiem starego, cesarskiego Rzymu, swawolnych bachanalii i radosnych orszaków Dionizosa.

Była noc. Za oknem wiatr kołysał gałęziami sosen. Nad Katedrą niczym prehistoryczne jaszczury szybko przelatywały czarne, poszarpane obłoki, to zasłaniając, to odsłaniając księżyc. Miasto za oknem wyglądało jak gigantyczna, migocząca tysiącami łusek ryba, wyrzucona na brzeg Zatoki. Na dalekich przedmieściach gazowe ognie rafinerii drżały w falach zimnego powietrza jak lampki na choince. Krzyż z żarówek na wieży kościoła Mariackiego co parę chwil znikał we mgle.

Janka spała spokojnie. Jakub przewracał się w łóżku, zawijał w kołdrę, poprawiał prześcieradło, wtulał pięść pod głowę, ale tajemnicze głosy, dobiegające z głębi mieszkania, nie dawały mu spokoju. Coś przelatywało w ciemnościach, szeleściło, pohukiwało, pogwizdywało ironicznie, aż wzdrygał się pod kołdrą. W iluż to książkach czytał opisy rozmów z Diabłem? W stu? W dwustu? Więc i jemu samemu miało się coś takiego przytrafić? I to teraz? Boże drogi. Precz! *Apage Satanas!* Znowu zawinął się w kołdrę, wsadził głowę pod poduszkę, zatkał uszy palcami, ale przez świsty wiatru, przez postukiwania okien, przez szelesty w kuchni, przez trzaskania podłóg, przez poskrzypywania szaf, wciąż przebijał się ten cichuteńki, mysi, to słabszy, to mocniejszy głos niewidzialnego alchemika, którego nie można było uciszyć.

– Kradzież? – dziwił się głos. – Ależ, Jakubie drogi, kradnie tylko ten, kto zabiera coś równemu sobie albo uboższemu od siebie. Jasne, że wielu ludzi sukcesu zdobyło majątek uczciwą pracą. Ale – mądry głos zapytywał z ironią – powiedz mi, mój drogi, kochany Jakubie, dlaczego ci wspaniali ludzie sukcesu mogli zdobyć majątek uczciwą pracą? A dlatego – odpowiadał mądry głos, zanim Jakub zdążył otworzyć usta – bo mieli jakiś talent. Bez jakiegoś talentu na tym świecie ani rusz.

Czy jednak uczciwe jest – mądry głos przechodził w syczący szept – że jedni ludzie mają talent, a inni nie? Przecież gołym okiem widać, że talenty, podobnie jak uroda i zdrowie, zostały rozdane niesprawiedliwie, a nawet podle. – Tak to już jest na tym świecie – wołają ludzie sukcesu, którzy majątek zdobyli uczciwą pracą i, rzecz jasna, chcą ten majątek posiadać. – Talenty, zgodnie z wolą Najwyższego, rozdaje Natura. Że rozdaje niesprawiedliwie, a nawet podle? Cóż z tego? Czyż człowiek utalentowany nie ma prawa żyć lepiej od beztalencia? Z pewnością ma takie prawo. A dlaczego? A dlatego, że takie prawo dała mu Natura.

Tylko powiedz mi mój drogi, kochany Jakubie – mądry głos bezczelnie drwił sobie z Jakuba – niby dlaczego mamy szanować wolę Natury, skoro jest ona tak niesprawiedliwa, a nawet podła? I czy uczciwy człowiek sukcesu, który powołuje się na coś tak paskudnie niesprawiedliwego, a nawet podłego jak wola Natury, jest naprawdę uczciwy? A zabrać mu całą forsę – tak, zabrać co do grosza! – i rozdać ubogim, co od miesięcy nie mają żadnej pracy!

Jakub wtulał głowę pod kołdrę, zamykał oczy: – Precz, duchu kusicielu! Cóż to za piekielne głupstwa! Nie dręcz mnie!

Myślał o życiu swojej matki. Podczas wojny matka Jakuba była sanitariuszką w ruchu oporu. Ratowała rannych z obu stron. Lecz po wojnie – nagle przypomniał to sobie ze zdumieniem – wcale nie chciała się do tego przyznać. Kiedyś powiedziała mu, że nigdy nie zapisze się do stowarzyszenia kombatantów, w którym obok członków ruchu oporu znaleźli się więźniowie z Auschwitz. – Bo widzisz – mówiła, kręcąc się po kuchni – ja nie chcę stanąć obok faceta, który trafił do Auschwitz za pędzenie bimbru, a teraz nosi order za Resistance. Któż odróżni jednego od drugiego wśród tych, którzy biorą kombatancką rentę?

Więc wszystko, czego dotknął niewidzialny alchemik, rozsypywało się w proch?

Nawet Auschwitz?

O, święta góro popiołów! O, góro butów, okularów, protez i warkoczyków! A obok ciebie? Pilni historycy z talentem spierający się o „procent od sprzedanego egzemplarza". Ciotki Holocaustu przed każdym występem w telewizji poprawiające sobie makijaż. Uśmiechy i żarty na spotkaniach autorskich, by rozluźnić oficjalny nastrój. – Jakże pięknie i ciekawie opowiedziała pani tę historię o rozstrzelanej Żydówce, którą uratował dobry herr Mueller – ze wzruszeniem wyznaje czytelniczka z Hamburga. – Miałam prawdziwie łzy w oczach.

Przewracając się na drugi bok, Jakub przypomniał sobie sławne zdanie pewnego filozofa, że „poezja po Auschwitz jest niemożliwa", ale duch języka tylko się uśmiechnął wyrozumiale. – Drogi Jakubie, ależ właśnie po Auschwitz poezja rozkwitła. Czy Auschwitz był moralną katastrofą Europy? Był. A ileż to talentów wypłynęło na falach tej katastrofy. Ruch w wydawniczych domach. Kolorowe okładki. Kalkulacja kosztów. Staranny dobór czcionek przyjemnych dla oka. I żądania: – Holocaust? Ależ, oczywiście, proszę bardzo, wydamy. Tylko żeby było interesujące! I najlepiej o cudownych ocaleniach. Bo już się trochę przejadło. O umarli, spopieleni, zmiażdżeni, zamarznięci, czemuście nie pomyśleli o tym, żeby umierać i cierpieć interesująco. A tu zwykłe błoto w ustach, skóra obtarta do kości, całe nogi w odchodach i mistrzowie stypendiów, projektów, fundacji, konferencji, śniadań, obiadów i kolacji, bufetów i bankietów.

I duch języka, przemawiający w mrokach nocy, roztaczał przed Jakubem tajemniczą panoramę metamorfoz słowa, które wytrwale szukało Prawdy. Oto „komora gazowa" przeobrażała się w „grant w wysokości trzech tysięcy euro", „góra popiołów" w „roczny stiftung", „doły śmierci" w „kredowy papier, przyjemny w dotyku, z dobrymi ilustracjami", „vertreibung" zaś w „nagrodę literacką". Nawet „śmierć tysięcy uchodźców" na pokładzie sławnego „Gustloffa" zmieniała się w „wysoki nakład" i „pierwsze miejsce na liście bestsellerów", a „śmierć tysięcy ludzi w płonących wieżach World Trade Center" w wydrukowany na dobrej stronie „New Yorkera" „wiersz, który utrzyma napięcie żałoby" oraz jako „międzynarodowy sukces autora" niewątpliwie poprawi nadwątlone samopoczucie narodu, z którego autor się wywodzi.

Cóż zaś mówić o tytułach z pierwszych stron gazet! „Czeczeńscy partyzanci" zmieniali się w „czeczeńskich bojowników", potem w „czeczeńskich rebeliantów", potem w „czeczeńskich fundamentalistów islamskich", potem w „czeczeńskich terrorystów", a kiedy już byli zwykłymi „handlarzami afgańskiej heroiny", diabelski młyn słowa zataczał koło i znowu „czeczeńscy bandyci" stawali się „czeczeńskimi bohaterami walk o wolność". Wybitny pisarz, twórca dzieł o moralnej katastrofie, protestuje przeciw umieszczeniu go w „hotelu trzygwiazdkowym". Zamyślona publiczność bije brawo po wysłuchaniu rozdziału o „zagazowaniu trzech tysięcy ludzi" i przechodzi do sali recepcyjnej, gdzie właśnie w ramach akcji promocyjnej podano łososia, ananasy i kawior. – Ależ tak było zawsze – mówi wybitny krytyk. – A *Iliada*? Czyż nie została wzniesiona na górze połamanych kości? Lecz czy z tego ma wynikać, że każdy artysta jest hieną węszącą w pobliżu jatek i moralnych katastrof?

I Jakub, który przed chwilą unosił się oburzeniem nad karierą ciotek Holocaustu, teraz musiał przyznać rację krytykowi. Czyż dzieło sztuki nie żywi się zwykle zbrodnią, moralnym rozkładem i upadkiem człowieka? I czyż kiedykolwiek było inaczej? Czyż sztuka nie cukruje zbrodni, by była łatwiejsza do przełknięcia między filiżanką herbaty a magdalenką? Wielki poemat o Auschwitz czytamy w fotelu przy dobrej kawie z przerwami na wiadomości CNN i lunch, z trudem odpędzając od siebie myśl o szarlotce, która będzie na deser. O, góro popiołów, któż uwierzy, że naprawdę sięgałaś nieba. Sławny poeta odczuwa moralną i artystyczną satysfakcję, że napisał świetny wiersz o karuzeli pod murami getta. Jest spokojny: wie, że nie dorówna mu nikt. Nauczycielka w pocie czoła przekonuje przysypiających uczniów, że zdanie „Ocalałem prowadzony na rzeź" w pełni zasługuje na literacką Nagrodę Nobla, która w istotny sposób poprawi samopoczucie zasłużonego autora. Pisarz od gułagów podchodzi do pisarza od Holocaustu na Buchmesse we Frankfurcie: – Gratuluję panu sukcesów.

– Życie bez Boga jest niemożliwe – szeptał z rozpaczą Jakub, wsłuchany w tę szaleńczą gadaninę, która odbierała mu sen. – Bez przesady, Jakubie – odpowiadał mu spokojnie duch języka. – Życie bez Boga jest najzupełniej możliwe. To tylko dwa zdania, nic więcej. Jedno warte drugiego. Zbliżał się świt. Stukała framuga w kuchni. Pobrzękiwały szyby w oknach. Wichura szarpała koronami sosen. Jakub nie mógł zmrużyć oka. Sam nie wiedział, co się z nim dzieje. Czy jego dusza rozjaśnia się w ogniu Nocy Mistycznej, mozolnie wspinając się po stopniach bolesnego oczyszczenia ku wysokiej krainie Nieskończonego Dobra *per aspera ad astra*, czy raczej w patetycznym sporze z demonem języka szuka wykrętów dla paskudnych sprawek, jakich się dopuścił i o których teraz chciał zwyczajnie zapomnieć, chętnie poddając się kusicielskim podszeptom wiatru szalejącego za oknem?

# Ślubne lakierki

Co się z nim działo naprawdę?

Ach, nic takiego. Iluż to z nas przytrafia się taka przygoda?

Oto ktoś nagle zaczyna się zmieniać. Gdybyśmy go nie znali dłużej, nie dostrzeglibyśmy nic. Gazeta wypada z ręki, on w zamyśleniu patrzy w okno. Cukier przy słodzeniu kawy rozsypuje się na stole, ręka już nie zgarnia białych kryształków na papierową serwetkę. Gdy to spostrzegamy, odpowiada nam tylko senny gest: – Nie warto! Buty, dotąd polerowane czule irchową szmatką (smolista pasta Kiwi o miłym australijskim zapachu), już nie mają tego połysku co dawniej. Leciutki kurz na noskach zdradza, że ich właściciel przebywa duchem daleko stąd.

Lecz jeszcze chcemy wierzyć, że wszystko wróci do normy. Więc pociągamy za rękaw, trącamy w plecy, trzepiemy żartobliwie po łapach: – No, co się dzieje? Weź się w garść! Ale ten, któremu przypominamy o obowiązkach wobec świata, wymknął się już z żelaznych objęć wstydu. Jeszcze chwilami, jak przebudzony ze snu, potrafi na widok swego odbicia w lustrze przygładzić nieuczesane włosy. Doceniamy to, licząc, że sprawy nie posuną się dalej, lecz już nie mamy tej pewności co dawniej.

– Co się tak opuszczasz? – tą nieśmiertelną frazą Janka witała Jakuba przy śniadaniu, wlewając zimne mleko do talerza z müsli. Świat cały – to jasne – powinien zostać urządzony tak, by nikt ani na chwilę nie mógł się opuścić. Czyż dobry Bóg nie po to właśnie stworzył narody i państwa, armie i kościoły, urzędy skarbowe, giełdę, multikina, *prêt-à-porter* oraz *haute couture*?

Na widok opuszczenia wpadała w przerażenie. Mijając na ulicy kobietę w brudnej sukience, klęczącą przed Hortenem z tekturową tabliczką w palcach, panicznie przyśpieszała kroku, jakby samą energią marszu chciała zażegnać niebezpieczeństwo wzrokowego kontaktu z opuszczeniem, choć współczuła nieszczęśliwej całym sercem. To było ponad siły. Przed każdym szpitalem instynktownie poprawiała pod szyją apaszkę i trzema palcami przygładzała włosy na skroni, jakby chciała się upewnić, że są na swoim miejscu. Gdy rumuński żebrak „wdzierał się" z harmonią do tramwaju, uparcie wpatrywała się w okno, w napięciu czekając, aż opuszczenie – hałaśliwe, obce, bałkańskie – rozwieje się jak majak z niedobrego snu.

Lecz czy on się opuszczał?

Że po paru godzinach wykładów, senny, obolały, kładł się czasem na łóżko w sztruksowej marynarce i dżinsach? I odrzuciwszy włoskie półbuty w kąt, leżał tak sobie w skarpetkach z godzinkę lub dwie z rękami splecionymi pod głową, gapiąc się w żyrandol w kształcie żółtobrązowego motyla pawie oczko, który kupili na Wyspie Spichrzów wkrótce po ślubie jako talizman przyszłego szczęścia? Z pewnością lubił przy tym przebierać palcami po świeżo nakrochmalonym prześcieradle. Czy jednak ten drobny szelest grubo tkanego płótna, leciutko drapanego paznokciem, brzmiący jak szelest piasku na wydmach w Jelitkowie, gdzie razem z Janką wylegiwali się w słońcu, musiał ją rzeczywiście doprowadzać do szału?

W jakiejś chwili pomyślał, że nie jest kochany. Dziwne odkrycie, bo właściwie wiedział o tym od dawna, nie był tylko – jak uważał – jeszcze przygotowany na jego przyjęcie. Jak to mówił ksiądz Józef na ich ślubie? „Nie pytaj nigdy, czy jesteś kochany. Pytaj zawsze, czy kochasz". Święta prawda! Ale teraz już nie umiał tej świętej prawdy na pamięć. Czuł, że Janka dotyka go inaczej niż dawniej. Z małżeńskiego łóżka, okrytego granatową pościelą w żółte gwiazdy i półksiężyce, znikła gdzieś studencka poufałość, piękne przechodzenie żartu w seks. Dawniej, bijąc się poduszkami, turlali się po prześcieradle jak Leda z łabędziem w śnieżnej glorii piór. Teraz nawet gdy przygładzała mu włosy, nie bawiła się już wzburzoną czupryną, tylko z irytacją przyciskała sterczące kosmyki, by „leżały jak trzeba". Gdy idąc na przyjęcie do doktora Jacka, dostrzegała pyłek na klapie czarnej marynarki, strząsała go mocnym trzepnięciem palców. Zimny błysk polakierowanych paznokci. Dawniej gdy mówiła: – Ach, jak ty wyglądasz... błyszczały jej oczy. Teraz kłuła go zaimkami ostrymi jak krawieckie szpilki – „Jak ty masz zawiązany ten krawat", „Jak ty masz odprasowaną tę koszulę", „Jak na tobie leży ta marynarka"... Chętnie porównywała go z doktorem Jackiem, który, niestety, miewał coraz częściej krawaty i koszule dużo lepiej uprasowane niż on.

Gdy sprzątając mieszkanie znajdowała jakąś jego rzecz na parapecie, rzucała ją z rozmachem na środek podłogi. – Znowu – mówiła z wyrazem udręczenia na twarzy – niczego nie kładziesz na swoim miejscu! Ja chyba zwariuję! Chodząc po pokojach miał wrażenie, że gubi przeźroczyste strzępki skóry, które ona wściekle zbiera z podłogi na różową plastikową szufelkę (dar matki) i jak wytartą sierść kota z obrzydzeniem wynosi do zsypu. Czasem sprzątali mieszkanie razem i to ich na parę chwil zbliżało. Ale zawsze, gdy kończyła zamiatać, dziwnym trafem wchodził piętą w kupkę kurzu. Wtedy, wyprostowana, zaczerwieniona, w niebieskim fartuszku z białą falbanką, z włosami związanymi gumką w koński ogon, drżąca z wściekłości, pewna, że zrobił to umyślnie, waliła szczotką w podłogę: – Dlaczego mi to robisz? – jej usta zwężały się w grymasie rozpaczy. – Ja chcę mieć normalny dom jak każda normalna kobieta! Czy potrafisz to wreszcie zrozumieć?

Rano ubierała się szybko, paroma ruchami palców zręcznie zapinając przy mankietach wszystkie guziczki z masy perłowej, jakby samym teatrem energicznych gestów wytkała mu ślamazarność przy goleniu. Włosy czesała chińską szczotką gwałtownie, mściwie, raz! raz!, aż trzaskały iskrami. Malując usta jasnoczerwoną szminką, odwracała się tak, by w lusterku puderniczki nie widział, jak nerwowo ściąga brwi (dawniej myślał o nich: „skrzydła jaskółki"). Kiedyś lubiła, jak podglądał ją w wannie, ze śmiechem opryskiwała go pianą, teraz mocno przekręcała zamek w drzwiach, bo – jak mówiła – musi wreszcie „po tym całym cholernym dniu wyciągnąć kopyta w gorącej wodzie".

Coraz częściej wychodziła wieczorami do koleżanek. Wracała późno, hałaśliwie stukając na schodach wąskimi obcasami czarno-białych pantofli. Rozbierając się, mówiła, że musi chodzić do obcych ludzi, bo w domu nie ma z kim porozmawiać. Gdy jednak zaczynał coś mówić, roztrzęsiona, zaciskająca pięści, z drapieżnością rozwścieczonej kotki krzyczała, że znów nie chce jej wysłuchać. Pewnej niedzieli wróciła koło drugiej w nocy, weszła do sypialni i wyszarpnęła mu spod głowy granatowy jasiek. Wytrącony ze snu, półprzytomny, uderzył ją. Potargana, w porozpinanej bluzce, z papierosem w palcach, ze szminką rozmazaną na policzkach, zalewając się łzami, skarżyła się do rana w swoim pokoju na „chamstwo" i „brutalność", choć dobrze wiedziała, że zarwał przez to noc przed ważnym spotkaniem, które mogło wiele zmienić w ich życiu, bo chodziło o pracę i pieniądze. Szedł na rozmowę z rektorem półprzytomny ze zmęczenia.

Bywały też dobre dni, gdy razem szli na łąki za osiedlem. Pogodna, nucąca coś pod nosem, zrywała łubiny i polne maki, ale nawet na spacerze słowo „znowu" nie schodziło jej z ust. „Znowu zaciąłeś się przy goleniu...", „Znowu nie zapiąłeś płaszcza...", „Znowu się przeziębisz...". Jego winy nabierały nowego charakteru. Stawały się permanentne.

Gdy zachorował na grypę, nie wzięła zwolnienia; zresztą miała rację, mogła stracić pracę. Leżał w przepoconej pościeli, potargany, z wysoką gorączką, kasząc na cały dom jak biblijny Łazarz w zaduchu grobowej krypty. Po powrocie ze szkoły czule przywitała się z psiną, piękną jamniczką o imieniu „Happy", ucałowała wilgotny pysk jasnobrązowego „maleństwa" i tuląc do piersi psią głowę, znad psiego ucha zapytała rzeczowo: – Odgrzać ci rosołu? Wziąłeś makrocyklinę? Chcesz się czegoś napić? Kubek z parującą malinową herbatą fix postawiła na stoliku przy łóżku mocno, aż zabrzęczała wetknięta łyżeczka. – Jak tu duszno... – westchnęła, rozglądając się po pokoju – a gdy powiedział, że może otworzyć okno – Nie – odpowiedziała, wspaniałomyślnie skazując siebie na męczeństwo duchoty, jakby mu chciała powiedzieć, że są w tym domu rzeczy dużo gorsze, do których jednak zdołała przywyknąć. Gdy po całym dniu zmieniał przepoconą piżamę, wzięła ją w palce jak utopionego kota i z odrazą wrzuciła do pralki. Gorączkował. Nieładnie pachniało mu z ust. Uważała to za rzecz zwykłą, ale naczynia, z których jadł, zniosła do zlewu pośpiesznie i długo potem zwlekała z ich umyciem.

Robiła wszystko, by nikt ze znajomych nawet się nie domyślił, jak jest między nimi naprawdę. Energiczna, stanowcza zarządzała całym domem, wieczorną gadaniną o opłatach za prąd, mieszkanie i gaz zasypując niepokój i rozgoryczenie. Każdy jej ruch był niemym oskarżeniem bierności, w jakiej się pogrążał. – Gdyby nie ja – przypomniała mu mimochodem, zbierając talerze ze stołu – dopiero byłby burdel w tym domu. Gdy usiadł przy komputerze, by przygotować wykłady, z hałaśliwą gwałtownością wzięła się do układania ubrań w szafach, jakby nie mogła zrobić tego później. Sprawdzając prace domowe uczniów w sąsiednim pokoju (ohydne zeszyty pobazgrane flamastrami), głośno przeklinała, żeby nareszcie uświadomił sobie, jak się męczy w „tej cholernej szkole". Gdyby zarabiał więcej, mogłaby trochę odetchnąć. Trzymała całą kasę, na co godził się bez szemrania, wierząc, że rezygnacja może być drogą do pojednania.

Gdy chciał zmienić pracę, zrobiła mu awanturę, że to fanaberie. Gdy chciał zostać na uniwersytecie, zarzuciła mu brak ambicji. Nie łudził się. To nieszczęście krzyczało w niej mową splątaną i pustą. Ciemna fala powoli zalewała dom i coraz trudniej było oddychać. Umierali wspólnie, choć cierpieli na własny rachunek. Topili wszystko, co jeszcze było żywe, choć zdawało im się, że w ten sposób ratują siebie przed potopem.

Nie sypiali razem. Ona spała na materacu, on w drugim pokoju na drewnianym łóżku pod kołdrą w żółte gwiazdy. Jeszcze dochodziło do zbliżeń, ale były to krótkie rozładowania, po których zostawał niesmak i rozdrażnienie. W sylwestra, gdy zaprosił przyjaciół na wieczór, nie wpuściła go do domu. Noworoczną noc spędził u znajomych z naprzeciwka, patrząc zza firanki w jej okno. Przez trzy dni dzwonił, ale nie podnosiła słuchawki. Chciał wybaczyć wszystko, byleby tylko powiedziała jak dawniej: – Jakubie, wracaj do domu, to głupie, bez sensu. Co się tak będziesz plątał po ludziach. No, chodź... Ale takich słów nie usłyszał. Zacięła się w milczeniu i postawiła na swoim. Po czterech dniach zapukał do drzwi. Gdy wchodził, odwróciła się na pięcie. Powiedział, że nie ma sensu, by mieszkali razem. Dał jej tydzień na znalezienie pokoju.

Gdy następnego dnia wrócił z wykładów, minął na schodach robotników. Znosili na dół dobrze mu znaną szafę z owalnym lustrem. Nawet powykręcała żarówki z lamp. W ściany powbijała dziesiątki gwoździ, na których pozawieszała wszystkie jego buty i pantofle. Nie przypuszczał, że drzemie w niej taki talent aranżacji wnętrz.

Stanął w drzwiach do pustego pokoju.

Przy samej framudze powitał go sportowy pantofel z grubą podeszwą, kupiony jesienią w sklepie Silvera na Rajskiej, kiwający się w przeciągu na długim białym sznurowadle jak wahadło zepsutego zegara. Niżej biały but kupiony w Dreźnie u Sandmanna, w którym tańczył z Janką na przyjęciu ślubnym, szedł z wściekłym germańskim uporem *drang nach Osten* wśród tenisówek, których sznurowadła płaczliwie zwisały jak wąsy langusty. Przewiewne meksykańskie mokasyny obszyte białą nicią, w których spacerował po placu św. Piotra na pamiętnej pielgrzymce, wspinały się mozolnie pod sufit, błyskając plastikową wyklejką ze złotym logo firmy. Kolory i kształty, które spotkały się na ścianie, kłóciły się nieprzytomnie. Wiśniowe buty ze złotą klamerką, których pochodzenia nie mógł sobie przypomnieć, a które Janka uważała za wyjątkowy „cymes", wyzywająco dyndały na krwistoczerwonych damskich sznurowadłach jak oderwane uszy wyżła. Obok spranego błękitnego trampka, który zawadiacko ćwiczył skok wzwyż, widniało jasne miejsce po krzyżu, który Janka zabrała ze sobą, by nie profanować świętego miejsca sąsiedztwem nikczemnych świadectw małżeńskiej tragedii.

Stał w progu. Rozbitek wyrzucony na brzeg czarodziejskiej wyspy. O, Prospero! Jeszcze chwila, a niewidzialni wędrowcy zeskoczą ze ścian i zadepczą go na śmierć. W każdym z tych butów siedziało jakieś jadowite wspomnienie, które w każdej chwili mogło użądlić go żelaznym końcem sznurowadła.

Cóż zaś mówić o skarpetkach! Przykleiła je do szyby okna wychodzącego na balkon. Kolorowe, podobne do złotych rybek, skalarów, welonek, płynęły teraz po szkle w smutną nieskończoność nadmorskiego pejzażu. Jedna, jasnoczerwona ze srebrnym wzorkiem na pięcie, szybowała nad widocznymi w oddali wieżami Katedry jak bluźniercza gwiazda betlejemska, ciągnąc za sobą wyprutą pomarańczową nitkę, na której jak jaskółki na telegraficznym drucie usiłowały siadać ogłupiałe muchy.

Prawdziwa wigilia rozpaczy! Na kafelkach w łazience dwukolorową pastą do zębów Colgate zamaszystymi serpentynami wyrysowała jakieś tajemnicze, pokręcone hieroglify. Serca przebite strzałą? Gwiazdy? Swastyki? Na pękniętym lustrze wypisała coś jaskraworóżową szminką – jakieś złowieszcze *Mane, Tekel, Fares* – ale potem mocnym pociągnięciem starła wszystko ze szklanej tafli, kalecząc palce o ostrą krawędź. Krew spłynęła w dół, znacząc płaczliwy ślad na porcelanowej nodze umywalki. Czerwone krople biegły drobnym ściegiem po kafelkach posadzki aż do drzwi jak akt oskarżenia wystukany alfabetem Morse'a na hiszpańskiej terakocie. A więc jednak na coś się jej przydała lektura magazynu „Cinema" z tęczowymi fotografiami rezydencji ekscentrycznych gwiazd z Beverly Hills. Nie poszła na marne nauka u Stevena Spielberga i George'a Lucasa, *Gwiezdne wojny*, *Atak klonów* i *Poszukiwacze zaginionej arki*.

Najbardziej enigmatyczny znak zostawiła pośrodku pustej podłogi. Gdy wszedł, zobaczył przed sobą stojące w strumieniu słonecznego światła dwa białe lakierki na wysokich obcasach, w których pamiętnego dnia szła z nim do ślubu. Schylił się, by je podnieść, ale nie mógł ich oderwać od podłoża. Przykleiła podeszwy do parkietu wysokojakościowym klejem „Glue". Nawet nie wyrzuciła wyciśniętej tubki. Fioletowo-złota metalowa dżdżownica leżała obok skręconej jak świński ogon złotorudej kupy jamniczki „Happy". Współczujące „maleństwo" wsparło swoją panią w trudnych chwilach.

W kuchni pod stół wepchnęła zwiniętą w kłąb suknię ślubną. Teraz, gdy stanął w progu, podarte falbany, ozdobione srebrnymi łezkami i zachwycającymi aplikacjami, rozlały się przed nim z szelestem na zasypanej cukrem podłodze jak wachlarz z piór białego strusia. Podniósł wyschnięty na pieprz zrudziały ślubny bukiet z konwalii związany spłowiałą wstążką. Stalowy zlew leżał na ziemi z kranem i pokarbowaną rurką odpływu, wyrwany z szafki, którą zabrała.

Rozwiedli się po trzech miesiącach. Mówiła w sądzie, że wyżej cenił karierę zawodową niż ją samą oraz że chciała mieć normalną rodzinę, czego nawet nie starał się jej zapewnić. Być może powtarzała słowa matki, która uznała, że nie był najlepszą partią.

# Jakub odłącza telefon

Od tego czasu mieszkał sam. Wstawał z trudem. Po przebudzeniu długo leżał na wznak z głową na poduszce, nie otwierając oczu, jakby niewidzenie świata mogło cokolwiek zmienić w świecie. Pilny uczeń biskupa Berkeleya! Gorzej było, gdy oczy otworzył. Winda szumiała za ścianą, zwożąc w topiel szarego dnia kolejne partie nieszczęśników (tak myślał teraz o trzech parach z sąsiedztwa, które – nie wątpił w to – żyły w codziennym lęku przed chorobą, opuszczeniem, utratą pracy; uczucia niskie, wszakże skutecznie trzymające ludzkość przy życiu). Metalowe drzwi na półpiętrze trzaskały pchnięte czyjąś wściekłą ręką. Echo wstrząsało klatką schodową. Na parkingu spod żółtej reklamy McDonalda startowały jedna po drugiej lśniące hondy, toyoty, po czym znikały w czeluściach miasta, jakby już nigdy nie miały stamtąd powrócić. Alarmy dostawały szału i nagle milkły. Tramwaje, nadjeżdżające od strony pętli, po kawałku nadżerały tłum na przystanku przed cukiernią. Morze – mglista smuga nad wieżowcami Zaspy – ciemne i dalekie, stapiało się z białą otchłanią nieba. Niskie chmury ocierały się o szpiczastą wieżę kościoła cystersów. Co parę minut fala drobnego deszczu przepływała po blaszanych dachach w pobliżu Parku. Dzień z chwili na chwilę nabierał rumieńców.

W sobotę wieczorem dopadło go dziwne zmęczenie. Siedział przy oknie, niedbale przerzucając kredowe kartki albumu z reprodukcjami Boscha. Ślubny prezent od przyjaciół, który wręczono mu uroczyście po ceremonii w kościele św. Jakuba. Koło dziesiątej ledwie żywy wpełznął do łóżka w dżinsach i góralskich skarpetach z białej wełny (imieninowy dar Janki; sama zrobiła na drutach). Nie zdjął nawet butów (pierwszy raz w życiu!). Zagrzebany pod różowymi kołdrami (płócienne poszwy Janka zabrała, miały ładny haft angielski), zwinięty w kłębek, z głową wtuloną pod ramię, zasnął szybko jak wilk w wygrzanej jamie. Spał dobrze do samego świtu. Rozgrzane warstwy ubrania miękko otulały ramiona i plecy, skutecznie odgradzając go od świata jak druga, luźna skóra. Bo cóż jest świat? Po przebudzeniu zdefiniował bez trudu: świat to ciemno, zimno, mokro.

Rano, przed „wyjściem do pracy" (cóż za okropne słowa!), wpadł w przerażenie, gdy uświadomił sobie, że musi wyczyścić oba półbuty, zawiązać oba sznurowadła i zapiąć oba guziki przy mankietach koszuli. Mycie rąk, wieczne mydlenie dłoni, spłukiwanie piany z palców nad umywalką? Cóż za nonsens! Przecież mydło – rozgrzeszył się bez trudu – usuwa bezcenny płaszcz lipidowy z naskórka, niezbędną osłonę immunologiczną ciała! Cóż zaś mówić o odczynniku pH! To naukowo dowiedzione! Cokolwiek robił, męczył się tak, jakby pod górę wpychał ciężki głaz. Wzniosłe podanie o Syzyfie – tego herosa w dzieciństwie stawiano mu za wzór wytrwałości – tylko budziło w nim śmiech.

A poza tym, cóż to za głupia idea: na ulicy musimy wyglądać inaczej niż w domu! I to wieczne zmienianie ubrań. Rozpinać marynarkę, zapinać marynarkę, ściągać spodnie, wciągać spodnie, wkładać skarpetki, ściągać skarpetki. Podsumował: od dzieciństwa robił to już pewnie z milion razy.

Straszne! Co rano musi się rozebrać do naga, by wygrzaną piżamę – flanelowy zapach snu – zmienić na zimną koszulę. Ileż to ciepła tracił w takich chwilach! Zresztą zawsze miał skłonność do marznięcia. I jeszcze na dodatek codziennie musi wiązać na zziębniętym gardle bezlitosną pętlę krawata, blokując swobodne krążenie! Kultura jako źródło cierpień!

Och, nie, doskonale wiedział, co mu się przytrafiło. W niedzielę po południu zajrzał do encyklopedii zdrowia. *Dręczący mrok w siatce 100 miliardów neuronów zaczyna się od zaburzenia równowagi chemicznej. Przez niewłaściwe wydzielanie serotoniny i noradrenaliny następują zmiany w ośrodkach nie mających bezpośredniego wpływu na nastrój: spowolnienie ruchów, obniżenie sprawności intelektualnej, bezsenność, brak apetytu, spadek zainteresowania seksem...*

Spadek zainteresowania seksem! Nienawidził teraz tej bandy specjalistów od dusz, która chciała robić pieniądze na jego zmartwieniach. Gdy wlókł się przez przedpokój do łazienki, słyszał w głowie życzliwe rady doktora Jacka, księdza Józefa, doktora N., Janki, profesora Muldy, doktor Kublik, Martina Luthera Kinga, Mahatmy Ghandiego, Matki Teresy z Kalkuty, Ericha Fromma i Arnolda Schwarzeneggera: No, Jakubie, weź się w garść! Na co czekasz, do diabła? Zacznij brać prozac i magnez! Rano i wieczór pij ekstrakt z dziurawca (to nic, że dwadzieścia procent pacjentów stosujących ten lek przybiera na wadze)! Regularnie przyjmuj lit! Wyjedź na Ibizę! Winna jest depresja, nie ty! Podwyższ sobie poziom serotoniny! Nie czytaj *Ziemi jałowej* Eliota i *Czekając na Godota*! Zapomnij o Oswaldzie Spenglerze, pedałuj na rowerze! Zaufaj Fukuyamie, jedz müsli na śniadanie! Każda szczęśliwa rodzina odwiedza multikina! Codziennie przed obiadem strzel sobie whisky szklankę! Czytaj *Harry Pottera*, omijaj Schopenhauera!

A poza tym, Jakubie drogi, przestań wiecznie myśleć o tym, że już wkrótce na Ziemi będzie dziesięć miliardów ludzi.

Uwierz, że twoje ciało wcale nie jest tylko chwilowym opakowaniem dla stu tysięcy genów, których jedyny interes polega na tym, by ich zestawy mogły się mnożyć bez opamiętania! Zasypiając, nie dumaj nad tym, że całe to twoje rzekomo niepowtarzalne życie duchowe jest bez reszty określone przez coś, co tobą nie jest, że twoje geny nie są tobą, że nie jest tobą nawet tkanka mózgowa, którą nosisz w głowie! Kup sobie szkockiego owczarka, wahadełko i hinduskie kadzidełko! Uprawiaj jogę, hippoterapię, szybki seks oraz aerobik! Wyobraźnia pozytywna potrafi zwalczyć nawet fizyczny ból! Ulgę znajdziesz w „zapomnieniu bytu", sławnym *seinsvergessenheit* Martina Heideggera oraz w *divertissement* Pascala!

Boże drogi – dumał Jakub, czyszcząc przed wyjściem z domu brązowe półbuty luksusową pastą Krezus, kupioną u Silvera – jak tu wreszcie wydostać się z tej przeklętej klatki własnych myśli? Marzył o nagłej, nieobliczalnej przemianie duszy. O, tak! Stać się nareszcie kimś innym! Ale tak do końca! Żadnych półśrodków! Pewnego dnia podejść do lustra i z radością nie rozpoznać siebie. Zdziwić się własną fotografią w paszporcie. Przez całe życie być łagodnym liberałem i nagle, w jednej chwili, stać się wilczym faszystą (albo odwrotnie). Być filosemitą i nagle przedzierzgnąć się w antysemitę (albo odwrotnie). Nie wierzyć w Boga i nagle uwierzyć w Boga, żarliwie jak ojciec Pio (albo odwrotnie). Wszystko jedno, nieważne co, byle tylko wreszcie wydostać się z tej piekielnej klatki własnych myśli!

Człowieczeństwo wydało mu się cienką jak wydmuszka skorupką, w której mieszka dusza nieskończenie większa niż człowiek. Obiecywał sobie wiele po śmierci za życia. Czyż – jak uczą filozofowie – osobowość każdego z nas nie jest równie plastyczna jak muł ziemi, z którego Bóg ulepił Adama? Już mądry Darwin mówił, że nawet nasze ciało nie jest wcale ostateczną formą naszego istnienia na Ziemi. Poczekajmy jeszcze – drobiazg! – jakieś sto tysięcy lat, a będziemy wyglądać zupełnie inaczej niż dzisiaj!

Rano zwlekając się z łóżka miał głowę jak z ołowiu. Jechał czerwoną szóstką na Wyspę Spichrzów w mętnym rozmarzeniu, półprzytomny, ze skrawkami snów, które wirowały mu pod czaszką. Dopiero widok uczennic z gimnazjum Pestalozziego – świeżych, zaróżowionych wiatrem dziewczyn w marynarskich mundurkach z białym paskiem na granatowym kołnierzu, które gromadnie wsiadały na przystanku przy Manhattanie – wprawiał go w ożywcze drżenie. Warkoczyki, kokardy, poziomkowe usta. Życie jest jednak niezaprzeczalnie piękne. Wydawał się sobie lekki i kwitnący. Cóż z tego jednak? W którąś środę – kolejna klęska! – dwie z nich ustąpiły mu miejsca w tramwaju! Poczuł się jak karta telefoniczna, z której znikły wszystkie impulsy. Jadąc na tylnym pomoście w jasnym prochowcu młodzieńczo rozpiętym pod szyją, jak kapitan rzucający pożegnalne spojrzenie z mostka na tonący okręt, uważnie wpatrywał się w swoje odbicie w szybie tramwajowego okna. Podstępna siność pod oczami – echo niedobrych snów – wydała mu się prawdziwym *Mane*, *Tekel*, *Fares*, wypisanym nocą na pałacach Baltazara. Złudzenia prysły.

W piątek wykład wygłosił jednak w najlepszym porządku. Z lewą ręką w kieszeni marynarki, tej w drobną, szkocką kratkę, wysoki, ładnie zbudowany, z apaszką pod szyją, w brązowych półbutach od Apina, w czarnych dżinsach, wyprostowany, starannie ogolony, odświeżony wodą Kenzo o miłym wiosennym zapachu, wymownymi ruchami prawej dłoni (solidna, złota obrączka na serdecznym palcu) kreślił w powietrzu zawiłą linię zdań, objaśniając różnicę między „złem moralnym" a „złem metafizycznym". Ale przez półtorej godziny mówił tak, jakby stał obok samego siebie. Słyszał swój głos jak głos kogoś innego. To było nawet przyjemne: taka nagła nieobecność, która wcale nie przeszkadzała w prawidłowym funkcjonowaniu, choć od razu pomyślał, że pewnie wszystko to nie wróży najlepiej. Na przerwie zbiegł do kawiarni. Chciał zagadać niepokój pośpieszną gadaniną z doktorem N, wdał się więc z nadzwyczajnym wigorem w namiętną kłótnię o – drobiazg! – przyszłość demokracji europejskiej. Uf, co za ulga, tak utonąć w morzu inteligentnych słów, które skaczą nad tonią życia jak delfiny nad tonią mórz południowych. Doktor N. mu nie przerywał, tylko cały czas pilnie mu się przyglądał, ulegle ustępując we wszystkim. Kochany doktor N. widział już nie takie rzeczy.

Parę dni później jak zwykle wyszedł z domu przed ósmą. Szedł szybko, energicznie wymachując brązową teczką, nie wiedzieć czemu jednak nie doszedł w porę na przystanek koło starej pętli, skąd czerwona szóstka żeglowała z łoskotem w stronę śródmieścia.

Coś zniosło go w stronę Parku. Dziwne wiatry powiały z głębokiej przeszłości. Minął staw, skręcił w wielką grabową aleję, usiadł na ławce przy asfaltowej ścieżce nad stawem, odwinął bułkę z papieru i sam nie wiedząc, co robi, machinalnie zaczął rzucać kawałki gołębiom, które zleciały się ze wszystkich stron jak – pomyślał przez moment – na sławnym obrazie, na którym św. Franciszek głosił kazanie do ptaków. Wielką grabową aleję znał od dziecka. W mieście od niepamiętnych czasów mówiono na nią „Droga do Wieczności". Aż uśmiechnął się, tak bardzo mu pasowała ta nazwa do miejsca, w którym się znalazł. Święte okolice dzieciństwa! Ileż to razy przychodził tu z rodzicami! Najpierw szło się z willi Tannenheim pod gotycki Dom Zarazy przy Starym Rynku ze słonecznym zegarem na ścianie, potem ulicą Cystersów do Katedry, a po mszy do tej wielkiej, pięknej alei, którą przed wiekami cystersi zasadzili nad stawem, tak by na jej końcu, w prześwicie między szpalerami drzew, w pogodne dni można było oglądać błękitny skrawek dalekiego morza.

Gdzieś tam w głębi pustego tunelu strzyżonych drzew zobaczył jakiegoś człowieka. Zgarbiony, w podartym płaszczu, zagubiony w otchłani świata wędrowiec dryfował w jego stronę przez ukośne smugi słonecznego blasku przesiane przez gałęzie, ciągnąc za sobą na przerzuconej przez piersi płóciennej taśmie wózek z brzęczącym żelastwem. Gdy zbliżył się, Jakub ujrzał przed sobą wielką niedźwiedzią głowę ze splątanymi kudłami, nastroszone rude brwi, zimne, skupione oczy, wąskie, zacięte wargi, łopaciaste, czerwone dłonie, gruzłowate palce – znaki nędzy i opuszczenia – ale człowiek, który ciągnął za sobą brzęczące żelastwo, poruszał się pewnie, z gwałtowną furią pociągając za sobą po asfaltowej ścieżce sztywną nogę w ortopedycznym bucie z grubą, podkutą podeszwą. Ich spojrzenia spotkały się na moment. Potem wózek, podskakując na nierównościach asfaltowej ścieżki, z blaszanym łoskotem potoczył się koło szklanej palmiarni w stronę Pałacu Opatów. Tajemniczy wehikuł wiozący zwęglone resztki świata po katastrofie.

Park znów był pusty i cichy. Jakub rzucał na ścieżkę kawałki bułki. Gołębie jadły mu z ręki. Siadały na głowie, na ramionach. Spojrzał na słońce – prześwitywało zza gałęzi oślepiającymi promieniami – i naraz zdało mu się, że cała niedawna przeszłość, która sprawiła mu tyle bólu, zaczyna rozpraszać się w chłodnym, rozświetlonym powietrzu, które otoczyło go niewidzialną smugą. Tak jakby ktoś delikatnie owijał go przeźroczystą przędzą. Czas, dotąd biegnący przed siebie nieubłaganie prostą linią, wygiął się i zwinął jak wąż zjadający własny ogon. Różnica między tym, co było, tym, co jest, i tym, co będzie, znikła. W Katedrze uderzyły dzwony, ale nie umiał policzyć uderzeń. Zegar na wieży kościoła cystersów, którego wskazówki jak zawsze starannie kroiły złotą materię dnia na wyraźne porcje godzin i minut, rozwiał się w mgiełce drżącej nad drzewami po drugiej stronie stawu i nie było już ani godzin, ani minut. Nie wiedział, jak długo tu siedzi. Ptaki z miękkim trzepotem zlatywały się ze wszystkich stron. Siadały na ramionach. Przelatywały nad głową. Czuł na włosach i policzkach lekkie dotknięcia piór. Pod nogami, na asfaltowej ścieżce, przeskakiwały roztrzepotane cienie. Spojrzał na ręce. Linie papilarne na brudnych opuszkach palców były tak wyraźne, że mógłby po nich błądzić godzinami jak po mikroskopijnym labiryncie. Boże drogi! – otrząsnął się jak pies wychodzący z wody. – Cóż to za majaki! Przecież ma wykład o dziesiątej! Chciał zerwać się z ławki, pobiec do tramwaju (na pewno jeszcze zdąży!), lecz choć odłożył nadłamaną bułkę, nie ruszył się z miejsca. Jakby zastygł w przeźroczystej żywicy. Pszczoła tonąca w złotym miodzie. Przymknął oczy. Słońce wyszło zza kasztanów po wschodniej stronie Parku i napełniło całą aleję powietrznym blaskiem. Pajęcza sieć cieni ciemnymi liniami oplątała mu dłonie. Ramiona ogarniało słodkie odrętwienie. Wilgotne zimno ciągnęło od strony ogrodu botanicznego, świeża, mokra ziemia, rozkopana po deszczu, ale promienie, które dotykały twarzy, przesiane przez plątaninę gałęzi, łączyły go z wysokim ogniskiem blasku płonącym nad wieżą kościoła. Otoczony szelestem liści wielkiej alei, którą mądrzy cystersi przed wiekami przebili przez Park, by wody zatoki, błękitniejące w prześwicie między szpalerami drzew, przemienić w wody mistycznego morza, zanurzony w świetle, w napięciu czekał na coś, co miało się nieuchronnie zdarzyć. Słyszał szum drzew. Ale chwilami słyszał też bezgłos nieruchomej wody w zimnych stawach, w których odbijała się jasność wysokiego nieba.

Potem dzwony Katedry umilkły. Wózek pobrzękujący zardzewiałym żelastwem znikał wśród drzew w głębi Parku. Gdy wjechał na mostek nad wodospadem, na chmurze wodnego pyłu zapaliła się chwiejna tęcza. Plamki słonecznego światła, przesiane przez gałęzie drzew, skakały po czarnym płaszczu wędrowca z niedźwiedzią głową jak sypiące się z nieba złote monety. Na asfaltowej ścieżce przed palmiarnią stały kałuże słonecznego blasku gęste jak rozlana rtęć. Do diabła, cóż za nastroje! Znikający czas! Wąż nieskończoności! Ognisko blasku! Dobre sobie! Więc naprawdę zaczyna wariować? Pomyślał o dziewczynie, którą pierwszego lipca egzaminował na prawie. Jakby to miało jakiś sens! Chciał przypomnieć sobie jej rysy, ale wszystko rozpłynęło się w słonecznej mgle, która drżała nad gładką wodą stawu. Boże drogi! Co on tu robi, w tym Parku, o tej porze? Przecież bez żadnej sensowej przyczyny pierwszy raz w życiu w godzinach pracy siedzi jak głupi na parkowej ławce. Chciał energicznie skarcić siebie za nierozumną słabość, ale wciąż nie ruszał się z miejsca. Jakby czekał na jakąś karę? Jakby wystawiał się na jakąś próbę? Ale jakaż to kara mogła dosięgnąć go tutaj, w tej alei pełnej słonecznego światła? Za drzewami dzwoniły tramwaje. Srebrzysty odrzutowiec, podobny do bezszelestnej zjawy ze snu, schodził wolno do lądowania nad Doliną Radości, prześlizgując się za plątaniną gałęzi w stronę lotniska.

Kara? Gdy dojechał o pierwszej do gmachu prawa, wybaczono mu wszystko. – Panie Jakubie, inni mają nie takie grzechy! Odrobi pan wszystko w przyszłym tygodniu. Następny wykład wygłosił w stanie prawdziwego natchnienia. Przyrzekł sobie: nigdy więcej. Zjawił się w gmachu prawa punktualnie jak Orient Express na stacjach w monarchii Franza Józefa i ten powrót do normalności bardzo go wzmocnił. Nareszcie! Cóż za przypływ sił! Bardzo mu to było potrzebne. Bo ślubne lakierki, przytwierdzone klejem Super Glue, wciąż tkwiły pośrodku pustej podłogi w dużym pokoju świecąc nieskazitelną bielą jak jadowite, bolesne memento, włoskie i hiszpańskie buty wciąż kroczyły po ścianie w stronę okna, a pocięta na strzępy ślubna suknia z szeleszczącej tafty puchła pod kuchennym stołem wzburzonymi falbanami jak monstrualna kremowa róża o przybrudzonych płatkach. Nie był w stanie jej wyrzucić.

Piętnastego miał wykład w pamiętnej sali numer IX. Za oknami widział domy Długiego Pobrzeża, wieżę Towarzystwa Przyrodników i ciemny gmach kościoła Mariackiego. Sala była pełna. Postanowił, że będzie mówić o imperatywie kategorycznym Kanta, procesie norymberskim i „śmierci człowieka" w filozofii nowoczesnej. Dzień taki piękny! Jaskółki nad wodą! Światło! Życie! Myśl rwała się do tańca.

Słowa układały się same w ustach. Zaczął od Heinricha von Kleista, romantycznego poety, który po przeczytaniu dzieł Immanuela Kanta, zupełnie załamany, zwątpił na zawsze w ideę Prawdy (co mogło stać się – rzucił na marginesie, wycierając palce z kredy – jednym z powodów sławnego samobójstwa nad jeziorem Wannsee), potem przeszedł do tajemnic romantycznej gnozy, która bez Kanta i „kulturowego relatywizmu Oświecenia" nie byłaby możliwa, potem opisał zderzenie tradycji platońskiej (wieczne idee Prawdy i Piękna) z nowożytną filozofią czasu, bytu i nicości („kryzys, który wstrząsnął duchowym fundamentem nowoczesnego świata"), krótko omówił niepokojące postępy genetyki w latach trzydziestych XX wieku, przedstawił „ideę świadomego sterowania procesem ewolucji człowieka" jako podstawę ideologii nazistowskich Niemiec („zdegenerowana reakcja europejskiego umysłu na szok utraty religijnych celów życia zbiorowego") i wreszcie tryumfująco, formułując w finale – sam to przyznał – wielce ryzykowną tezę o nader wątpliwych „podstawach etycznych procesu w Norymberdze", dotarł do postmodernistycznej idei „językowej wielości prawd", która ostatecznie przekreśliła dziedzictwo Platona, unicestwiając tym samym (– Czy na zawsze? – tu zawiesił głos, kreśląc w powietrzu zręczny znak zapytania) „ideę Człowieka i Prawdy".

Szło mu świetnie. Wracał do domu rozgrzany jak po udanym seksie. Czyż to, co mówił w sali numer IX do pięćdziesięciu młodych kobiet, nie było w istocie rodzajem miłosnego obcowania, czułą kopulacją z haremem żeńskich dusz, wpatrzonych w niego jak w kinowy ekran z amerykańskim thrillerem? Świat – uśmiechnął się do siebie, wsiadając do tramwaju na przystanku przy Bramie Wyżynnej – jest jednak jedną wielką zasłoną Mai, za którą – nie ma rady – diabeł harcuje. Ale, moi kochani, spróbujmy żyć bez złudzeń! No, któż to potrafi?

W następny piątek obudził się o siódmej. W pokoju było ciemno. Na parapecie rozpryskiwały się krople deszczu. Słońca nie było widać. Mgła nad lasem. Szum samochodów. Dalekie dzwonienie tramwajów. Nawet nie podnosząc głowy, wpatrzył się w fosforyzującą tarczę zegarka. Samą siłą wzroku starał się zatrzymać wskazówki z bezlitosnym uporem kroczące ku niewiadomej przyszłości. Ileż razy robił to w dzieciństwie przed pójściem do szkoły! Ach, zabić godziny, minuty i sekundy, całe to paskudne robactwo, które zżera nam włosy, skórę i paznokcie! Tymczasem słońce powoli wynurzyło bladą tarczę zza morza nad ujściem Wisły i rózgami złotych promieni popędzało mieszkańców miasta do wytrwałego budowania cywilizacji. W gmachu prawa gromadziły się już pierwsze grupki studentów jak ptactwo św. Franciszka spragnione pokruszonej bułki. Lecz stopy? Stopy Jakuba spoczywały w nocnym cieple pod kołdrą i wcale nie chciały dotykać nieprzyjaznej Ziemi. Jeśli był Anteuszem, to Anteuszem, który ma już dosyć gleby ojczystej. Zegar na wieży kościoła cystersów wybił godzinę siódmą trzydzieści, dołączyły do niego wszystkie zegary miasta, lecz czas przywołany do porządku karcącymi uderzeniami zegarowych kurantów, nagle – nie pojmując, co się stało – utracił władzę nad Jakubem. Nagle minuty, godziny, lata w pośpiechu wyemigrowały za linię horyzontu, tonąc bez śladu w morzu mistycznym, gdzieś daleko, w prześwicie drzew nieskończonej grabowej alei, która biegła w górę i znikała wśród białych chmur spiętrzonych nad Zatoką. Ach, dzieciństwo, dzieciństwo!

Za szybą okna przeleciały gołębie, ale w dziobach nie niosły oliwnej gałązki pokoju. Owinął się kołdrą, zamknął oczy. Sny przyszły nagle, wyraźne jak rysunek mrozu na szkle. Dwa kroki przed sobą ujrzał dziewczynę, którą egzaminował na prawie. Mówiła coś do niego, ale nie słyszał jej głosu. Chwycił ją za rękę: – Poczekaj, powiedz, jak się nazywasz. Słyszysz? I nagle wskazówki na wielkiej tarczy uniwersyteckiego zegara zastygły. Czas w gmachu prawa stanął. Komisja znieruchomiała za stołem pokrytym zielonym suknem niczym sześć figur woskowych. Mucha przelatująca nad kudłatą głową profesora Muldy zawisła jak koliber nad kielichem kwiatu.

– Zobacz, czas nam sprzyja – mówił Jakub, ale ona tylko odwróciła się na pięcie i pobiegła w głąb gmachu. Była w białej, batystowej sukience. Miała na głowie wianek z zielonego mirtu jak dziewczynki przed Pierwszą Komunią. Pobiegł za nią korytarzem wśród profesorów i studentów zastygłych w pół kroku. Wbiegł na strych. Na strychu było ciemno. Stracił ją z oczu. – Gdzie jesteś? – krzyknął, jakby bawili się w chowanego. – Wychodź, bo zacznę odliczać! Usłyszał zimny szelest batystu, podbiegł do wielkiej rzeźbionej szafy, takiej samej jak ta, w jakiej chował się w dzieciństwie przed rodzicami, ostrożnie otworzył skrzypiące drzwi i wtedy ona powoli, patrząc mu prosto w oczy, wyciągnęła zza wiszących ubrań odsłoniętą do łokcia gołą lewą rękę i ostrym kawałkiem szkła przejechała sobie po przegubie.

Odskoczył jak oparzony. Wcale go nie goniła. Tylko gdy uciekając spojrzał za siebie, uniosła rozciętą rękę, a potem umazała sobie krwią całą twarz tak jak dziewczynki po deszczu mażą sobie twarz ciepłym błotem.

Gdy obudził się, okno było pełne słonecznego światła. Dzwony Katedry wybijały właśnie południe. Chciał zerwać się z łóżka i natychmiast pojechać na Wyspę Spichrzów, by wyjaśnić, dlaczego nie miał wykładu o dziesiątej, poczuł jednak takie zmęczenie, że nawet nie ruszył palcem. Drżał skulony pod kołdrą. Musiał mieć chyba gorączkę. Biała słuchawka telefonu połyskiwała na stoliku obok łóżka jak perłowa muszla wyciągnięta z oceanu, ale po nią nie sięgnął. Szybkim ruchem wyrwał z gniazdka biały kabel. Najpierw przeraził się tym, co zrobił, ale potem przyszło mu do głowy, że przecież nic się nie stało, bo przyszłość, podobnie jak przeszłość, to zaledwie żałosne złudzenia naszej biednej świadomości. Czyż – uśmiechnął się – mądry Immanuel z Królewca nie mówił, że czas, podobnie jak przestrzeń, to tylko formy naszego umysłu, nic więcej?

Na Wyspę Spichrzów nie dojechał też w następny piątek. Sam nie wiedział, dlaczego tak się stało. Przez cały dzień leżał w łóżku z rękami pod głową i spod przymkniętych powiek śledził ruch świateł wędrujących po suficie. Słońce przesuwało się nad miastem z południa na zachód, pojawiało się i znikało wśród wysokich chmur. Na morzu kładły się i znikały granatowe cienie. Nadmorska dzielnica, najeżona iglicami dźwigów, majaczyła w niebieskawej mgle. Z portu wypływały okręty. Czerwone, czarne, białe kadłuby sunęły po wodzie jasnej jak rtęć. Wszystko to wyglądało tak, jakby cały czas ktoś starannie dobierał barwy, troszczył się o rysunek form, dbał o równowagę między jasnością i mrokiem. W jakiejś chwili pomyślał, że mógłby tak przeleżeć całe życie. O tak, to byłoby mądre i piękne! Gdy chmury nadpływały nad Katedrę, ich ruchome cienie przeskakiwały z ulicy na ulicę, a blacha dachów koło Parku ciemniała. Krótkie deszcze spływały miękką plamą po zielonej wieży kościoła cystersów jak wino po nóżce wysokiego kieliszka. Potem mokre asfaltowe jezdnie obsychały w słońcu, parując ciepłą wilgocią. Dzieci bawiły się w brunatnych kałużach.

# Pierwsza moneta

Sam nie wiedząc dlaczego, przestał wychodzić z domu. Nudził go ruch na ulicach, całe to wieczne kręcenie się ludzi po sklepach, dworcach, kościołach, z którego – jak teraz sobie mówił – nie wynikało nic prócz nerwów, zawiści i wstydu. Mieszkania nie sprzątał. Warstwa kurzu z wolna zaczęła porastać wszystko. Siwy szron na meblach, domowa Syberia. A więc jednak – przez chwilę poczuł coś w rodzaju wyrzutów sumienia – Janka miała rację, miotając się po mieszkaniu z plastikową szufelką w palcach? Ach, wszystko jedno. W nocy papiery, które starannie ułożył na półkach, zsuwały się ze śliskim szelestem na podłogę, szukając wygodniejszych miejsc do snu.

Rzeczy, które go otaczały – dotąd zaciekle myte, wycierane, polerowane, czyszczone kobiecą ręką – teraz mogły odetchnąć. Nareszcie! Nie musiały już (podobnie jak on sam) lśnić czystością, czarować połyskiem. Bezboleśnie wtapiały się w pierwotną materię świata, z której zostały wyrwane przez potomków Edisona, Einsteina i Fausta. I te wszystkie transformacje rzeczy szukających swojego początku przedostawały się do jego snów. Cóż za kojące wsparcie dla duszy przeżywającej trudne chwile! Drewno, z którego zrobiono

stół kuchenny, przypominało sobie, że kiedyś było szumiącym drzewem, na którym siadały ptaki. Stal, z której zrobiono noże, przypominała sobie, że kiedyś była krystaliczną rudą,
po której płynęły podziemne rzeki. Szkło, z którego zrobiono
szyby w oknach, przypominało sobie, że było piaskiem na
dnie morza, w którym kiedyś zasypiały żywe ryby. We snach
przedmioty, których dotykał, odczuwały ból, a nawet potrafiły śmiać się głośno i płakać. Krzesło, na którym siadał,
miękko dopasowywało się do kształtu ramion i pleców. Stół,
na którym opierał łokcie, miękko uginał się pod dłonią jak
koci grzbiet. Niklowana bateria nad wanną pięknie mruczała
*Pstrąga* Schuberta, gdy kręcił kurkami z niebieskimi literkami
„Hot" i „Cold".

Co parę dni schodził do supermarketu, ale akcję gratisów zawiesił. Już nie miała tego smaku co dawniej. Teraz
wszystko znosił do domu w foliowej torbie z napisem „Astra",
wysypywał na stół, z lubością patrzył, jak cebule, śliwki, pomarańcze toczą się po dębowym blacie (ścięte głowy wrogów,
z którymi kiedyś się policzy). Jabłka, kupowane w Realu,
starannie obierał cienkim nożykiem ojca (niezapomniane li-
terki „Gerlach" na jasnym ostrzu). Lubił, gdy skórka miała
metr długości (dowód, że nie opuściła go zręczność palców)
i wiła się jak wstęga z tajemnym napisem. Takie wstęgi widywał dawniej na gotyckich obrazach. Trzymały je w palcach
anioły. Na uroczystych promocjach dziewczyny z pluszowymi
uszami króliczka na głowie wręczały mu chińskie zupki,
meksykańskie dania w okrągłych pudełkach, holenderskie
jogurty i puszki ananasów z Tajlandii. Skromne dary Dionizosa. Potem wracał do łóżka, zagrzebywał się w wygrzanej
pościeli, próbował czytać, ale już po pierwszej stronie zamykały mu się oczy. Otwarta książka wypadała z rąk. Obojętne
czy czytał Marqueza, Kunderę, Hrabala czy *Kubusia Fatalistę.*
Półprzytomny, budził się nagle, nie wiedząc, czy jest szósta
rano, czy szósta wieczór. Zachodzące słońce myliło mu się ze

słońcem, które wybuchało nad wodami Zatoki pretensjonalnym fajerwerkiem świtu. Powoli zacierały się różnice między nocą a dniem.

Parę razy, gdy zasnął w południe, przyśniło mu się Jezioro Bodeńskie z ośnieżonymi Alpami na horyzoncie. We śnie przyjeżdżał z kimś pociągiem na mały dworzec we Friedrichshafen, potem kupował bilety do Lucerny, wsiadał na przystani Zeppelina na biały statek spacerowy i gdy słońce stało już nad Lindau, płynął do widocznego po drugiej stronie wody szwajcarskiego Romanshorn. Sen był piękny, pulsował sprzecznymi uczuciami.

Bo biały statek, zaciekle prujący zieloną wodę jeziora, nie mógł dopłynąć do zamglonego miasta. Im bliżej dopływał, tym to miasto unosiło się wyżej nad wodą na białej tafli mgieł. Rozstawiał ręce, odbijał się stopami od żelaznego pokładu, leciał w stronę brzegu, nad którym lśniły ośnieżone góry, ale do Romanshorn było wciąż tak samo daleko. Gdy budził się, starał się znowu zasnąć. Chciał dokończyć sen dokładnie w miejscu, w którym go przerwał. Czasami mu się to udawało. Zamykał oczy i znowu leciał nad jeziorem ku szczytom Alp. Ośnieżone góry unosiły się na mlecznej tafli mgieł coraz wyżej i wyżej w jasne niebo nad Szwajcarią.

Kiedy noc była chłodna, naciągał na uszy pomarańczową czapkę z jasnoróżowym pomponem, wkładał wełniane rękawiczki, na zziębnięte stopy wciągał góralskie skarpety z owczej wełny i kulił się pod wygrzanymi kołdrami. W cieple własnego oddechu, jak krasnal umierający w śnieżnej zaspie na szczycie Mont Blanc, oddawał się sennym dumaniom o tajemnicach Nieba i Ziemi. – Zresztą – snuł leniwą myśl, skubiąc palcami nitki prześcieradła – któż z nas wie, gdzie jest nasze prawdziwe życie. Do diabła, żyjemy wcale nie po to, by unikać nieszczęść i rozpaczy. Cóż za naiwność! W gruncie rzeczy tylko czekamy na klęskę. To właśnie w niej czujemy się jak w domu. Ale już po chwili rzucał się na łóżku: – Boże drogi, cóż ja za głupstwa plotę!

Były też noce, gdy śniło mu się pióro marki Pelikan. Brał je do ręki, odkręcał zakrętkę, sprawdzał pod światło złotą stalówkę, zaczynał coś pisać, nagle stalówka zaczynała sama wędrować po papierze. Nie mógł nad nią zapanować. Wypisywała, co chciała. Jakieś cyfry, nazwiska, zabawne wierszyki. Dźgał nią białe ciało kartki, na którym rozlewały się plamy czerwonego atramentu. Świeciła ostrym blaskiem niczym grot włóczni św. Jerzego. Mokre hieroglify na białej bibule snu. A potem cyfry jak owady opite krwią zaczynały pożerać papier.

Po przebudzeniu sięgał po niebieski flamaster i pisał nim po ścianie nad łóżkiem. Biały tynk wkrótce pokryły zawiłe wzory. Prawdziwy azjatycki tatuaż! Liście, litery, łodygi bluszczu, japońskie kwiaty, rozwidlające się we wszystkich kierunkach muszlowate labirynty. Czasem czerwonym flamastrem gwałtownie dopisywał do tego niezrozumiałe obelgi, pretensje, jakieś oskarżenia i przekleństwa. Mieszał litery z cyframi, religijne symbole z figurami geometrycznymi, rysunki roślin z rysunkami ludzi. Pajęcza sieć Penelopy, kokon z wiotkich włókien. Pisał: „pojedyńcza skóra Narcyza", „tungsind", „nostos algos", „balneum diaboli", „rancor", „torpor", „serenite", „evagio mentis", „sal Saturni", ale w tych słowach, brzmiących jak alchemiczne zaklęcia, nie mógł się odnaleźć, choć były piękne i miały w sobie kojącą gorycz.

Myśl, że może już niedługo znajdzie się pod ziemią, wcale go nie przeraziła. Przeciwnie: sprawiła mu nawet pewną przyjemność. Wygrzane łóżko, w którym spał na okrągło, dawało mu przedsmak spokojnego snu pod korzeniami. Dawniej panicznie bał się żarłoczności podziemnych stworzeń, które po śmierci miały skonsumować jego ciało. Teraz wiedział, że te drobne istoty przeżyją chwilę prawdziwego szczęścia, gdy delikatnymi skubnięciami napoczną to, co po nim zostanie.

Z tym obrazem pod powiekami przestawał bać się świata, w którym trwała – jak czytał u poczciwego Hobbesa – dzika wojna wszystkich ze wszystkimi. Recepta była prosta. Wystarczyło tylko położyć się na plecach, rozluźnić mięśnie, odetchnąć głęboko. W wyobraźni ulegle oddawał się czułym dotknięciom włochatych szczypiec, które – gdy nadejdzie czas – miały rozedrzeć go na tysiące włókienek, tak jak on sam na bankietach Lions Clubu srebrnym widelczykiem rozdzierał na cząstki różową porcję wędzonego łososia.

Wiedział, że snując takie rojenia, opuszcza krainę rozsądku. Cóż jednak miał na to poradzić, że obraz podziemnego party, błotnego wernisażu, uroczystej promocji, na której będzie najżarliwiej oczekiwanym gościem, prawdziwym VIP-em, którego wszyscy obdarzą najwyższym zainteresowaniem, tylko go śmieszył? W ciepłych majaczeniach snu jego ciało stawało się potrawą wykwintną jak dania u Ritza. Gdzieś tam pod ziemią czekała na niego lśniąca kuchnia luksusowego hotelu, w której przyrządza się smakołyki dla wybrednego podniebienia nicości. *Guten morgen!* Smacznego! *Bon apetit!* Śmieszyła go „trwoga i drżenie", której – jak savoir vivre'u – dawniej uczył się wytrwale ze sławnych pism pewnego ponurego Duńczyka z Kopenhagi. Śmierć? „Och, zamknij się Jones, gdzieś mam Czeczenię, pomówmy o twoich majtkach".

I żył tak względnie szczęśliwie i spokojnie aż do dnia, w którym skończyły się pieniądze.

Wtedy przeraził się. Nie sądził, że stanie się to tak szybko. Miał skrytą nadzieję, że w swoim wygrzanym łóżku zaśnie kiedyś na zawsze. Ach, umrzeć we śnie, by uniknąć na wieczne czasy przykrej konieczności codziennego wstawania. Wylecieć z ciała jak dusza w sławnym wierszyku, zostawić na trawie ciało jak zmięte ubranko i pofrunąć daleko, w mistyczne Alpy, hen, nad gładką taflą Jeziora Bodeńskiego, w jasne niebo nad Szwajcarią, równie piękne jak piękne jest morze u wylotu parkowej alei, którą cystersi przebili ku Zatoce przez gęstwinę Parku. Żyjąc z dnia na dzień, utracił poczucie czasu, ale teraz, gdy pieniądze się skończyły, czas mocno nim potrząsnął. No, Jakubie, pora wstawać! Koniec tego dobrego! Słyszysz? No, rób coś! Zwlókł się z łóżka, przygładził włosy przed lustrem, wyczyścił buty luksusową pastą Krezus i autobusem linii 142 zjechał do banku, gdzie po miłym powitaniu sama dyrektorka w kuszącym sweterku powiedziała mu uprzejmie, że konto jest puste.

Po powrocie do domu zagrzebał się w swoich kołdrach. Ach, żeby wieczny sen, czuły lekarz stroskanych dusz, zabrał go wreszcie z tego podłego świata! Ale głód, pierwszy nauczyciel ludzkiego rodzaju, zmusił go do działania, więc znów stał się lotnym Hermesem i sprytnym Proteuszem. W przerwach między snem dziennym i nocnym schodził do supermarketu Astra i kolorowe przedmioty znów zaczęły znikać w głębokiej kieszeni płaszcza. Jakiż to jednak był i płaszcz! Postrzępione mankiety, poplamione rękawy, guziki wiszące na nitkach, naderwane kieszenie, a buty popękane, na zdartych obcasach. Przechodząc obok McDonalda, nie rozpoznał swojego odbicia w wystawowej szybie. Więc to ma być on? Włosy spadające na czoło. Gęsty zarost pokrywający policzki. Cóż zaś mówić o fryzjerze! Postarzał się o dziesięć lat. Czym właściwie różnił się od wędrowca z żelaznym wózkiem, którego ujrzał w grabowej alei Parku? Prawdziwa niedźwiedzia głowa!

A więc ktoś z niewiadomego powodu zabrał mu duszę! Po prostu kiedy siedział tam, na ławce w Parku, karmiąc gołębie jak św. Franciszek, ktoś wyjął mu duszę z piersi i na jej miejsce włożył duszę tamtego nędzarza! Jak w głupiej hazardowej grze, w której sprytny macher kręci trzema kubkami na tekturowym pudle, pytając naiwnych, pod którym kubkiem leży moneta!

Stało się to dokładnie w chwili, gdy wózek z żelastwem wjeżdżał na mostek nad wodospadem. Cóż za moment mistyczny! Na chmurze wodnego pyłu zakwitła chwiejna tęcza – znak, że transformacja się dokonała. Dobrze pamiętał, jak dziwnie się wtedy poczuł. Jakby nagle stracił wszystkie siły. Więc teraz tamten nędzarz z niedźwiedzią głową, wymyty, ogolony, ostrzyżony, odświeżony wodą Kenzo, przebrany w marynarkę od Armaniego, co piątek idzie do gmachu prawa i swobodnie gestykulując, wygłasza przygotowane przez niego, Jakuba, wykłady o św. Augustynie? I nikomu nawet do głowy nie przyjdzie, że to nie on, Jakub, tylko ktoś zupełnie inny? Aż się roześmiał, tak było to szalone i straszne.

Ach, pieniądze, a raczej ich brak! Pismo o eksmisji wsunięto mu pod drzwi, bo nie odpowiadał na przysyłane pocztą wezwania do uiszczenia opłat. Nie bardzo się tym przejął. Rozchwianie granicy między nocą a dniem wprawiło go w stan musującego oszołomienia. Spał od rana do nocy w ubraniu niepranym od wielu dni. Ciało przywykło do „drugiej skóry" (ciepły, przeniknięty jego zapachem kokon z bawełny i płótna). Nareszcie coś odgrodziło go od wrogiego świata. Właściwie prawie nic nie jadł, a jednak – dziwne – wcale nie był głodny. Czasami tylko, wstając z łóżka, dostawał zawrotów głowy, prawie tak, jak to się zdarza po kokainie. W żyłach pienił się kolorowy koktajl snu, bąbelkująca Fanta nieprzytomności, spumante leniwych marzeń.

Gdy patrzył w okno, widział gołębie spacerujące po blaszanym parapecie. Ale teraz te wiecznie spłoszone ptaki o brudnych nastroszonych piórach rubinowym okiem zaglądały przez zamgloną szybę do mieszkania zupełnie tak jakby w sypialni, w której leżał skulony pod kołdrą, nie było nikogo! Nie odlatywały nawet, gdy wstawał z łóżka. W kuchni, w której parzył herbatę w zielonym kubku z napisem „World Trade Center", rosły stosy niezmywanych naczyń. Zrujnowana Pompeja. Zdruzgotany Manhattan. Ruiny Babilonu. A więc wycofując się ze związków ze światem, powracał do świętych początków ludzkości, nie tracąc przy tym żywego kontaktu ze współczesnością? Czyż nie miał szlachetnych przodków? Ojcowie Pustyni. Eremici. Klasztor na górze Atos. Góra Karmel. Ławra Poczajowska. Witraże ducha, rozjarzające się w świętym ogniu poniżenia. Gdy wchodził do łazienki, kłębki kurzu porwane podmuchem przy otwieraniu drzwi umykały mu spod nóg jak spłoszone myszy. Wanna, w której kiedyś, nucąc *Stranger in the night* Sinatry, w obfitej pianie pluskała się Janka, zarastała teraz siwawym nalotem, jak zakurzony sarkofag z białego alabastru, z którego nocą wykradziono owinięte w liście aloesu ciało umarłej księżniczki.

Hiszpańskie, włoskie i angielskie buty wciąż zaciekle kroczyły po ścianie w stronę balkonowego okna. Zalęgło się w nich pełno kosmatych pajączków. Nie zabił żadnego. Niech żyją w spokoju jak on. Gdy otwierał okno, sznurowadła, zwisające z okutych dziurek, kołysały się wśród pajęczyn, trącane skrzydełkami szarych motyli. Włosy tonącej Lorelai. Mieszkanie, pogrążone w chmurze pyłu, coraz bardziej przypominało opuszczoną grotę, w której zaczyna królować cierpliwy Demon Porowatości, nieprzyjaciel szkła, emalii i lakierowanych powierzchni. Tylko w dużym pokoju w mistycznej smudze światła, wpadającej do zakurzonego wnętrza przez uchylone okno, jak dawniej niezmienną bielą lśniły dwa ślubne lakierki na smukłych obcasach, klejem Super Glue przytwierdzone do parkietu na wieczność.

Któregoś dnia ktoś zapukał do drzwi. W dźwięcznym, podniesionym głosie, rozpoznał sokratejski głos doktora N., ale nie ruszył się z łóżka. Doktor N. pukał mocno, walił pięścią, szarpał za klamkę, zachęcał, przeklinał, groził, wołał, błagał, odwoływał się do św. Augustyna i kodeksu pracy, ale potem, gdy nie dało to żadnego rezultatu, postał parę chwil pod drzwiami i powoli zszedł na dół. Gdy z zadartą głową spojrzał w okno Jakuba, Jakub cofnął się zza firanki w głąb pokoju. Doktor N. postał jeszcze na chodniku z rękami w kieszeniach granatowego prochowca, poprawił na głowie granatowy kapelusz z miękkim rondem i z postawionym kołnierzem (bo zaczęło padać) powoli oddalił się w stronę przystanku szóstki (tajemniczy wysłannik z odległej planety, na którego powrót nie należy liczyć). Potem do drzwi Jakuba nie pukał już nikt. Pewnie uznano, że już tu nie mieszka.

Dopiero we środę odgłosy mocnych uderzeń wyrwały go z popołudniowego snu. Półprzytomny z niewyspania, przytrzymując koszulę na piersiach, wpuścił do przedpokoju dwóch mężczyzn w garniturach i jednego w policyjnym mundurze. Weszła za nimi, twardo stukając wysokimi obcasami, ostro wymalowana, tłustawa blondyna w przyciasnej malinowej garsonce, z plastikowym skoroszytem pod pachą (pięciocyfrowy numer sprawy był wypisany na niebiesko). Jej krwawoczerwone paznokcie, oszlifowane w szpic, pomarańczowy flamaster w palcach i wężowe, ciemne okulary z fosforyzującą oprawką nie wróżyły niczego dobrego. – A cóż to za fanaberie! – pokiwała głową z politowaniem na widok mieszkania niesprzątanego od wielu dni. – Jak się nie płaci, to się trzeba wynosić. Dostał czas do jutra. Zapytał tylko, gdzie ma zostawić klucze.

Gdy wieczorem zszedł do sklepu po „gorący kubek" Knorra, by szybką potrawą samotnych osłodzić ból rozczarowania światem, w skrzynce na listy znalazł czarne pudełko z kasetą. Zdarzało się, że znudzony sąsiad podrzucał sąsiadowi zdartą kasetę z filmem porno, więc pomyślał, że to pewnie czyjś głupi żart. Wrócił na górę, zrobił sobie bulion, wsunął kasetę do wideo, usiadł w fotelu, owinął się kołdrą, po czym pstryknięciem pilota puścił film.

Przez jakiś czas na ekranie migały tylko czarne i białe pasy. Potem, gdy obraz się uspokoił, w prawym górnym rogu, jak w telewizji przemysłowej, pojawiły się przeskakujące cyferki dat, godzin, minut i sekund. Pomyślał, że to może Robert przysłał mu tamtą kasetę ze zdjęciami nagich kobiet w wannach i pod prysznicami, którą razem z Jolą oglądali w domu na dalekich przedmieściach.

Ale nie, to nie była tamta kaseta. Obraz na ekranie był zamglony, nieostry, jakby zdjęcia nakręcono w sztolniach zatopionej kopalni czy w zalanych wodą korytarzach fortów na Gradowej Górze. Jakieś rozległe ciemne wnętrze, mgliste światła, zielone, przepływające cienie, kolumny, niewyraźne smugi blasku, długie rzędy czegoś, co wyglądało na stare sarkofagi. Pomyślał, że ktoś mu podrzucił amatorski film o jakiejś zrujnowanej świątyni z Doliny Królów w Egipcie. Ale po kilku chwilach z tych zamglonych, podwodnych cieni wyłoniła się jasno oświetlona przestrzeń wielkiego supermarketu. Obraz nie miał dźwięku. Kamera płynnie sunęła po długich półkach, na których stały puszki, słoiki, butelki, torebki, aż wreszcie zatrzymała się na niewyraźnej postaci idącej wzdłuż regału.

Dopiero teraz ostrość obrazu poprawiła się i Jakub ujrzał – siebie. Tak, to on sam, ogolony, uczesany, w jasnym prochowcu, z apaszką pod szyją, szedł wzdłuż półek ogromnego sklepu, pchając przed sobą druciany kosz na kółkach. Potem zatrzymał się koło piramidy puszek z ananasami, krótkim zręcznym ruchem zdjął z półki jakąś kolorową rzecz i szybko wsunął ją do głębokiej kieszeni płaszcza. Teraz kamera zrobiła zbliżenie. W jasnym świetle jarzeniowych lamp ogromna dłoń w zwolnionym tempie wkładała coś do kieszeni.

Tego jeszcze brakowało! Jak kibic na meczu piłkarskim zaczął walić się dłońmi po udach, parskał i krztusił się ze śmiechu. Ach, więc to tak? Zobaczyli, że ostatnio wygląda dość marnie, więc – bezsilni – pogrozili mu tą kasetą na znak, że wiedzą? Cóż mu jednak mogli zrobić? Był – jak to oni mówią – niewypłacalny! To piękne słowo wyrzucało go poza nawias świata sprawiedliwych represji.

Ale już po chwili poczuł lodowaty lęk. Przewinął szybko kasetę i puścił ją jeszcze raz od początku. Teraz z pilotem w palcach w napięciu patrzył na ekran, gotów w każdej chwili wyłączyć telewizor. Zaraz... coś tu się nie zgadzało... Gdzie mogła stać kamera, z której nakręcono to wszystko? Przecież sunęła za nim płynnie, tak jakby unosiła się w powietrzu na długim wysięgniku, jakieś metr, dwa nad jego głową. Ale w żadnym sklepie na świecie nie ma przecież ruchomych kamer na wysięgnikach, które płyną nad głową każdego klienta idącego wzdłuż półek! Są tylko obiektywy umocowane na statywach jak martwe, szklane oko!

Chciał sprawdzić, czy nie uległ złudzeniu, ale podwodny obraz sali wielkiego supermarketu, który pojawił się na początku filmu, zanim zdążył się porządnie rozjaśnić, rozpłynął się w śnieżnej mgle, która z szumem wypełniła ekran. W jednej chwili wszystko znikło. Ekran zgasł. Lśnił przed nim w głębi pokoju jak połyskliwa płyta z czarnego marmuru, z której ktoś jednym pociągnięciem starł złote napisy. Gdy wyjął kasetę, z czarnego pudełka wypłynęły porwane jasnoczerwone pasma taśmy magnetycznej jak wnętrzności z rozprutego brzucha. Chciał to odrzucić w kąt, ale taśma oblepiła mu palce. Nie mógł się wyplątać ze zwojów wijących się jak żywe węgorze. A więc jednak wariuje!

Następnego dnia, gdy zegar na wieży kościoła cystersów z obojętną starannością wybił godzinę dwunastą, do płóciennej torby z czarnym nadrukiem „Tchibo" wrzucił stary termos, nóż, widelec, łyżkę, sznurek, metalowy kubek, grzałkę, patelnię, garnek, kłąb grubych skarpet oraz pomarańczową czapkę z pomponem. Na siebie włożył cztery zmiany bielizny, sweter i płaszcz. Buty narciarskie na mocnej podeszwie, które zdjął z pawlacza, były luźne i wygodne. Jakby – aż się roześmiał – śladem Amundsena wyruszał na biegun północny. Rozprutą kasetę w pożegnalnym geście – adios! Pokój temu domowi! – rzucił na środek stołu. Stuknęła o blat, jasnoczerwone taśmy, wywleczone z pudełka, spłynęły z szelestem w dół, rozlewając się poplątanymi pasmami na podłodze wokół ślubnych butów z białej skórki tkwiących niezmiennie na swoim miejscu jak bolesny totem bezpowrotnie minionego szczęścia. Klucz oddał dozorcy.

Był gotów do dalekiej podróży.

Do śródmieścia zjechał szóstką, nie płacąc za bilet. Wkraczał w przestrzeń nowego życia, stare przyzwyczajenia nie miały już obowiązywać. Gdy wszedł do wagonu ze swoim brzęczącym workiem na ramieniu, pasażerowie odsunęli się. Mógł rozlokować swój bagaż na tylnym pomoście. Przez chwilę rozkoszował się nawet swobodą, jaką daje stygmat wykluczenia. A miasto, przesuwające się za oknem (tramwaj z łoskotem pędził Wielką Aleją w stronę wiaduktu Błędnik), otworzyło się przed nim jak ramiona matki, witając marnotrawnego syna po długim, przykrym dla obu stron niewidzeniu.

Scenografia powitania mogła zresztą zadowolić najwybredniejszych. Wieże, attyki, dachy, światła, mgły, obłoki, Ratusz, kościół Mariacki, dworzec, a nad dworcem Gradowa Góra w dziewiczozłotych promieniach słońca! Wysiadł na przystanku przy Bramie Wyżynnej, chłodnym podcieniem Złotej Bramy wszedł na jasną ulicę Długą, pokręcił się trochę przed wystawami, zajrzał przez szybę do antykwariatu. Potem zaszedł na pocztę, z której wysyłał listy do Janki, gdy była na wakacjach u matki. Chciał wysłać do kogoś list? Tylko do kogo właściwie? Chłodna bryza zaczęła wiać od strony portu. Słońce, tak pięknie oświetlające Gradową Górę, skryło się za sinawą chmurą. W dużej sali z okienkami kasowymi, do której wkroczył, pod szklanym sufitem z secesyjnych witraży fruwały gipsowe gołębie i mewy, skutecznie pozorując wieczne plażowe lato. Widok ten napełnił duszę łagodną melancholią, wywołując z pamięci obrazy słonecznych dni spędzonych na plaży z Janką.

Ale gdy tylko usiadł na dębowej ławce z zielonym obiciem, łysy osiłek w czarnym kombinezonie z metalową odznaką, który wyłonił się zza ozdobnej kraty, trącił butem płócienną torbę, aż brzęknęła blachą. Zrozumieli się bez słów. Jakub wstał, tamten chwycił go mocno za ramię, podprowadził do samych drzwi i na oczach wszystkich wypchnął na ulicę.

Coś takiego zdarzyło mu się pierwszy raz w życiu. Krew mocniej uderzyła w skroniach. Policzki paliły. Przechodnie udawali, że nie widzieli niczego. Paru kręciło głową z politowaniem. Ktoś młody roześmiał się głośno, zaczepnie. Co za wstyd! Dopiero teraz zdał sobie sprawę, że naprawdę rozpoczął nowe życie. Był jednym z tych, którymi można pomiatać. Roztrzęsiony, ruszył w stronę Złotej Bramy, nie patrząc na ludzi. Starał się myśleć tylko o głodzie. To przyniosło ulgę. Ledwie dowlókł się do hotelu przy dworcu. Na małym placu pod arkadami z żółtego mikrobusa, na którego karoserii było wymalowane czerwone słońce, wydawano gorącą zupę. Dawniej to miejsce omijał z daleka. Teraz dostał plastikowy talerz i trochę ciemnego chleba. Ludzi, którzy stali w kolejce po jedzenie, widywał na ulicach, gdy w swoim jasnym prochowcu, odświeżony, uczesany, pogodny, stanowczym krokiem szedł do gmachu prawa, machając włoską teczką z notatkami o Heglu i Kierkegaardzie.

Potargani, nieogoleni, brudni, żyli w rozproszeniu, na osobnych stacjach swojej męki, żebrząc w tunelach, bramach, podziemnych przejściach. Ale tutaj, przed hotelem, stłoczeni wokół żółtego samochodu z czerwonym słońcem na karoserii, z którego dolatywały ciepłe zapachy jedzenia, wydali mu się zgromadzeniem wiecznych wygnańców, uchodźców, emigrantów, jakby każdy z nich tylko częściowo należał do ludzkiego świata. Ich twarze były zniekształcone, półzwierzęce, ze śladami odmrożeń i poparzeń, fioletowe od blizn, szare od brudu, obsypane siwą szczeciną, opuchnięte, pomarszczone, wyschnięte. Zgarbieni, opierający się na laskach i kulach, wyglądali tak, jakby wyszli z albumów gotyckiego malarstwa i teraz, tutaj, na tym placyku przed hotelem, nie bardzo wiedzieli, co mają ze sobą zrobić w realnej czasoprzestrzeni nowoczesnego miasta, do której nagle niewiadomym wyrokiem losu zostali wrzuceni.

– Cóż za kreatury – pomyślał, patrząc na nich znad talerza. Wełniane czapki naciągnięte na czoło, spuchnięte powieki, zapadnięte policzki, sinawe nosy, wpadnięte, oślinione wargi, szyje okręcone brudnymi szalikami, jakieś kaszkiety ze złamanym daszkiem, wyświechtane, czarne od sadzy spodnie, grube skarpety, popękane półbuty o startych nosach, porwane sznurowadła. Na plecach toboły uszyte ze szpitalnych koców, stare wojskowe plecaki, parciane worki. W dłoniach, zaczerwienionych, popękanych, oblepionych plastrami, z rudymi plamami tytoniu na spierzchniętej skórze, stare walizki z tektury obwiązane kosmatym sznurkiem, brudne foliowe torby, kartonowe pudła z Bóg wie czym. Każdy z tych ludzi, którzy – nie mógł się oprzeć takiemu wrażeniu – przystanęli tu tylko na chwilę, by nabrać sił do dalszej wędrówki, samym swoim istnieniem unieważniał wymyśloną przez ludzkość subtelną granicę między mroźną zimą i upalnym latem, błogosławioną porą sytości i przeklętą porą głodu, życiem w mieście i życiem na dzikich, jałowych pustkowiach. W swoich tanich, zbyt obszernych lub zbyt ciasnych ubraniach z bazarów i lumpeksów, bezdomni, opuszczeni, gotowi w każdej chwili do wymarszu, wysiedlenia, deportacji, załadowania na bydlęce wagony, wypędzenia za morze, wywiezienia na stepy albo do kopalni, zdawali się być żywą pamięcią miasta, które już parę razy widziało podobnych wędrowców podczas kolejnych lekcji gruntownego zniszczenia, gdy w ogniu pożarów znikały całe dzielnice.

Każdy z nich – tak Jakub teraz o nich myślał – był żywą przestrogą dla dobrze ustawionych, takich co to lubią wierzyć, że rodzina jest fundamentem wszystkiego, a konto w banku, niczym niezatapialna Arka Noego, pozwoli przetrwać najgorsze. Nad tą zbieraniną gotową do wymarszu unosił się wieczny zapach ruin, środków odkażających, żarcia z proszku, szpitalnych sal, dworcowych poczekalni, leniwej nędzy, krzyk obwieszczeń wzywających do opuszczenia domów, czarny smród pobojowiska, kwaśna woń noclegowni z piętrowymi łóżkami, siarkowy zapach taniego wina, psiego łajna i spalenizny. Przypomniały mu się stare fotografie, które pokazała mu kiedyś matka: obdarty tłum na peronie starego dworca w „Langfuhr" całymi godzinami czekający w deszczu na ostatni pociąg, który nocą odchodził do „wschodniej strefy okupacyjnej".

Więc teraz był jednym z nich? Jakiż to wiatr przywiał go do tej przystani głodu, znieruchomienia i brudu? Ale choć lewą dłonią zgarnął już swoją płócienną torbę, nie ruszył się z miejsca. – Wariuję – powtarzał, wyskrobując łyżką resztki zupy z talerza – wariuję, jak dwa razy dwa! Ta myśl wcale go jednak nie przeraziła. Nawet spodobało mu się to nagłe sprowadzenie do parteru, wyrzucenie poza nawias, skreślenie z listy porządnych obywateli. I bardzo dobrze!

Jedząc, pomyślał o studenckich czasach. Pamiętne dni, gdy razem z Janką kradli w akademickiej bursie zupę z kromką ciemnego chleba. Kobiety w białych fartuchach zza parującej lady podawały im gruby, porcelitowy talerz z gęstym, gorącym płynem, jakby karmiły zziębniętych rozbitków z tonącego „Gustloffa". Wytarł talerz skórką chleba i usiadł na schodach.

Ale straż miejska przepędziła go stąd. Poszedł więc znów na Stare Miasto, ulicą Korzenną koło staromiejskiego Ratusza, mostem koło Wielkiego Młyna, przejściem koło hali targowej przy kościele św. Mikołaja, a prowadził go – to było nawet zabawne – sunący po płytach chodnika, rozczapierzony, ruchliwy, skrzydlaty cień płaszcza trzepoczącego na wietrze, niczym czujny orzeł Merlina, bezszelestnie szybujący nad ziemią. Kuranty na wieży św. Katarzyny zaczęły wydzwaniać *Odę do radości*, więc, machnąwszy ręką na wszystko, nucąc pod nosem sławny hymn Europy, ćwiczył się w obojętności, która – pojął to dość szybko – miała mu się teraz przydać jak nigdy. Nie czuł żadnego wstydu. Pewnie dlatego, że jeszcze nie wpadł na nikogo ze znajomych. Gdy usiadł na skwerku przed pomnikiem króla, było już późne popołudnie. Oparty plecami o ławkę patrzył na bled-nące niebo, na którym niewidzialny odrzutowiec bezgłośnie rysował cieniutką, pierzastą kreskę. Ciało, wyrzucone poza główny nurt życia, uwolnione od trywialnego obowiązku pra-cy, odzyskiwało z wolna dziecięcą chłonność i wrażliwość.

Z ulgą rozpoznawał znajome strony świata. Po prawej, na wschodzie, za ulicami Dolnego Miasta i kamienną śluzą, miał Żuławy, tłuste, połyskujące rozlewiskami błękitnej wody, za-mknięte na horyzoncie zimną linią Wisły, dalej krzyżacki zamek w Malborku, potem stary port w Królewcu, a jeszcze dalej wieże Wilna, Petersburga, Moskwy i lesiste zbocza Uralu.

Przed sobą, za domami ulicy św. Ducha, widział ciężką, ceglaną wieżę kościoła Mariackiego, za którą wznosiły się stare budowle na Wyspie Spichrzów, dalej ciągnęły się tereny portu, pełne niszczejącego żelastwa, kwaśnej rdzy i rudoczer-wonej cegły, a za terenami portu rozpościerała się ciemna tafla Bałtyku, za którą były już tylko Szwecja, Norwegia i sław-ny biegun północny w białej czapie wiecznych śniegów.

Po lewej, za ostrym dachem Wielkiego Młyna, miał wieżę św. Katarzyny, tereny stoczni, dzielnice starych poniemiec-kich willi, Katedrę, willę Tannenheim, za nimi Sopot, wydmy w Łebie, zielone równiny Meklemburgii, szare dzielnice Berlina, a dalej, hen za wieżami Strasburga, za Paryżem, za Bretanią, ostrą krawędź kontynentu: klifowe wybrzeża Fran-cji, spadające pionowo do burzliwego Atlantyku.

A świat układał się w nim jak kręgi na wodzie. Wieża kościoła Mariackiego w pomarańczowych promieniach słoń-ca jak zawsze o tej porze rzucała granatowy cień na dachy ulicy Piwnej, niezawodnie podpierając siodłatym szczytem szarzejący błękit. Słyszał krzyk rybitw nadlatujących nad kopułę teatru i szum ludzkich głosów. W oknach teatru odbiły się miedziane blaski zachodu. Oparty o ławkę drzemał w słonecznym cieple, wsłuchując się w brzęk tramwajów, wodospadowy huk tirów przejeżdżających przez skrzyżowanie na Hucisku, nawoływania ukraińskich, litewskich i ormiańskich przekupniów, którzy rozłożyli swoje kramy wokół posągu króla, śmiech niemieckich turystów idących ku Strzelnicy św. Jerzego.

A gdy tak, rozluźniony, zaczął tonąć w przedwieczornej mieszaninie głosów i świateł, nagle poczuł w dłoni coś zimnego. Otworzył oczy. To starsza kobieta w kapeluszu z woalką wetknęła mu do ręki błyszczący pieniążek. Coś wyszeptał – że nie trzeba, że po co, że na co – ale odeszła szybko, znikając za posągiem króla. Na dłoni leżała zimna moneta. Była to pierwsza w życiu moneta, którą dostał od kogoś zupełnie obcego i na dodatek zupełnie za nic. Dobry Boże! Więc naprawdę wygląda aż tak źle?

Wstał, przygładził włosy, zarzucił na ramię płócienną torbę z nadrukiem „Tchibo" i poszedł w stronę rzeki, a opiekuńcza wieża kościoła Mariackiego rudym cieniem wskazywała mu drogę na bruku ulicy jak zakapturzony towarzysz podróży. Na wieży Ratusza wskazówka zielonego zegara zalśniła jak złota włócznia. Z dzielnicy banków na Wyspie Spichrzów, gdzie w oświetlonych słońcem, sięgających chmur drapaczach z aluminium i szkła, mieściły się filie Rockefellera, Mikrosoftu, Dresdner Banku, Credit Lyonnais, Banku Florida i Gazpromu, młodzieńcy w angielskich garniturach z dyplomatkami w ręku szli w stronę stacji metra na Berlińskiej, krocząc po kamiennych płytach jak zamyśleni cadycy z rojem tajemnic w głowie. Niektórych znał, ale go nie rozpoznawali. Szedł przez miasto incognito, naznaczony stygmatem obcości, zamknięty w szklanej kuli, która czyniła go niewidzialnym. Czas, jeśli mamy go zbyt mało, paczy widzenie rzeczy, lecz teraz, wyrwany z więzienia czasu, mógł wszystko widzieć naprawdę. Nie był głodny, nie marzł, nie czuł bólu. Czegóż chcieć więcej?

Doszedł do rzeki, usiadł na kamiennej ławce na nabrzeżu koło Żurawia i smakował widoki Wyspy Spichrzów jak kęsy dobrze wypieczonego chleba. Patrzył na gmach prawa po drugiej stronie kanału. Szklana kopuła, mocno osadzona na kamiennej budowli, błękitniała od odbić pogodnego nieba. Granitowe mury o barwie moguckiej czerwieni, w których przeżył tyle dobrych i złych chwil, odbijały się różowym refleksem w czarnej wodzie, odwrócone, rozmyte, drżące na zmarszczonej fali. Odnalazł okno pokoju, w którym lubił pracować wieczorami, a potem okna sali, w której egzaminował pierwszego lipca, lecz wszystko to teraz wydało mu się tak odległe, jakby dotyczyło kogoś obcego. Żuraw rzucał ostry cień na głęboką wodę kanału, nad którą przelatywały z krzykiem mewy i rybitwy. Słońce odbiło się w oknie któregoś z domów na Stągiewnej. Zmrużył oczy przed błyskiem szyb. Zwodzone skrzydła Zielonego Mostu powoli unosiły się na łańcuchach. Czerwona barka płynęła w stronę spichrzów przy oruńskim dworcu. Od wody powiał lekki wiatr. Zafurkotały biało-niebieskie markizy nad ogródkami kawiarni przy Długim Pobrzeżu. Z Targu Rybnego dolatywały głosy kobiet w satynowych fartuchach, które prosto z żółtych rybackich kutrów, przycumowanych do kamiennego nabrzeża, sprzedawały wędzoną flądrę, łososia, śledzie wyciągane z pokruszonego lodu, dorsze ze srebrnoszarą skórką. Głośne okrzyki, podobne do ptasiego nawoływania, przyzywały klientów ze Straganiarskiej, Podwala i Czopowej. Świeże ryby, zawinięte w żółty pergamin, leżały na blaszanych stołach.

Gdzieś z daleka dobiegło uderzenie dzwonu, usłyszał brzęk tłuczonego szkła, kobiecy śpiew z uchylonego okna, krzyk dziecka, klakson samochodowy, szelest liści przesypujący się w cieniu gotyckiej bramy... Coś dawało mu niewyraźne znaki? Mógł zaufać tylko własnemu ciału, które – wpisane w delikatny, wrażliwy organizm miasta – odbierało ukryte impulsy zapachu, ciepła, chłodu, napływające ze wszystkich stron, jakby zmysły, wyostrzone, czujne, bezwiednie chwytały trop, wiodący go ku niewiadomym przeznaczeniom? Ach, wyzbyć się pychy, która każe nam wierzyć, że życie można układać, obmyślać, prowadzić za rękę jak głupie, nieposłuszne dziecko! Raczej wsłuchuj się w nieme sugestie, czułe napomknienia, niejasne przestrogi. Coś wielkiego, niewidzialnego obracało się wokół niego bezszelestnie, wytyczając drogę, którą bezwiednie podążał, głęboko przekonany, że sam ją wybiera?

Zbliżał się wieczór. Dzień był ciepły, ale jaka będzie noc? I gdzie ją spędzi? Do mieszkania na dziesiątym piętrze nie było już powrotu. Na drzwiach bielały paski papieru z urzędową pieczęcią. Ktoś z forsą kupi to gniazdo, niech mu wyjdzie na zdrowie. Ale teraz gdzie skierować kroki, by głowa nie spała na kamieniu? Doktor N.? Ksiądz Józef? Ciotka Zofia w domu przy św. Trójcy? Doktor Jacek? Noclegownia przy klasztorze św. Łazarza na Klasztornej? Tylko się wzdrygnął. Kościoły odpadały z uwagi na zimno, mosty w mieście były niskie i niewygodne.

Wstał, zarzucił torbę na ramię. A gdy tak ruszył Podwalem, nucąc coś za dzwonami św. Katarzyny, gdy minął halę targową, barokowe domy podniesione z ruin po wielkiej wojnie, potem szary gmach teatru i posąg króla na koniu, w dalekiej perspektywie ulicy ujrzał wieżę dworca i niderlandzką fasadę, która kusiła oko prusko-ceglaną elegancją, ostro rysując się na tle wysokiej, zachodniej zorzy i trawiastych fortów na Gradowej Górze.

Piękny gmach, miejsce przypływów i odpływów, mocno osadzony na ziemi, odporny na wojny i pokoje, wyglądał jak stary żaglowiec gotowy do przyjęcia na pokład nowego wędrowca, szukającego szczęścia na małej planecie.

# Złota Brama

Nad Radunią zapalały się latarnie. Z oświetlonych wystaw, które mijał, uważnie przyglądały mu się wystrojone manekiny, jakby nie dowierzając, że on to rzeczywiście on. Z pewnością nie wyglądał na kogoś, kto statecznym krokiem maszeruje co piątek na Wyspę Spichrzów, by w neogotyckiej sali na pierwszym piętrze gmachu prawa mówić o pojęciu Dobra u św. Augustyna. Zorza, jaśniejąca wciąż w głębi ulicy, zsunęła się za Gradową Górę jak zdarta z nieba płachta surowego jedwabiu. Zimne, pierzaste smugi szybko rozlały się nad wieżą dworca. Zza szyb perfumerii, w których ujrzał swoje odbicie zabawnie zniekształcone refleksem jarzeniowych lamp, kobiety z reklam Guerlaina, czarnowłose i piękne, zachęcały go, by kupił bursztynowy flakon z kilkoma płatkami złota, bo przecież – to chyba jasne – kto nie pachnie ładnie, Jakubie, jest bez szans. Przeszedł na drugą stronę ulicy. W głębi sklepu Silvera, do którego tak lubił zaglądać z Janką, pod palmami, na wyspie otoczonej szafirowym morzem, półnaga, czekoladowa Naomi Campbell z różą w zębach i dezodorantem w palcach przywierała do latynoskiego przystojniaka w śnieżnobiałym fraku.

Na dworcu znalazł się o dziesiątej. Młodzi mężczyźni przy automatach do gry z dziką zawziętością szarpali za dźwignie brzęczącej maszynerii, by zmusić oporny mechanizm do wyplucia paru monet. Na fioletowych ekranach zapalały się ogniste litery. Migały lampki, dzwoniły dzwonki. W hałaśliwym pasażu spóźnieni podróżni biegli gdzieś przed siebie z walizkami na piszczących kółkach, uginali się pod ciężarem wysokich plecaków z aluminiowym stelażem, przepychali się w drzwiach McDonalda, krzycząc coś do swoich żon i dzieci, jakby – przerażeni nadciągającą nocą – szykowali się do śpiesznej ucieczki przed potopem. Ludzkość nie dawała za wygraną. Gnała ku lepszej przyszłości. Zszedł na bok, poza główny nurt. Z głośnika ukrytego gdzieś pod sufitem ciepły kobiecy głos, jak echo w alpejskiej dolinie, recytował nazwy przychodzących i odchodzących ekspresów. Królewiec, Berlin, Kraków, Wiedeń. Brzmiało to jak zachęty do dalekiej podróży, która jednym miała przynieść ocalenie, a nawet szczęście, innym zmartwienia, a nawet śmierć.

W lustrach kwiaciarni zobaczył swoje odbicie między pękami róż. Cóż on tu właściwie robi? Oparł się plecami o witrynę z żółtym rozkładem jazdy – wszystkie plastikowe krzesła naprzeciwko sklepu Rossmanna były zajęte – i z przymkniętymi oczami, zmęczony, głodny, poddał się grze obrazów, które wirowały mu w głowie. Z trudem przypomniał sobie, że ma coś ważnego do załatwienia, chciał coś naprawić, żądał ukarania kogoś (bank światowy? Czeczenia? Saddam Husajn?), coś podpisywał, wysyłał jakieś listy do Amnesty International, żądał od prezydentów Ameryki i Rosji, by nareszcie zapewnili pokój całemu światu, słyszał, jak Janka krzyczy, żeby nie kładł widelca widłami do góry, współczuł więźniom z bazy Guantanamo i ofiarom ataku na World Trade Center, przysięgał sobie, że oderwie od podłogi białe lakierki i wreszcie spali ślubną suknię... Dopiero gdy senność trochę przygasiła tę gonitwę myśli, podszedł do kas i powoli usiadł na posadzce w cieniu za załomem muru.

To także zrobił pierwszy raz w życiu.

Ludzie przy kasach, na których teraz patrzył, poruszali się energicznie, zajęci swoimi sprawami. Jak owady – pomyślał obojętnie – żarłocznie objadające kość. W kolejce po kuszetki nikt nikomu nie chciał ustąpić. Starannie odliczano resztę. Żądano informacji. Nogą pilnowano bagażu, który mógł zniknąć w każdej chwili. Po drugiej stronie dworcowej hali wchodzono i wychodzono od Rossmanna z plastikowymi torbami w rękach. W snack-barze trzy młode Rosjanki o włosach w zielone, czerwone i niebieskie pasemka śmiały się głośno z obrazków w kolorowym piśmie.

Drzemał. Echa kobiecego głosu kusiły go nazwami ekspresów jak śpiew syren. Confetti karnawału życia. Słyszał dobiegające z peronów dudnienie kół, trzaskanie drzwi wagonów. Z podziemnego tunelu jak z wielkiego, wyłożonego kremową glazurą rogu Amaltei, wylewały się wciąż nowe fale twarzy, rąk, nóg, plecaków, walizek, laptopów i neseserów. Młody, opalony ksiądz w sportowej bluzie, uśmiechnięty jak reklama pasty do zębów Colgate, z gitarą przewieszoną przez ramię wiódł za sobą grupę skautów w zielonych mundurkach, nad którą kołysał się rogaty totem z suchego korzenia oplątany bluszczem i wstążkami. Tyrs Dionizosa. Ksiądz Jan? Nie, to nie był ksiądz Jan. Przy schodach paru siwawych Niemców w kurtkach z jasnego płótna, w przewiewnych, dziurkowanych butach, czekało na pociąg z „Königsbergu" na „Lichtenberg".

Otulił nogi połą płaszcza. Tłum przepływał przez halę dworca jak niespokojna ławica ryb. Ludzie chodzili szybko. Mieli na sobie ubrania w stu kolorach. Cóż za apetyt na zieleń, żółć, czerwień, srebro i złoto! Ale najbardziej kolorowa noga miała zawsze to samo mętne odbicie w lustrzanych płytach posadzki, które bezgłośnie przedrzeźniało łydkę. Uznał to za dobry znak.

Ocknął się, gdy poczuł lekkie uderzenie. To mężczyzna w mundurze straży miejskiej trącił go butem: – Wstawaj. Było ich dwóch. Prawie niewidoczny w cieniu, skulony, owinięty płaszczem, jakoś się już dopasował do załamań ściany jak nocny motyl drzemiący w pęknięciu kory wielkiego drzewa. Nie miał zamiaru ruszać się stąd. – Wstawaj – powtórzył człowiek w czarnym mundurze. Był wysoki, chudy, śniady, na wąskim nosie błysnęły czarne okulary w metalowej oprawce. Drugi, niski, z nadmiernie grubą szyją, czerwony na twarzy, z jasnymi wąsami i niebieskimi oczami, pochylił się: – Masz dokumenty? Jakub przymknął powieki. Chcą go brać, niech biorą. Podnieśli go. Stał niepewnie. – Gdzie mieszkasz? Wtedy z tłumu wynurzyła się młoda, potargana kobieta z ciężką torbą foliową na ramieniu. Chwiejąc się na nogach, podeszła bliżej: – Czego od niego chcecie? Odczepcie się! On mieszka u mnie! – Idź stąd – strażnik odpychał ją ramieniem, ale ona tylko małpimi gestami przedrzeźniała jego ruchy. – Ja tu mogę stać jak każdy! Też się znaleźli! Potem szarpnęła Jakuba za rękaw: – No, co tak stoisz jak głupi? Chodź! Idziemy stąd! Nie widział jej twarzy. Miała na sobie pomarańczową kurtkę z postawionym kołnierzem. Skołtunione, rude włosy z czarnymi odrostami zasłaniały czoło. Wysoki strażnik powiedział do niskiego: – Znowu ta... – po czym, zniechęcony szarpaniną, machnął ręką. Jakub nawet na nich nie spojrzał. Poprawił płaszcz pod szyją i poszedł za kobietą. Na pomarańczowej kurtce świeciły czerwone litery „Auchan", tajemnicza inskrypcja, której sens – jak mu się wydało – powinien natychmiast odczytać. Ale teraz myślał tylko o jednym: nie upaść.

Gdy wyszli przed dworzec, niebo było usiane gwiazdami. Zadarł głowę i zaczął się śmiać. – Boże drogi... – kręcił głową – jakaś kobieta wyrwała go z rąk strażników i teraz ciągnie nie wiadomo dokąd. Ale było mu wszystko jedno. Szła przed nim chwiejnie z ciężką torbą na ramieniu. Wciąż nie widział jej twarzy. Tylko te ptasio sterczące na wszystkie strony rude włosy. Z pochyloną głową mruknęła: – Szybciej! Bo się rozmyślą i wezmą nas na noclegownię. Słowo „noclegownia" wymawiała tak, jakby wypluwała coś obrzydliwego. Tunelem doszli do ruchomych schodów, wjechali na górę, przeszli obok ceglanych kamienic, skręcili w stronę drzew. Było tu ciemno. Betonowa droga wspinała się na zbocze. Miasto migotało we mgle. Mrowiska świateł pocięte wężykami neonów. Zegar na wieży dworca świecił zielonym blaskiem. Gdy powtórzyła: – Mogli nas wziąć na noclegownię – pomyślał, że skądś zna już ten głos. Tamta z Orzeszkowej? Jak ona się nazywała? Hilda?

Betonową drogą weszli na szczyt wzgórza wznoszącego się nad dworcem. Góra Gradowa była pusta, tylko wiatr szeleścił w trawach i zaroślach. Pamiętał, że gdzieś tu na zboczach, w dzikich kłębowiskach głogu, ostu, czarnego bzu i tarniny, są przysypane gruzem wejścia do pruskich kazamat, zamurowane drzwi do ceglanych piwnic, blaszane tablice straszące zawaleniem, ale szedł za pomarańczową kurtką z napisem „Auchan" jak za pochodnią, która oświetlała drogę do podziemnego świata. Po stromej pochyłości weszli w gęstwinę głogów i tarnin. Hilda uniosła gałęzie. Odsunęła dyktę opartą o mur. Przez uchylone żelazne drzwi wślizgnęli się do ceglanej niszy.

Zapaliła świecę wetkniętą do puszki. Półkoliste sklepienie niszy było pokryte rdzawymi naciekami i siecią zakurzonych pajęczyn. Na tynku ktoś powypalał płomieniem świecy pokraczne rysunki nagich kobiet. Spod warstwy popękanego wapna prześwitywały zatarte gotyckie litery, jakieś wieńce dębowe, czarne orły, swastyki, niewyraźne cyfry, pewnie – pomyślał – godła jednostek, które niegdyś stacjonowały w fortach. W głębi, na betonowej posadzce, leżał kłąb szmat, koce ze szpitalnymi nadrukami, poprzewracane butelki, puszki, jakieś zardzewiałe żelastwo, brudne, upstrzone przez muchy, pożółkłe płachty „Trybuny Ludu", strzępy sowieckiej „Prawdy", kawałki „Volkische Beobachter", „Neues Deutschland", „Rudego Prawa".

Na Gradowej Górze był parę razy w dzieciństwie, lecz nigdy w nocy. Teraz stanął w uchylonych żelaznych drzwiach i patrzył na migoczące w dole światła. Miejsce było zbyt niedorzeczne, by mógł uwierzyć, że jest tu naprawdę. Dobiegające z dołu odgłosy pociągu wjeżdżającego na stację wydały mu się dźwiękami ze snu. Jakby unosił się parę centymetrów nad ziemią. Na wschodzie, za rozlewiskami Żuław, wschodził okrągły księżyc. Ciemne chmury odpłynęły znad wieży kościoła Mariackiego, odsłaniając nad rafinerią świeżo zmytą deszczem czerń nadmorskiego nieba, na której rozsypało się trochę zimnych gwiazd. Przecież to jakiś nonsens. Hilda nawet na niego nie spojrzała. Skuliła się w kącie na płacie falistej tektury, podłożyła pod głowę kłąb gazet owinięty ręcznikiem, zagrzebała się pod kocami. Po chwili zrobił to samo. Podziemna cisza pachniała mokrym wapiennym tynkiem. Spod koca patrzył na płomień świecy. Parę nocnych motyli sfrunęło spod sklepienia i tańczyło nad falującą smużką gorącego powietrza. Zdmuchnął ogień.

Rano obudziło go jazgotanie wróbli w głogach. Dzień był pogodny i wietrzny. Wyszedł na zbocze. Od strony rosyjskich cmentarzy nadpływały nad miasto białe chmury. Wieże św. Katarzyny i św. Brygidy falowały w błękitnej mgiełce. Smuga morza za dźwigami stoczni miała sinawy odcień. Zeszli na dworzec. Ona snuła się przed kasami z wieczną opowieścią o chorej matce i braku pieniędzy na bilet. On zszedł do tunelu przy linii tramwajowej i sam nie wiedząc kiedy, usiadł na posadzce pod ścianą.

I tak już zostało. Wstawali koło południa, coś jedli, potem schodzili na dworzec. Wieczorem wracali do ceglanej niszy. Siadał w tunelu, ustawiał przed sobą pusty kubek po coca-coli. Czasem ktoś wrzucił monetę lub dwie. Czasem chłopak w dresie kopnął kubek i ze śmiechem pobiegł dalej. Uważnie zbierał wtedy rozsypane monety, z powagą ustawiał kubek na posadzce jakby odprawiał sekretny obrzęd. Widział, jak patrzą na niego ludzie przechodzący tunelem. Trochę sobie drwił z ich obojętnych czy złośliwych spojrzeń. Większość udawała, że go nie widzi. Tak było łatwiej. Zanurzał się w szorstkiej anonimowości, której – uświadomił to sobie w jakiejś chwili – zawsze skrycie pragnął?

Honor imienia? Dobre sobie. Po tym wszystkim, co zdarzyło się na Ziemi? Ileż to ludzi – rozmyślał leniwie, postukując pustym kubkiem w posadzkę – uparcie przykręcało śrubkami do swoich drzwi mosiężną tabliczkę z wygrawerowanym imieniem i nazwiskiem. Miliony wizytówek na wytwornym papierze. Miliony fotografii ślubnych. Miliony zdjęć z wakacji. Miliony podpisów w paszportach. A potem? Komin i wiatr. Nawet granitowe nagrobki Niemców z ewangelickich cmentarzy, które miały przetrwać stulecia – ten obraz narzucił mu się z wielką siłą – poszły na betonowe murki do piaskownic. Siedział pod ścianą w czapce naciągniętej na uszy, z postawionym kołnierzem, otulony połami płaszcza, senny, obojętny. Komu by przyszło do głowy szukać go tutaj, w tym szumiącym tunelu, wsrod sprzedawców kradzionych róż, starych pisemek porno, tanich rajstop i horoskopów, świadków Jehowy oferujących „Strażnicę" i akordeonistów z Azerbejdżanu grających godzinami *Pstrąga* Schuberta oraz przeboje Jennifer Lopez.

Któregoś wieczora ktoś podbiegł do niego, pchnął go na ścianę i uderzył w twarz. Uderzenie bardzo go przestraszyło, ale przyjął je bez zdziwienia. Tak jakby to nie on dostał w twarz, tylko jego cień na ścianie. Przez mgnienie pomyślał: – Boże, ten giętki ruch dłoni, błysk paznokci – Janka? Serce zawyło jak zraniony jeleń, bo na jasnym płaszczu błysnęły znajome różowe guziczki z perłowej masy. Usłyszał czyjeś krzyki, ktoś wołał policję, ktoś przeklinał, ale kobieta w jasnym płaszczu szybko wbiegła w tłum. Nie zdążył zobaczyć jej twarzy. Przez moment chciał uciekać, ale tylko czubkami palców dotknął narywającego miejsca, jakby sprawdzał, czy to wszystko dzieje się naprawdę. Uderzenie było mocne, piekące, paznokcie zaczepiły o usta, dolna warga zaczęła puchnąć. Cóż – tłumaczył sobie – sam sobie winien. W końcu usiadł tu, na widoku, w dworcowym tunelu, musiał się liczyć z ewentualnością bolesnych incydentów. Prawdziwy królewicz i żebrak ze sławnej bajki Twaina! Liczył – na co? Że świat go zostawi w spokoju?

Przecież sam jego widok mógł ją doprowadzić do białej gorączki! Natknąć się w podziemnym przejściu, między nędznymi straganami Rosjan, Litwinów i Ukraińców, na byłego męża, znawcę Nietzschego i św. Augustyna, miłośnika wysokogatunkowej wełny od Armaniego i jedwabnych krawatów od Silvera, z którego wykąpanym ciałem tyle razy się obcowało w gorących ciemnościach nocy! Z pewnością w jej uporządkowanym sercu takie spotkanie mogło wzniecić tropikalną burzę z piorunami. Cóż się dziwić! Siadając rano w tunelu, bał się teraz, że ona może pojawić się w każdej chwili. Lecz sama myśl, że to mogła być rzeczywiście ona, sprawiła mu jakąś gorzką, przewrotną przyjemność. Czyż nie zasłużyła na to, by patrzeć na jego upadek?

Były to myśli pozbawione sensu, czy jednak – rozgrzeszył się natychmiast – ktokolwiek z nas naprawdę panuje nad własnymi uczuciami? Po drugiej stronie tunelu karzełkowaty trzydziestolatek w dżinsowej kurtce kiwał się na porwanym dywaniku jak bogobojny Żyd pod Ścianą Płaczu. W dawnych czasach Jakub, idąc tunelem na Wyspę Spichrzów, wrzucał mu do miseczki monetę o wyższym nominale, bo był to prawdziwy mistrz czekania, żywe wahadło, z wielkim taktem odmierzające czas ludzkiej nieczułości.

Teraz ten mistrz czekania popatrzył na niego – jak mu się zdało – z głębokim zrozumieniem. Więc i on też kiedyś dotknął bolesnej tajemnicy? Pomachał mu ręką z wdzięcznością za niemą solidarność w trudnych chwilach.

Czasami widywał w tunelu pisarza, którego książkę kiedyś czytał. Była to nostalgiczna opowieść o niemieckim profesorze anatomii, który stracił ukochaną w katastrofie małego statku „Stern" i po tej stracie długo nie mógł dojść do siebie. Pisarz podchodził do Jakuba statecznym krokiem obywatela punktualnie płacącego podatki, miał krótko przystrzyżoną, siwawą brodę, z przychylnym uśmiechem wrzucał do kubka monetę, po czym, pogodny, moralnie zaspokojony, szedł w stronę miasta albo na perony. Towarzyszyła mu zwykle żona, która nosiła duże, jasne kapelusze o fantazyjnych kształtach i wyglądała pięknie. Jakub patrzył na nich częściowo tylko świadomy, na kogo patrzy. Zauważył, że pisarz, wrzucając monetę, czuł się dużo lepszy od tych, którzy monety nie wrzucali. Jakub skinieniem głowy dziękował mu za szlachetny gest, ale już po chwili zapominał o wszystkim. Oparty plecami o ścianę, zanurzony w szumie tysięcy kroków, poddawał się leniwej fali czasu, która niosła go nie wiadomo dokąd. Czuł, że może jej zaufać. Drzemiąc pod ścianą, niewidzialną gumką wymazywał z obolałej pamięci wszystkie ślady bolesnych wspomnień.

Nie był tylko pewien, czy w ten sposób zmazuje winę, która wciąż jątrzyła się gdzieś pod sercem. Bo takie życie, choć paskudne i przykre, miało w sobie dziwną słodycz, którą smakował teraz jak brudny narkotyk. Nie musiał się bać, że straci pracę. Nie musiał się bać, że dłużnicy nie wpłacą na konto. Nie musiał się bać, że euro spadnie. Nie musiał się bać, że dolar skoczy. Nie musiał nadskakiwać. Nie musiał bywać. Nie musiał załatwiać. Nie musiał udawać. Nie musiał udowadniać. Nie musiał kupować auta lepszego niż auto sąsiadów. Żelazne klamry obowiązku puściły. Siedząc pod ścianą dworcowego tunelu z kubkiem na monety w palcach zdawał się na tajemnicze wyroki przeznaczenia, tak jak zdajemy się na sprawdzonych przyjaciół, którzy na pewno nie opuszczą nas w biedzie, choć wiedział dobrze, że swoim postępowaniem przynosi wstyd nie tylko samemu sobie, byłej żonie, umarłym rodzicom, wszystkim dalszym i bliższym znajomym, lecz także tysiącletniemu miastu, które z pewnością miało prawo spodziewać się po nim dużo więcej.

Zaczął zmieniać miejsca. Popołudniami szedł na Stare Miasto, siadał w podcieniach Złotej Bramy, przykrywał płaszczem nogi i drzemiąc, czekał na brzęknięcie monety wpadającej do plastikowego kubka jak Danae czekała na złoty deszcz. Gdy zobaczył swoje odbicie w szybie księgarni koło teatru, przeraził się. Więc to naprawdę on, jasnowłosy chłopiec, któremu Cyganka w zamierzchłych czasach wywróżyła w ogrodzie willi Tannenheim piękny, wysoki los, a może i szczęście? Włosy skręcone jak dredy, gęsty zarost na policzkach, zaczerwienione, sino podkrążone oczy. Może to i zresztą lepiej. Któż go teraz rozpozna w takiej postaci? Oczywiście mógł się zwrócić o pomoc do doktora Jacka albo doktora N. i z pewnością by taką pomoc otrzymał, ale myśl o tym wydała mu się wstrętna. Więc jednak nie wyzbył się pychy, o której mówił ksiądz Józef? O, święty Aleksy!

Pod arkadami Złotej Bramy przepływały fale ludzi. Poruszali się sprawnie, nie podpierali się rozpaczliwie o ścianę, nie trzymali się za żołądek, nie wymiotowali żółcią, nie wyli z bólu, nie błagali o pieniądze. Przeciwnie: z werwą wymachiwali rękami, żarli prażoną kukurydzę prosto z papierowego rożka, zręcznie spinali włosy złotą klamerką, elastycznie podskakiwali z radiem stereo na ramieniu. Ten widok ziemskiego szczęścia powinien był go ożywić, jak elektryczna iskra ożywiała martwą żabę Galvaniego. Muzyka z kompaktowych płyt, hucząca na straganach przed Strzelnicą św. Jerzego, mocnym rytmem elektronicznej perkusji popędzała serce, by należycie wywiązywało się z obowiązku życia. Ale, nie wiedzieć czemu, coś niedobrego stało się z jego apetytem na życie i nie umiał już konsumować urody istnienia z taką żarłocznością jak dawniej.

Jak towarzysze Odysa w kraju Syren miał uszy zalepione woskiem. Dawniej na odgłos perkusji natychmiast przytupywał do taktu. Bez trudu włączał się w świętą pulsację świata. Rolling Stonesi, Beatlesi. Boski rytm *Satisfaction!* *It's been a hard days night! All we need is love!* Teraz noga spokojnie drzemała poza zasięgiem pokusy. Był *unplaged*. Wyłączony z obiegu jak banknot Deutsche Mark. Wyciągnięty z kontaktu. Fale radosnych dźwięków przepływały przez niego jak ławice śniętych ryb przez Morze Martwe. Ze swojego cienia pod arkadami królewskiej bramy patrzył bez dawnego wzruszenia na sprężyste ciała w kurtkach ze skaju, podrygujące w rytmie funk i techno, choć w uszach błyszczały klipsy z masy perłowej, pachy były spryskane dezodorantem, a rzęsy podkręcone tuszem. O, Dionizosie, cóż za weselne dania! – westchnąłby dawniej. Ale teraz świat oddalił się od niego jak odpływająca Arka Noego. Czasem tylko jakieś dziecko, podprowadzane przez matkę ze słowami: – Wrzuć pieniążek panu – wyłaniało się ze słonecznej mgiełki nad jezdnią niczym czuły wysłannik krainy Dobra, wrzucało monetę do kubka, po czym, zawstydzone szybko uciekało, znikając w chmurze wesołych barw ulicy. Słodki aniołeczek. Nadzieja świata. Sól ziemi. Bał się tylko chłopaków w bejsbolówkach z daszkiem przekręconym do tyłu, którzy przebiegali przez bramę z wyciem i gwizdem, potrącając przechodniów i wyrywając torebki starszym kobietom.

Gdy przez bramę przechodziły studentki prawa, patrzył na nie jak zza szyby. Czarne dżinsy, czarne spódnice, czarne rajstopy, czarne tiszerty, czarne plecaczki – pogrzebowa elegancja seksualnego rozkwitu. Znajome usta, szminka, róż na policzkach, cienie na powiekach. Justyna, Barbara, Hanka, Anastazja. Której by jednak przyszło teraz do głowy wypatrywać go tutaj, w cieniu kamiennych arkad? Słyszał ich śmiech, rozmawiały głośno, machały rękami, parodiując gesty wykładowców (także – rozpoznał nieomylnie – gesty doktora N.), ale i to nie wytrącało go z leniwej drzemki nad plastikowym kubkiem. Był właściwie niewidzialny.

Dopiero w jakieś popołudnie – chyba w piątek – gdy w głębi ulicy mignęła mu sylwetka profesora C., krótki przebłysk lęku zachwiał kunsztowną architekturą obojętności, pozornie odporną na największe wstrząsy tektoniczne ducha.

Profesor C. nie był sam. Środkiem ulicy Długiej szli z nim ku Złotej Bramie członkowie komisji, tej samej komisji, w której Jakub egzaminował na prawie pierwszego lipca. Smukła, jasnowłosa doktor Kublik. Lekko kulejący na lewą nogę doktor Pawelski. Podobny do świeżo przebudzonego misia koala doktor Koterwa. Kudłaty, rozchełstany prof. Mulda w beżowych sztruksach. Gładko uczesany z przedziałkiem, starannie zapięty na wszystkie guziki i zamki błyskawiczne magister Malecki. Bez pośpiechu nadchodzili od strony Ratusza, prowadząc za sobą dostojnych gości – grupę skośnookich mężczyzn w bordowych swetrach ze złotym nadrukiem azjatyckiego smoka, którzy bez przerwy trzaskali zdjęcia aparatami cyfrowymi, rozglądając się dokoła z łapczywością dobrze odżywionych obieżyświatów. Profesor Mulda z tłustym wdziękiem łasił się do najstarszego z nich, wyschniętego na wiór, sztywnego gościa w okrągłych okularach, pewnie jakiegoś vipa z Tokyo University.

W pierwszej chwili Jakub odruchowo zasłonił twarz. Chciał zerwać się ze swojej tekturowej płachty i zniknąć za Strzelnicą św. Jerzego. Ale nagle w głowie zapaliła się zimna błyskawica tryumfu. Szli w jego stronę środkiem jezdni, rozgestykulowani, rozbawieni, roześmiani, rozgadani, uradowani obecnością „japońskich kolegów po fachu", pogodni, od-

187

prężeni, dobrze ubrani, odprasowani, wykąpani, wymyci, na stanowisku, z pensją, z samochodami, z kontem bankowym, z daczą nad jeziorem. Ale teraz pomyślał, że to nie on przed nimi, to oni przed nim będą zdawali prawdziwy egzamin. Wiedział, że wystarczy tylko, że wstanie ze swojej tekturowej płachty, że na oczach wszystkich – oberwany, brudny, zarośnięty – podejdzie do profesora Muldy, obejmie go, ucałuje w usta jak Breżniew Ericha Honneckera, a przerażenie zapali się w tych roześmianych beztrosko źrenicach, w których chytrość walczyła o lepsze z nadzieją na posadę „visiting professora" w Nagasaki! Tak, wystarczy, że podejdzie do nich chwiejnym krokiem rozbitka cudem uratowanego z „Titanica", uprzejmie wyjaśni Japończykom, że jest bliskim współpracownikiem tego tu oto profesora Muldy, wielbicielem jego pedagogicznego talentu, serdecznym towarzyszem podróży przez krainę wiedzy, uszczypnie go w różowe, owłosione ucho, tak, wystarczy, że to zrobi. O, nieśmiertelna *commedio dell'arte!*

Patrzył na nich. W głębi Ratusz, mgiełka upalnego dnia, dźwięk dzwonów, gwar tłumu. Nadpływali w szumie ulicy jak stadko bordowych kaczek sunące po wodzie stawu, trzaskając srebrnymi aparatami, błyskając kamerami wideo, rozćwierkani, najedzeni, łosoś, wizyta na Westerplatte, karczochy, *Sąd ostateczny* Memlinga, beszamel, Żuraw. Profesor Mulda piał z zachwytu nad „Golden Gate", na którą patrzyli, sypał gradem fachowych określeń na ich krótko ostrzyżone japońskie głowy, barok, *concordia, discordia, seventeen century*, Droga Królewska, tradycja, tolerancja, a cienie ich skakały na płytach chodnika jak wróble skubiące owies, chwała, chwała.

Podparł się na łokciu, podniósł się i już miał wstać, gdy naraz – cóż to? – profesor Mulda sięga do kieszeni spodni, wyjmuje elegancką portmonetkę z mosiężnym zapięciem, roześmiany, swoimi białymi palcami portmonetkę otwiera, grzebie w niej przez dłuższą chwilę, mimochodem podchodzi do

Jakuba i niedbale, nawet nie przerywając rozmowy z wyschniętym na wiór japońskim okularnikiem, monetę grubą, solidną wrzuca do plastikowego kubka. Pstryk! Jakubowi serce zamarło. Ale profesor Mulda nawet na niego nie spojrzał, ot tak, po prostu podszedł i wrzucił monetę do kubka jak katolik porządny – niech Japończyk wiedzą, że wiary swojej kryć nie będzie, ubogiego wesprze, jak to u nas we zwyczaju – gdzieżby się tam przyglądał jakiemuś żebrakowi, stoi więc obojętnie, starannie zapina portmonetkę, już chce odchodzić, gdy naraz swoją kudłatą, brodatą twarz zwraca w stronę Jakuba, marszczy brwi, mruży oczy, przygląda się uważniej – i nagle cofa się, jakby gruba moneta, co ją wrzucił do kubka przed chwilą, sparzyła mu palce.

Jakub ukrył twarz w cieniu, ale profesor Mulda cofa się w pośpiechu, jakby nie dowierzał własnym oczom, odchodzi szybko, byle tylko dalej od tej przeklętej Złotej Bramy, byle dalej od tych arkad, od tego kamiennego cienia. I ponaglając krągłymi gestami wielkich dłoni członków wysokiej komisji, ciągnie za sobą ku Wieży Więziennej Japończyków, którzy, nie pojmując, co się właściwie dzieje, śmieją się z jego ruchów pokracznych, niespokojnych!

I Jakub nie musiał już wstawać. Patrząc na odchodzącego w panicznym pośpiechu profesora Muldę, patrząc na komisję oddalającą się szybko ku Wieży Więziennej, na bordowe sweterki Japończyków ze złotym nadrukiem azjatyckiego smoka, roześmiał się cichym, złym śmiechem. Nagle poczuł się lekki, obojętny, pusty. Boski dar – taka chwila! Zapewne było to zwycięstwo. Tylko kogo nad kim?

Taka mała sprawa i apetyt na życie wracał?

# Jakub tańczy

Wieczorami wsypywał monety z kubka do kieszeni i wracał na Gradową Górę. Gdy głód dopadał go nocą, kupował jedzenie na dworcu w sklepach między perfumerią Rossmanna a McDonaldem. Hilda pojawiała się i znikała. Rozmawiali ze sobą niewiele, jak zwierzęta gnieżdżące się w jednej norze. Parę słów przed zaśnięciem, parę słów po przebudzeniu. Czasem zjawiała się z mężczyznami. Jakiś „Morawiński" czy „Kotabiński", łysy, zwalisty, w wełnianej uszatce podbitej sztucznym futerkiem, z dziecięcym dołkiem w brodzie, z wysuniętą twardą szczęką, jakby żółtymi zębami kruszył kamienie na proch. Jakiś „Marianek", ospowaty, sinawy, z rybimi oczami i rudą, tytoniową śliną w kącikach ust. Jakiś „Olo", chudy, fioletowy pod oczami, piejący ze śmiechu jak kogut, z czerwoną szyją pociętą bliznami. Jakiś „Stallone", krępy, żylasty, rumiany, gadatliwy, z siwą czupryną sztywną jak krzak ostu, popychający wszystkich wielką pięścią o startych do krwi knykciach. Szła od nich woń nędzy, starych ubrań, zjełczałego oleju, przeterminowanych lekarstw, gnijącego twarogu, odór żebraczej samowystarczalności, brudu i klęski. Kłótliwi, zajadli, szarpali się o byle co, ale każdy z nich był osobny, zamknięty w szklanej kuli własnego smrodu, obojętny na obecność innych, choć potrzebował ludzkiego ciepła, krzyku i śmiechu. Pił z nimi z zielonych butelek słodkawy płyn o zapachu siarki. Czuł potem ból na dnie oczu.

A kiedy w butelkach pojawiało się dno, Hilda wyciągała z foliowej torby pęknięte lusterko, poprawiała usta karminową szminką, żółtym grzebieniem stroszyła włosy, wiązała na głowie brudne różowe wstążki, palcem robiła sobie rumieńce na policzkach i zaczynała tańczyć. Buty bez sznurowadeł, pomarańczowa kurtka, spłowiałe dżinsy z naszytymi łatami. Jej zęby z kłaczkami szminki na szkliwie zwierzęco połyskiwały w półmroku. Waliła piętami w beton. Jakieś podskoki chwiejne, pokraczne! Spod obcasów fruwały porozrzucane na posadzce kawałki starych gazet. „Pierwszy człowiek na Księżycu", „Prowokacyjne wypowiedzi prezydenta USA", „Rząd Czechosłowacji zwraca się z prośbą o bratnią pomoc", „Przestoje w pracy w portach i stoczniach", „Ukonstytuowała się Wojskowa Rada Ocalenia Narodowego", „Mur berliński runął!", „Atak na World Trade Center". Nie mógł się powstrzymać od śmiechu. Zwariowane wirowanie liter nad ziemią. To była jej biblioteka, którą pilnie czytała w deszczowe dni.

Potem mocnym szarpnięciem pociągała go za sobą: – No, chodź! Na co czekasz? Gdy z przymkniętymi powiekami zaczynali tańczyć jakieś posuwiste, wariackie tango, w którym więcej było gwałtowności niż zabawy – aż chwilami, potykając się o zardzewiałe żelastwo, krzyczał, że ma już dość – tylko dmuchała mu w twarz: – Jak umierać, to z hukiem! Niech ich szlag trafi! Niech skonają! I wybuchała śmiechem.

Dołączał do jej diabelskiej wyliczanki: – Niech ich Gwiazda Piołun spali! Niech ich domy w proch rozwali! Niech ich Bóg na Piekło skaże! Niech ich dusze z Ziemi zmaże! Wzbijając chmurę kurzu uderzeniami obcasów, wirowali pośrodku niszy jak dwa sczepione w walce kolorowe ptaki. Płaszcz Jakuba furkotał. Różowe wstążki trzepotały. Błyskały wywrócone białka. Ale już po chwili, rozdrażniona, zła, odpychała go od siebie jak nakręcaną zabawkę, którą się znudziła. Niech idzie, precz! No, czego tu jeszcze szuka! Jest obcy! Niech stąd znika! Ze światem wirującym w głowie wpadał między stojących pod ścianami mężczyzn, którzy popychali go pięścią, walili w plecy, uderzali kolanem. Rozbawiony, z tanim winem we krwi, nic sobie nie robił z tych szturchnięć.

A ona nie przestawała wykrzykiwać swojej hałaśliwej litanii do niewidzialnych wrogów: – Niech im Niebo łaskę da, niech im deszcz na głowę sra, niech im żona z domu znika, niech im skradną wsio z kurnika! Wykończony tańcem i krzykiem, ledwie żywy ze zmęczenia, sennie przewracał się na zakurzoną posadzkę. Leżąc w pyle widział nad sobą jej skaczące nogi w grubych skarpetach w żółte paski i śmiał się jak chłopiec.

Gdybyż go teraz – w poniżeniu, w wywyższeniu – ujrzeli studenci prawa, którym co piątek plótł o „złu jako braku dobra"! Prawdziwy Sokrates tańczący!

Czasem długo nie mogła zasnąć. – Słuchaj – szarpała go za rękaw, gdy kładł się na swoim posłaniu – oni tam, na Klasztornej – pokazywała palcem niewidzialnych wrogów, kryjących się gdzieś w ciemności – oni tam mi mówią, że ja po śmierci od razu trafię do Nieba. Słyszysz? Od razu! A ja ich mam gdzieś, rozumiesz! Wiesz – przysuwała się do niego – ja jestem sto razy lepsza niż ten ich Bóg. Bo – niech to sobie wreszcie wbiją do głowy! – to nie ja stworzyłam coś tak strasznego jak ten pieprzony świat! Ja jestem nic, śmiecie, brud, gówno, ale – oczy błyszczały jej z wściekłej, nieprzytomnej dumy – to nie ja, do kurwy nędzy, stworzyłam to wszystko! Słyszysz? Ja kradnę, szprycuję się, piję, ale to nie ja mam to na sumieniu! Oni mi mówią, że ja będę zbawiona, że ja będę sobie po śmierci siedzieć w Niebie jak u cioci na imieninach. „Pani Hildo – przedrzeźniała czyjś głos – pani taka biedna, taka chora! Pani dosyć się wycierpiała na Ziemi! Tam, w górze, tylko szczęście wieczne na panią czeka!".

A ja ich pytam wtedy: – To żebym ja mogła sobie siedzieć u Pana Boga za piecem, dobry, niewinny Jezus musiał zostać zamęczony na śmierć? Tak? To ja – słyszycie? – pluję na takie zbawienie! Ja nie chcę iść do żadnego Nieba za taką wredną cenę! Rozumiesz? Tak im mówię! Won! Niech spływają z tym swoim zbawieniem, co na cudzej śmierci niewinnej stoi! Ja nie chcę takiego zbawienia! A ty nie śpij! – potrząsała nim, gdy znowu odwracał się do ściany. – Co jest? Masz mnie słuchać, jak do ciebie mówię! Nie śpij! Boże, co z ciebie za dupek!

Gładził ją po rękach jak roztrzęsione dziecko. – Śpij już, całe to gadanie nie ma żadnego sensu. – Drżały jej usta: – Co nie ma sensu? Co nie ma sensu? Matka mnie nie chce, ojciec mnie nie chce? I bardzo dobrze – krzywiła się z pogardą – niech im będzie! Ale jeszcze zobaczą! Jeszcze pożałują kochanej córeczki! A ty? – nagle pochylała się. Widział nad sobą jej suche, błyszczące oczy. – A ty, gnojku, co tutaj robisz? Skąd się tutaj wziąłeś? Czego tu szukasz? Kobitki ci się zachciało, co? Ze ślubną ci nie wychodzi, to się szlajasz jak ostatni? Z kobitką być chciał? – kokieteryjnie odsłaniała chudziutkie, piegowate ramię jak aktorki na zdjęciach reklamowych.

Zrzucał z siebie koc, miał już dosyć tego błaznowania, wychodził z niszy. Włóczył się w ciemności po trawiastych zboczach Gradowej Góry, potykając się na kamieniach, wpadając na kłujące głogi i osty. Nad miastem błyskało. Gdzieś daleko, nad Żuławami, przetaczały się pomruki burzy odchodzącej na Wschód. Wiał zimny wiatr. Księżyc pojawiał się i znikał. Chmury waliły od strony morza – wielkie, spiętrzone, ołowiane. Ich giętkie cienie przeskakiwały z dachów dworca na dachy multikina jak cienie drapieżnych zwierząt. Potem znikały w czarnych wąwozach śródmieścia. W noclegowni na Klasztornej w paru oknach paliło się światło. Chmury pyłu, wzbijane przez wiatr, wirowały nad Gradową Górą. Kiedy wracał do niszy, zrywała się spod koców: – Nie chce się głupiej słuchać, co? Pospacerować by się wolało? Na księżyc pogapić? To powiedz mi jeszcze, tak jak oni – zaciskała pięści – że Bóg mnie bardzo kocha, że czeka na mnie, że mnie przygarnie do serca. Tak, tak, ja wiem, on mnie bardzo kocha! On z tej miłości do mnie po prostu wytrzymać nie może. A ja sobie nie życzę – rozumiesz! – żeby mnie ktoś taki kochał! Też mi kochanek się znalazł! Mógłby przynajmniej zapytać, czy ja mam ochotę na miłość. Jakże ja mam kochać – w jej oczach pojawiały się łzy – kogoś takiego, kto własnego syna wydał na męki? I jeszcze z góry przyglądał się, jak jego własny syn na krzyżu umiera? Ja nie chcę żadnej miłości od kogoś takiego! Niech znika! Niech się odczepi! Niech mi da spokój! – Okrywał ją kocami, ale rzucała się jak poranione zwierzę. W kącikach ust strzępki gęstej, żółtawej śliny. – Oni wszyscy są dobrzy. Miłość, miłość, tylko o miłości gadają. A jakby tak poznali mojego ojca, jakby tak dowiedzieli się, co mój ojciec ze mną robił, to by inaczej zaśpiewali. Drań! Niech zgnije! Niech nogi połamie!

– A zresztą – przygładzała potargane włosy – to nieprawda, to wszystko nieprawda, ja tylko tak mówię, bo spać nie mogę. On jest dobry i dla mnie, i dla matki. Ale ma dużo zmartwień, to czasem i uderzy, ale nie za mocno, ot, tak tylko, z nerwów. I nawet daje trochę pieniędzy. To ja – targała włosy, wybuchając piskliwym wrzaskiem jak chłopka lamentująca na pogrzebie – to ja – słyszysz? – jestem podła, głupia, wredna, to ja jestem śmieć, gówno. On czasem nawet jakieś ubranie da, dobry. Tylko się gryzie, bo pracy żadnej nie ma. To ja jestem nic, to ja, nie on...

Potem wyciągała spod koca nóż z nadłamanym ostrzem, podwijała rękaw, przykładała ostrze do żyły na przegubie.
– Ja im wszystkim ucieknę, zobaczysz. O tak, tu przyłożę.

Tu, bliziusieńko. Widzisz? Tutaj! – przyciskała nóż do skóry – A potem raz i po wszystkim! Starał się zachować zimną krew. – No – zachęcał ją cicho – no, na co czekasz? No, tnij się wreszcie! O – załamywał ręce – świat cały umrze z rozpaczy, że jakaś brudna, pieprzona Hilda przerżnie sobie żyły. Tak, cały świat zapłacze, sam arcybiskup w kościele Mariackim pogrzeb uroczysty z orkiestrą wyprawi, katafalk ze srebrną kapą i sześć czarnych koni da. No, na co czekasz! No, tnij się!

Powoli odsuwała ostrze od ręki. – Głupi – kręciła z politowaniem głową – myślał, że ja się zabiję. Jeszcze by czego! Ja miałabym sama się zabić? O, tyle – przykładała pięść do ręki zgiętej w łokciu. Ostrze błyskało w ogniu świecy. – Takiej przyjemności to ja im nie zrobię. O, ja będę sobie żyła ze sto lat albo i więcej. A ten, głupi, myślał, że ja się zabiję. I to jeszcze na jego oczach! Koneser! – pogroziła mu palcem. – Popatrzeć by chciał, jak krew ze mnie sika na ścianę, co? O, ty świnio pieprzona! A idź w cholerę! Znalazł sobie multikino. – Z podłogi zasypanej starymi gazetami patrzyły na nią pożółkłe zdjęcia Stalina na placu Czerwonym, papieża na placu św. Piotra, Marylin Monroe w słynnej sukience podwiewanej podmuchem ciepłego powietrza z metra, Saddama Hussajna z pistoletem w uniesionej dłoni, matki Teresy z Kalkuty wśród hinduskich nędzarzy.

O północy wślizgiwała się do niego pod koc. Szedł od niej kwaśny zapach taniego wina, woń suchej trawy, drzewnego popiołu, gorzkiego dymu z ogniska, niedomytej skóry. Była gwałtowna, niecierpliwa. Wsadzała ręce pod sweter, pod koszulę, rozrywała guziki, błądziła dłonią po piersiach i brzuchu. – No, nie broń się! No, pokaż ten swój pastorał, królu, księciu. No, nie pytaj, co Ameryka może zrobić dla ciebie, pytaj, co ty możesz zrobić Ameryce. No, daj siłę twojemu ludowi – kładła rękę na ciepłej kępce włosów w dole brzucha – daj twojemu ludowi błogosławieństwo pokoju. Nie pytaj, komu bije dzwon. Ten dzwon bije tobie. Zrób to, co tak wielu, zawdzięczało tak niewielu. No, na co czekasz, mój księciu!

Wcale się nie bronił. Wino szumiało w głowie, obraz był mglisty. Chętnie oddawał się tej bełkotliwej istocie, która zachowywała się tak, jakby w ogóle nie istniał. Pchała gorący język do ucha, szczypała zębami policzek, gryzła w szyję. – Zjem cię całego! Jak kremówkę papieża z Wadowic! – sunęła dłonią po udach. – O, piękny śnie! – piała z zachwytu. – Co ja tu widzę? Proletariusze wszystkich zakładów, łączcie się! Oto ciało moje i krew moja! Ich bin Berliner! – sięgała mu do spodni. – Precz z żelazną kurtyną! Ich bin Berliner! Zburzyć ten pieprzony mur! Churchill, Churchill, spuść ta bania, bo to nie do wytrzymania! – Wchodził w nią gwałtownie, po omacku, wydawała głośny, teatralny okrzyk, przewracając oczami jak lalka Barbi. – Nareszcie! Mały krok człowieka, a wielki krok ludzkości! Ich bin Berliner! Gott mit Uns! Mocniej! No, dawaj! Wpieriod! Za rodinu, za Stalinu! Ich bin Berliner! – zanosiła się dzikim śmiechem. Czuł pod sobą drżenie drobnego ciała, słyszał urywany skowyt, krótki spazm.

Wiatr uderzał w żelazne drzwi niszy. Na trawiastych zboczach Gradowej Góry przewalały się chmury kurzu. Zimne podmuchy szły przy ziemi krętymi smugami, przygniatały trawę, szarpały gałęziami dzikiego bzu. Sztorm nadciągał z Północy, nabierał rozpędu, wył w krzakach tarniny, wzniecał wiry powietrza, zasłaniał i odsłaniał gwiazdy. Gdzieś daleko, w huczących głębinach niewidocznego Bałtyku, na piaszczystym dnie pod uderzeniami wzburzonej wody przewracały się wraki zatopionych statków. Z zardzewiałego kadłuba „Gustloffa" wysypywały się sterty pokruszonych kości. Zaryty w piach prom „Estonia", spychany przez morskie prądy, przechylał się na prawą burtę. Z rozwartej furty dziobowej zjeżdżały w topiel przeżarte rdzą samochody z trupami szwedzkich, rosyjskich i estońskich turystów. W spalonych barkach u ujścia Wisły szkielety uchodźców z Ost Preussen przewracały się z boku na bok, szukając dogodniejszych miejsc na żelaznej podłodze ładowni, by wreszcie usnąć na zawsze. Czarne od rdzy, zapomniane przez wszystkich sowieckie łodzie podwodne, spoczywające w warstwach mułu na dnie Zatoki, ostatkiem sił dźwigały się ze swoich legowisk, pełzły przez gąszcze wodorostów w stronę świateł miasta, ale zamierały w pół drogi pod naporem wstecznych prądów, nie dopływając do brzegu. Kapitan Marinescu krążył znów po Bałtyku na swojej łodzi S-13, wypatrując w ciemności okrętu szpitalnego z tysiącami kobiet, dzieci i esesmanów na pokładzie.

A potem, gdy wiatr ustawał i świeca przestawała falować w puszce przy drzwiach, żarli czekoladę, którą ukradli w nocnym sklepie. Nic o niej nie wiedział. Leżeli obok siebie. Miał tuż przy sobie jej drobną twarz, brązowe oczy z ciemniejszą tęczówką, usta spierzchnięte, popękana skórka na dolnej wardze, włosy piórkowate, rudoczerwone, wąziutkie dłonie, połamane brudne paznokcie. Wodził wskazującym palcem po jej brwiach, bawił się zaróżowionym koniuszkiem ucha, dotykał delikatnie gołych obojczyków pod piegowatą skórą. Udawała, że śpi, potem nagle gryzła go w palec, lekko, zaczepnie, jak kot. Zęby wąskie, ostre, ze śladami tytoniu na szkliwie. Świeca pełgała przy drzwiach słabnącym płomieniem.

Zamykał oczy. Dzieciństwo, czas pierwotny, wygnanie, którego nie uleczy nawet dotyk matki, wszystko to układało się w nim jak dobry, krzepiący sen. Wyjęty z czasu, uwolniony od strachu, bez planów i nadziei, ze ściśniętym gardłem odkrywał, że człowieczeństwo jest tylko szarpiącym doświadczeniem utraty, niczym więcej.

Leżąc przy niej, czuł się jak chłopiec, który uciekł z domu.

Kiedyś – było to w czerwcu, noc bezchmurna, cicha – wymknął się z willi Tannenheim i pustymi ulicami pojechał tramwajem na dworzec. Bezdomność, jakiej doznał w chwili, gdy wszedł do dworcowej hali, wydała mu się szczęściem. Zawieszenie w czasie – dar, którego ludzkość szuka daremnie przez stulecia – wprawiło go w stan boskiego drżenia. Był po raz pierwszy w życiu zupełnie sam, siedział w środku nocy na drewnianej ławce pośród nieznanych ludzi, miał w kieszeni zawiniętą w pergamin bułkę z serem, która miała mu starczyć na całe życie. Ten dworzec – oszklona hala z secesyjnym witrażem, żelazne sklepienie, sygnałowe światła za mętną szybą – był prawdziwym miejscem ocalenia, choć gdyby go ktoś zapytał, o jakim to ocaleniu myśli, pewnie by nie wiedział, co powiedzieć.

Ze swojej ławki patrzył na ludzi schodzących po kamiennych schodach do podziemnego tunelu prowadzącego na perony. Całym ciałem czuł delikatną wibrację tłumu. Chciał być uniesiony przez tę żywą rzekę twarzy, rąk i nóg, która znikała pod ziemią, choć dokąd ona płynie, nie wiedział. Nagle przeniknęło go bolesne uczucie międzyludzkiego braterstwa w tajemniczej podróży do nikąd, aż mu łzy napłynęły do oczu. Piękne chwile dzieciństwa! Jakże niewiele trzeba, żeby się tak rozczulić nad sobą, ludźmi i biednym światem! Od razu pomyślał o ojcu i matce. Przecież oni – uświadomił sobie z przerażeniem – myślą, że w środku nocy uciekł z domu, by porzucić ich na zawsze! Jak mógł zrobić im coś takiego!

Do domu wrócił nad ranem. Morze było już jasne. Zorza rozlewała się nad ciemną kreską Półwyspu, tylko nad willą Tannenheim świeciło jeszcze kilka blednących gwiazd. Wszedł do sieni na palcach, zdjął w przedpokoju buty i kurtkę, strząsnął krople rosy z rękawa. Miał wrażenie, że rodzice na pewno słyszą jego kroki, tylko udają, że śpią. Potem na palcach wszedł do kuchni. Na stole leżała odwinięta ze sreberka tabliczka czekolady, która – domyślił się – czekała właśnie na niego. Na zawsze zapamiętał tamtą chwilę: niebo blednące nad willą Tannenheim i ten radosny, słodki zapach. Czekolada i gwiazdy! Światło nocy zmieszało się w jego pamięci z radością powrotu do domu. Ale piękna była też tamta chwila na dworcu, gdy zupełnie sam, jak wędrowiec z gotyckich obrazów, wszedł do oszklonej Arki ze skrzydlatym kołem na szczycie niderlandzkiej fasady i na drewnianej ławce razem z nieznajomymi ludźmi czekał na zbliżający się potop, w którego wodach – jak marzył – miało zniknąć całe złe miasto.

Teraz obrazy tamtego chłodnego poranka krążyły mu w głowie jak ćmy wokół płomienia świecy. Dziecięca czułość, skrywana pod wrogością wobec świata, zalała serce podstępnym, bolesnym wzruszeniem. Dotykając palcami rudych, płomykowatych włosów, roztkliwił się nad Hildą, nad całą biedną Ziemią i oczywiście nad sobą. Słodkie wzruszenia! Na szczęście Hilda mocno szturchnęła go małą pięścią w ramię.

Gdy zaczęły się suche, bezwietrzne dni, szli razem na rosyjskie cmentarze.

Wchodziła między rzędy czerwonych gwiazd odlanych z betonu i czarnymi od rdzy nożyczkami ścinała dziko pleniące się na ścieżkach dziurawce, krwawniki, łodygi polnego maku, mlecze, chabry, piołuny. Potem suszyła to wszystko na słońcu. Mówiła, że korzeń wyrwany z grobu ma w sobie wściekłą chęć życia; to dlatego tak krzyczy pod palcami śliskim piskiem, gdy wyrywa się go z ziemi.

Na Gradowej Górze znała miejsca, gdzie płytko pod darnią, jak listy wsunięte do cienkiej koperty, leżały szkielety rosyjskich, niemieckich, polskich, francuskich, husyckich, szwedzkich i Bóg wie jakich jeszcze żołnierzy. Kto ich tam zresztą policzy! Pokazała mu kilka zapadlisk w trawie na wschodnim zboczu. – To tu – położyła palec na ustach. – Tu sobie leżą. Jak przyłożysz ucho do ziemi, to usłyszysz, jak chrapią. Dużo ich. A w nocy przewracają się z boku na bok. I pierdzą – wybuchała śmiechem. – Sam sobie posłuchaj! Czasami widział, jak schylona nad ziemią przemawiała do kogoś szeptem. – No,

Iwanie, jak ci tam? Zimno? Poczekaj troszkę, lato cię ogrzeje! A ty, Adolfie, co tak drżysz? Zaraz cię przykryję. I rękami nagarniała ciepłą od słońca ziemię z suchych kretowisk na wypłukane miejsca, spod których wystawały kawałki czyichś biednych kości. Wieczorami, w świetle młodego księżyca, wylewała z zielonej butelki trochę taniego wina na te dziwne groby, o których świat zapomniał i groziła palcem, żeby pili z umiarem. Po tamtej stronie zdrowie jeszcze potrzebniejsze niż tutaj!

Gdy szli ścieżkami, zawsze omijała żółtawe kamienie wystające spod ubitej ziemi – kto wie, może to czyjeś ledwie przykryte głowy, które po burzliwej nocy wypłukał deszcz. – O, tu – rozchylała gałęzie dzikiego bzu – źli ludzie zakopują utopione szczenięta i kocięta. A tam, w tamtej rozpadlinic, pod tamtymi głogami, biedne matki zagrzebują w foliowych torbach niemowlęta zaduszone po porodzie. – Ale jemu nic do tego, bo to wolno wiedzieć tylko kobietom. – A te dzieci na wiosnę odżyją, wyjdą spod ziemi jak przebiśniegi, trzeba będzie je zbierać i odnosić do św. Łazarza, żeby się drugi raz nie zmarnowały. I będą jeszcze ładniejsze niż za życia! Bo ziemia ich nie krzywdzi, jak te kurewskie matki. Ja bym im dupę skopała do krwi.

Nie wiedział, czy błaznuje, czy wierzy w to wszystko. Kiedyś zobaczył, jak w zapadlisku pod spalonym klonem rozlewa na ziemi świeże mleko z pudełka, które ukradła w nocnym sklepie: – No, pijcie, pijcie – szeptała do siebie. – Jak nie starczy dla wszystkich, to jeszcze przyniosę. Wspinając się po zboczach z workiem liści i traw, poruszała się jak we śnie – śmierdząca tanim winem, mrużąca oczy od słonecznego światła, z rudymi płomykami potarganych włosów na głowie – ale zawsze umiała trafić na miejsce, którego szukała.

Rano wspinała się na szczyt Gradowej Góry i waląc piętą w krawędź urwiska, machając rękami, gwiżdżąc na palcach, wypłaszała spod ziemi jaskółki: – No, pokażcie, co potraficie! Wylatywały z piskliwym świergotem spod piaszczystych obrywów zbocza. Ich cętkowane jajka, leżące w piasku, ostrożnie wkładała z powrotem do dziur w urwisku. Ptaki, przerażone widokiem pomarańczowej kurtki furkoczącej na wietrze, wirowały nad jej głową błyskami czarnych skrzydeł. Biegł za nią, ściągał z urwiska, ale wyrywała rękę. Cóż to znowu? Co od niej chce? Jakie ma prawo? Jest obcy, przybłęda i chce się tu rządzić? To przecież ona może go stąd przepędzić. Wystarczy, że krzyknie na mężczyzn, a oni już będą wiedzieli, co z nim zrobić.

Tu, na szczycie wzgórza, nagle – co śmieszyło go i napełniało rozdzierającą litością – z jakąś bezczelną siłą, wyprostowana, z błyszczącymi nienawistnie oczami, zdawała się królować nad tym kawałkiem świata między gmachem sądów a rosyjskimi cmentarzami. Sieroca władczyni Gradowej Góry, poniżona, zdeptana, odarta z insygniów. Jeszcze chwila, a stanie nad tym przeklętym miastem, wypuści czołgi na ulice, złamie każdy strajk, zrobi im taki stan wojenny, że popamiętają! Żaden pomnik zabitych stoczniowców im nie pomoże! A Wałęsę wsadzi do pudła razem z Jaruzelskim! Niech sobie pograją w warcaby przez pięćdziesiąt lat! A ten Osama bin Laden miał rację!

Dobrze, dobrze, głaskał ją po ramieniu, tylko zejdź stąd, bo spadniesz. Pochylona nad urwiskiem, odpychała go, wołając coś do ptaków. Wiatr wiał nad Gradową Górą, prósząc nasionami perzu i puchem dmuchawców. Morze na horyzoncie za stocznią ciemniało granatową smugą. Tylko chmury – białe, spuchnięte cumulusy, nadciągające znad Atlantyku, znad Morza Północnego, znad Danii – przewalały się nad rosyjskimi cmentarzami wielką kawalkadą i gnały po niebie w stronę dworca, kościoła Mariackiego, Wyspy Spichrzów, wyspy Holm, nad Westerplatte, nad ujście Wisły, nad aluminiowe wieże rafinerii z wiecznym gazowym płomieniem, a potem dalej, nad Żuławy, nad lśniące wody Zalewu Wiślanego, nad Królewiec, nad Rosję, nad Ural.

Gdy słońce zachodziło, na tle gasnącego nieba widział, jak wracała z miasta. Wspinając się po zboczu wśród tarnin i głogów, zrywała pośpiesznie łubiny, lwie paszcze, rumianki, by zdążyć przed zmrokiem, który nadciągał znad Żuław. Wierzyła, że koniec dnia, krótka chwila między światłem i ciemnością, moment zerwania, kiedy świat jeszcze się waha, co wybrać: życie czy śmierć, sprzyja zachowaniu w roślinach ukrytej mocy. Ruszał za nią, bo w szarzejącym półmroku mogła spaść z urwiska. Gdy schodzili do ceglanej niszy stromą ścieżką obok zburzonego fortu, żuła świeże łodygi dzikiego maku, śmiejąc się z cicha, że to lepsze niż amfa.

Wtedy jej zęby zieleniały, a ślina w kącikach ust robiła się brunatna, jakby nażarła się mokrej ziemi zmieszanej z rudym igliwiem sosen.

# Jakub schodzi w ciemność

W ścianie ceglanej niszy któregoś wieczora spostrzegł niewyraźny zarys drzwi do dalszych pomieszczeń fortu. Były zamurowane białą cegłą. Zakrzepły cement wypływał ze szczelin jak sople brudnego lodu. Ileż to razy w dzieciństwie słyszał opowieści o żołnierzach, którzy nie zdążyli uciec na Zachód przed armią nadciągającą ze Wschodu i – jak mówiono – wciąż ukrywają się w głębi Gradowej Góry. Pamiętał, że byli nawet tacy, co przysięgali, że na własne oczy widzieli czarne sylwetki ludzi o pałających głodem oczach, którzy w podartych mundurach esesmańskich, z bagnetami w ręku, wychodzili nocą spod ziemi i szukali czegoś na trawiastych zboczach. Słodkie strachy dzieciństwa. W starych domach koło dworca – mówiła ciotka Zofia, znacząco ściszając głos – opowiadano sobie o niewyjaśnionych zaginięciach młodych kobiet na osiedlu za rosyjskimi cmentarzami. Co jakiś czas ktoś odkrywał na ścieżkach pod murami fortów ślady podkutych butów, które wiodły od zardzewiałych drzwi kazamat przez gąszcz dzikiego bzu w stronę stawu i znikały w zaroślach przy gmachu sądów. Cóż się dziwić, że mało kto kręcił się po zachodzie słońca na zrujnowanych bastionach.

Gdy nadchodziła noc, kładł się pod ścianą i palcami wodził po tynku. Hilda spała pod kłębowiskiem koców. W żółtym świetle świecy wszystko zdawało się zamierać. Krew nie chciała popychać serca, serce nie chciało popychać krwi. Zakurzone pajęczyny falowały nad płomieniem. Ćmy, zmęczone wieczornym wirowaniem, przywierały do tynku jak spalone liście. Suche wapno sypało się spod paznokcia jak popiół. Patrząc w sufit, czuł nad sobą ciężkie masy ziemi, w której wydrążono ceglane tunele. Przytłaczająca ciemność. Splątane korzenie. Granitowe głazy. Żwir.

We czwartek koło dziesiątej, gdy jeszcze spał, do niszy weszło kilku mężczyzn w skórzanych kurtkach i dresach. Kopnęli go w plecy, przycisnęli kolanem, wyciągnęli z kieszeni wszystkie monety, jakie miał. Wyrwany ze snu, półprzytomny, obolały, z wykręconymi rękami, patrzył w przerażeniu na to, co robili z Hildą. Nawet nie krzyczała. Tylko zamknięte oczy, warga przygryzana z bólu, czerwone otarcia na gołym łokciu. Zresztą potem śmiała się jakimś niedobrym śmiechem, mściwie, z pogardą. Skulona, z kolanami pod brodą, odwrócona do ściany, jak chore zwierzę w gnieździe z cierni, wymiotowała żółcią i nie chciała mu spojrzeć w twarz. To było gorsze niż cokolwiek. Chciał ją okryć kocami, ale odepchnęła go. Czego chce? Niech spływa! Nie jest lepszy od tamtych! Zaczęła coś mówić o matce, gwałtownie, wściekle. Przeklinała ojca. Przysięgała, że podpali całe to kurewskie miasto, które już dawno powinno zapaść się pod ziemię. Biła pięścią w ścianę. Tak, zrobi to! Drżały jej palce, gdy z plastikowej butelki nalewała wodę do kubka. Musiała mieć gorączkę. Koło trzeciej spadł deszcz. W zaroślach głogu szumiały krople. Woda spadała na posadzkę przy wejściu do ceglanej niszy.

Gdy przestało padać, wyszedł na zbocze. Drzewa na Gradowej Górze parowały. Wieża kościoła Mariackiego unosiła się nad jeziorem mgły. Miasto wyglądało jak przesłonięta przezroczystą zasłoną szachownica do gry, której reguł nikt nie zna. Mokre dachy dworca lśniły. Pod wieczór Hilda zaczęła kaszleć. Chciał ją zaciągnąć do szpitala na Nowych Ogrodach, ale był zbyt zmęczony, by się ruszyć; zresztą nie chciała nawet o tym słyszeć. Położyła się w swoim kącie. Deszcz szumiał w głogach. Oddychała z trudem. Podał jej wodę, ale odepchnęła kubek. Usiadł pod ścianą i przez szparę w żelaznych drzwiach patrzył na krople spadające z gałęzi. Nie mógł sobie przypomnieć, skąd się tu wziął i po co tu jest.

– Tak – myślał – gdyby nie to przeklęte strzelanie zdjęć aparatem Minolta na Śnieżce, gdyby nie ta dzika pasja robienia przy każdej okazji meksykańskich sałatek, szklane źrenice w chwilach erotycznego uniesienia, kozackie okrzyki podczas jazdy na rowerze w kolorze różu pompejańskiego (*Doktor Żiwago* z Julią Christie oglądany na wideo), gdyby nie te dezodoranty, tusze, pudry, płyny, wody kolońskie, cała ta szklana bateria na półce pod lustrem, gotowa w każdej chwili trysnąć żrącymi pachnidłami prosto w oczy – gdyby nie to wszystko, nie siedziałby tutaj. Złote flakoniki, buteleczki, pudełeczka, fiolki! Jego zgrabna maszynka do golenia z oksydowanego metalu wyglądała przy tej paradzie wytwornego szkła jak nędzna, spalona limuzyna na skraju błyszczących drapaczy Manhattanu. Wszystko to miało go poniżyć, sprowadzić do parteru. Różowa gąbka – znak okupacji łazienki na godzinę. Szorstka niebieska myjka do ujędrniania piersi – zwycięstwo ducha nad materią. Pumeks do ścierania pięt – oskarżenie stóp o brak ambicji. Tak, gdyby nie to, wszystko byłoby inaczej – dywagował półprzytomny, wiedząc, że plecie głupstwa.

Bo potem nagle odbierało mu oddech jakieś zatykające gardło, zwierzęce łkanie. Boże drogi, jak mógł ją o cokolwiek oskarżać! Niech lepiej zastanowi się, jakim to cudem wytrzymała z nim tyle lat! Kochana, wyrozumiała, czuła, cierpliwa, dobra, mądra. Powinien błagać ją o przebaczenie, a nie siedzieć w tym bezsensownym miejscu. Bo cóż sam jest wart? No, przecież nic.

Dopiero gdy zasypiał, doznawał chwili ukojenia. Ale ona potrafiła się przedrzeć nawet do bezpiecznej przystani snów. Drzemiąc pod kocami, widział, jak ubrana w różowy płaszcz z perłowymi guziczkami, smukła, czarnowłosa, w pantofelkach na wysokim obcasie, wchodzi do ceglanej niszy (a więc jednak wyśledziła jego pustelnię!), krzywi się na widok pajęczyn wiszących pod sufitem i już po chwili – tak! – zabiera się do sprzątania! Zmiata na różową szufelkę fruwające wszędzie przeźroczyste strzępki jego skóry, zbiera pogniecione kawałki „Trybuny Ludu", „Neues Deutschland" i „Prawdy". A potem – jakby tego było mało! – spokojnie przybija do ceglanej ściany buty na długich sznurowadłach oraz oprawione w srebrne ramki własnoręcznie wykonane luksusowe zdjęcia Gór Stołowych! Włoskie, hiszpańskie, angielskie półbuty zaczynały kroczyć po wapiennym tynku niczym tłuste, połyskliwe karaluchy. Sznurowadła unosiły się jak jadowite owadzie wąsy. Ślubne lakierki z bielutkiej skórki odrywały się od betonowej posadzki i jednym skokiem rzucały mu się do gardła...

Rano półprzytomny, niewyspany, ruchomymi schodami zjeżdżał na dworzec, siadał w tunelu, owijał nogi połami płaszcza. Przepędzany przez miejskich strażników, znowu wracał na swoje miejsce. Sprzedawca horoskopów, smagły, wesoły, wiecznie podpity Ukrainiec, handlujący lornetkami sowieckiej armii, witał go machnięciami dłoni. Złote sygnety na palcach. Akordeonista z Gruzji, tłustawy brunet, wygrywający czastuszki na niemieckiej harmonii (wiecznie przytupująca noga w adidasie), śmiał się do niego szeroko ustami pełnymi śnieżnobiałych zębów. Tłumy przepływały tunelem jak rzeka po wielkim deszczu. Ludzkość szukała nowych dróg. Tysiące oczu żarliwie wpatrzonych w przyszłość. O zmierzchu szybko wracał na Gradową Górę do ceglanej niszy. Niech świat zapomni o tych, którzy umieli zapomnieć o świecie! Tamci zjawili się znowu po paru dniach. Najpierw usłyszał ich głosy. Nawet się nie kryli. Szarpnęli drzwi, które w nocy mocno podparł żelaznym prętem. Hilda podniosła głowę. Półprzytomna, patrzyła na wszystko niewidzącym wzrokiem. Wstał, podszedł do drzwi, ale gdy powiedział, żeby dali spokój, pchnęli drzwi z całą siłą. Uderzony w ramię, upadł na plecy. Stali w słońcu. Czterech. Kurtki, dresy, bluzy z nadrukami. Z kijami w rękach. Zapalili szmatę nasączoną jakimś świństwem, rozkręcili nad głową, wrzucili do środka: – Masz tu siedzieć, śmieciu. Sypnęły iskry. Hilda krzyknęła. Zadeptał ogień butami, ale tamci wrzucili jeszcze jeden płonący strzęp i zatrzasnęli żelazne drzwi. Niszę napełniły kłęby żółtego dymu.

Cofając się, pociągnął za sobą Hildę. Nic nie widział w żółtej mgle. Wyciągnął rękę, ale natrafił tylko na zamurowane wejście do podziemi. Rzucił się z powrotem w stronę żelaznych drzwi. Pchnął, ale tamci trzymali mocno. Słyszał ich krzyki: – Śmieci, do gazu! – Ramieniem uderzył w drzwi, znowu pchnął. Tamci cofnęli się, bo dym zaczął sączyć się ze szpar. Drzwi puściły. Roztrącił ich, pobiegł z Hildą w dół, przez krzaki, w stronę dworca, ale kijem podcięli mu nogi. Jeden, nalany, z czerwoną twarzą i białymi rzęsami, kopnął go w usta. Poczuł krew, upadł, skulił się, zasłonił twarz, dostał w skroń. Stracił przytomność, a oni ciągnęli Hildę po ziemi pod ceglany mur fortu i ten z czerwoną twarzą wylewał jej na głowę, na szyję, na twarz jakiś zielony płyn z plastikowej butelki. Krzyknęła, płyn wlał się do ust, zakrztusiła się. Ten z czerwoną twarzą wyjął zapalniczkę, pstryknął, rzucił na jej skulone plecy, ogień buchnął w górę niebieskawymi płomieniami, rozszerzył się na całą kurtkę z napisem „Auchan", ogarnął włosy, zwinęła się z bólu, krzyczała przeraźliwie, zasłaniając twarz dłońmi, ale dłonie też się paliły. Swąd poparzonego ciała. Włosy skręcały się w płomieniach. Ten z czerwoną twarzą, zatykając nos palcami, rzucił w nią pustą butelką, która wybuchła w ogniu, pryskając kawałkami płonącego plastiku. Dopiero teraz spostrzegli, że Jakub na nich patrzy. Ostatkiem sił zerwał się z kupy gruzu i przez chaszcze pobiegł w górę, do ceglanej niszy. Otoczyli go, zapędzając do uchylonych, żelaznych drzwi, z których wypływały kłęby żółtego dymu. Przerażenie dodało mu sił. Wbiegł do środka, zachłysnął się żółtą mgłą, natrafił na zamurowane wejście, po omacku chwycił z posadzki żelazny pręt, uderzył w mur raz, drugi, białe cegły posypały się z chrzęstem. Chłodne, podziemne powietrze buchnęło z dziury wybitej w ścianie. Na kolanach wślizgnął się do środka. Spadł w ciemność na rumowisko gruzu. Obejrzał się. Wpełzali za nim do podziemia przez świeżą wyrwę, coś krzycząc i nawołując się, ale nawis butwiejących cegieł oberwał się spod stropu i zasypał wejście.

Wszystko znikło. Ciemność. Nie widział nic. Strach popchnął go naprzód. Powoli, na kolanach, macając przed sobą dłońmi, popełznął w dół. Pod palcami jakieś papiery, szmaty, kawałki żelastwa, szkło. W głowie szumiało. Poczuł mdłości. Wciąż widział płonące włosy, słyszał przeraźliwy krzyk, czuł straszny swąd poparzonej skóry.

Za sobą usłyszał chrzęst usypywanych cegieł. Wcale nie pchali się pod ziemię. Zawalali wejście gruzem, żeby tu zgnił.

W kieszeni namacał kawałek złamanej świecy, tekturowe pudełko. Drżącymi palcami zapalił zapałkę. Świeca rozjaśniła wysokie wnętrze z żebrowanym sklepieniem, wspartym na kilku filarach. Nie mógł złapać oddechu. Serce skakało w piersiach. Na ceglanej ścianie ujrzał zatarty rysunek cesarskiego orła, wieniec dębowych liści, wyblakły napis WASSER, potem długą strzałkę wymalowaną białą farbą na cegłach. Rozdygotany, z trudem przypomniał sobie, że podczas wojny w fortach na Gradowej Górze stacjonowały baterie artylerii przeciwlotniczej broniące stoczni przez nalotami aliantów. Otrzepał ręce z ceglanego pyłu i ostrożnie, przy każdym kroku patrząc pod nogi, ze świecą uniesioną w palcach zaczął schodzić w dół po betonowych schodach wąską sztolnią, w której wisiały długie liny wyciągu i zardzewiałe łańcuchy. Odnalazł wejście do pochyłego tunelu. Zardzewiałe szyny, wmurowane w betonową posadzkę, znikały w ciemności. Szedł pod niskim, popękanym sklepieniem, prętem sprawdzając przed sobą dziury w posadzce zasypane kawałkami pokruszonych cegieł. Powietrze pachniało wilgotnym wapnem i pleśnią.

Potem usłyszał nad sobą stłumione dudnienie pociągu. Posadzka drżała. Na włosy posypały się kawałki pokruszonego tynku. Podniósł głowę. Tunel najpewniej przechodził pod torami kolei. Miał teraz nad sobą perony dworca i gmach z niderlandzką fasadą. Postał chwilę, czekając, aż dudnienie ucichnie. Potem ruszył dalej. W myślach obliczał odległości. Złagodziło to trochę strach. Z nachylenia posadzki i załamań muru wnioskował, że tunel najpewniej skręca pod dworcem na wschód, w stronę śródmieścia. Przez moment nawet pomyślał, że zbudowano go po to, by forty na Gradowej Górze połączyć z pruskimi koszarami na Łąkowej.

Jeśli tunel skręci w prawo, za kilka minut znajdzie się w okolicach małego Ratusza. Szedł w zupełnej ciszy. Pod jezdnią Podwala sklepienie obniżyło się. Schylił głowę. Powiało wilgotnym chłodem. Płomień świecy zakołysał się. Tunel, do którego wszedł, miał wklęsłe ściany wyłożone połyskliwym klinkierem i owalny przekrój kanału burzowego. Wmurowane w posadzkę szyny znikły w czarnej wodzie, która pojawiła się pod nogami. Brodził po kostki w rozrzedzonej brei. Szedł z pochyloną głową, by nie zaczepić o żelazne klamry. Ściany tunelu były zimne i śliskie. Spomiędzy cegieł sączyły się kręte strumyki wody.

Potem ze sklepienia zaczęły spadać krople. Przyłożył ucho do ściany. Przez dłuższą chwilę nie słyszał nic. Dopiero gdy wstrzymał oddech, wyczuł stłumiony szum. To w górze, nad jego głową, wezbrane po deszczu wody Raduni spadały z hukiem do śluzy przy Wielkim Młynie. W tunelu niósł się przeciągły, podziemny grzmot. Przeszedł jeszcze kilkadziesiąt metrów. Jeśli rzeczywiście tunel prowadzi w stronę śródmieścia, gdzieś tu, po prawej stronie, będą podziemia Baszty Jacek i hali targowej przy kościele św. Mikołaja. Dopiero teraz zaczął się bać. Przecież jeśli pomylił kierunki, nigdy stąd nie wyjdzie! Wszystkie wyjścia na powierzchnię pewnie zawaliły się po rosyjskich bombardowaniach. A jeśli nawet nie, to zostały zamurowane przy odbudowie miasta.

Ostrożnie, ze schyloną głową wszedł przez wąski korytarz do długiej podziemnej sali z łukowatym sklepieniem. Uniósł świecę. Ceglana komora była wypełniona czarną wodą. Leniwe strumyki spływały z oślizłych otworów w ścianach. Żeby dostać się na drugi, majaczący w ciemności brzeg, musiał przejść przez czarne rozlewisko.

Kręciło mu się w głowie. Zszedł ostrożnie do wody, sprawdzając prętem głębokość. Pod nogami plątały się zadrukowane papiery, plastikowe butelki po szamponach, pocztówki, strzępy waty. Przy każdym kroku rozsuwał przed sobą kolanami namoknięte płachty starych gazet jak liście lilii wodnych. Płomień świecy odbijał się w mętnej powierzchni rozlewiska falistym zygzakiem. Do pręta przyklejały się podarte afisze miejskiej opery, jakieś nadgniłe formularze urzędu skarbowego, cesarskie dyplomy z nadrukiem „Technische Hochschule", pożółkłe ulotki z grudnia 1970 wzywające do strajku w stoczni, obwieszczenia podpisane przez Alberta Forstera, formularze business-planu na rok 2000. Spod nadpalonych reklam zespołu Rolling Stones czubkiem pręta wyciągnął plakat teatru wagnerowskiego z Zoppot i wyblakłą fotografię Marleny Dietrich z *Błękitnego anioła*.

Wstęgi rachunków z kas fiskalnych oplątywały mu nogi niczym łodygi w wodach Styksu. Wszędzie przed sobą widział fosforyzujący napis „Auchan". Ruchome litery pojawiały się w ciemności i znikały jak ognie nad bagnami. Gdy dotknął skroni, poczuł na palcach świeżą krew. Miejsce po uderzeniu narywało. Szedł przez wodę, podpierając się prętem jak św. Krzysztof, choć nie niósł na ramionach nikogo. Wymijał dziecięce wózki z lakierowanej dykty, takie same, jak wózek, w jakim matka woziła go do Parku koło Katedry. Unosiły się na nieruchomej wodzie wywrócone do góry dnem. Odsuwał od siebie celuloidowe lalki bez rąk, które pływały na wznak ze szklanymi oczami wpatrzonymi w ceglany sufit, jakby czekały na kogoś.

Zapach żywego ciała zwabił ćmy. Zlatywały się spod sklepienia srebrnymi błyskami jak dusze zmarłych spragnione świeżej krwi. Nawet ich nie odpędzał, choć siadały na włosach.

Bał się, że w każdej chwili upadnie. W głowie, jak kolorowe szkiełka w rozbitym kalejdoskopie, wirowały sceny z filmów, rozmów, podróży, przeczytanych książek. Pokój Roberta, Jola w skórzanej spódniczce na bordowej sofie w rajskie ptaki, gmach komendy policji, potworne zdjęcia nagich kobiet leżących na niklowanych stołach w gmachu Anatomii, Nicholson w *Locie nad kukułczym gniazdem*, pomarańczowa kurtka Hildy, włosy palące się jasnym płomieniem, drobne ciało zwijające się z bólu, twarz doktora Jacka, Janka robiąca zdjęcia na Śnieżce, Wałęsa na ukwieconej bramie stoczni, papież całujący ziemię na lotnisku w Krakowie, spreparowane przez niemieckiego profesora trupy w szklanych skrzyniach, statki kosmiczne z *Gwiezdnych wojen*, komputerowe dinozaury z *Jurassic Park*, Żydzi z *Listy Schindlera,* talibowie w kajdanach w bazie Guantanamo. Dotknął czoła. Było gorące. Chciał obmyć twarz, nabrał wody na dłoń, ale była czarna i nieprzeźroczysta jak krew.

Poczuł się tak, jakby zawędrował do kraju, w którym nikt nie czeka na wschód słońca. Czarna woda, wypełniająca komorę, miała ołowiany połysk. Końcem pręta rozsuwał przed sobą zżarte przez pleśń protestanckie modlitewniki, podręczniki do nauki rosyjskiego, broszury partyjnych agitatorów. Rozsypywały się jak kawałki świecącego próchna. Puste flakoniki po perfumach Coco Chanel, Estée Lauder, Lancome, Givenchy, kołyszące się na powierzchni, podzwaniały szklanym dźwiękiem jak ławice śniętych rybek. Z rozbitych skrzyń, walizek i kufrów wypływały podarte, zżarte przez robactwo suknie. Ołowiana toń – nieruchoma, z tęczowymi smugami benzyny na powierzchni – przyjmowała go niechętnie. Żaden duch nie unosił się nad wodami.

Z haftowanej torebki, którą wyłowił, wypłynęły smoliste zwitki zlepionych banknotów. Radio Pionier tkwiło jak twierdza w zwałach starych wachlarzy i pudełek po hawańskich cygarach. Święte obrazy miały twarze wyjedzone przez robactwo. Telewizor Szmaragd, w jesionowym pudle z łuszczącym się fornirem, zanurzony do połowy ekranu, dryfował przechylony jak tonący okręt obok na wpół zatopionego gramofonu Bambino, wyszczerbionej płyty zespołu The Beatles i potłuczonej klawiatury komputera Atari.

Na ceglanej ścianie zobaczył pionowo wypisane białe cyfry oznaczenia poziomu wody w podziemnym zbiorniku. Rozpoznał daty. Wojna francusko-pruska, zamach na arcyksięcia Ferdynanda w Sarajewie, traktat wersalski, anschluss Austrii, atak Niemiec na Rosję. A nad tym wszystkim wielki napis: „Achtung! Luftschutzraum".

Komora rozszerzyła się, przeszedł przez kamienny próg i uniósł świecę.

Przed sobą ujrzał długą salę z dziesiątkami betonowych filarów. Wyglądało to na wielką poczekalnię podziemnego dworca. Na ławkach, z nogami w wodzie, siedzieli mężczyźni w wojskowych czapkach i zbutwiałych mundurach bez guzików. Kobiety w staromodnych płaszczach ze zgniłego futra i kapeluszach porośniętych białą pleśnią, trzymały w rękach pierzaste boa z rozsypujących się piór, torebki z krokodylej skórki, spłowiałe poszwy wypełnione ubraniami. Tylko walizki zamiast stać na posadzce unosiły się obok ławek na czarnej wodzie. Pomyślał, że znalazł się w podziemiach pod halą targową przy kościele św. Mikołaja. Podparł się prętem, żeby nie upaść. Znowu zakręciło mu się w głowie. Ten milczący tłum, wypełniający salę, czuwał w ciszy nad spokojem czarnych wód, które teraz – gdy wszedł między ławki – poruszyły się leniwą falą. Pod dotknięciem poruszonej wody podróżni siedzący na ławkach drgnęli, jakby mieli za chwilę wstać i wsiąść do niewidzialnego pociągu, ale pociąg nie nadjeżdżał, więc znów ruchem falujących wodorostów opadli plecami na oparcia ławek i trwali tak w niemym bezruchu, choć woda kołysała walizkami w ich dłoniach.

Szedł między nimi ostrożnie, by nie potrącić nikogo. Byli gotowi do dalekiej podróży. Czekali tylko na znak. Jedni trzymali na rękach martwe psy i koty, klatki z trupkiem brudnożółtego kanarka, puste skorupy domowych żółwi. Inni paczki listów przewiązane wstążką, zbutwiałe ausweisy, stare maszyny do pisania, pęki srebrnych sztućców, medyczne walizeczki. Woda, falująca przy każdym kroku, poruszała ich kolanami. Gdy przechodził blisko, stare kobiety w chustkach związanych nad czołem w turban przepuszczały go w wąskich przejściach, ciężko kołysząc głową na znak przyzwolenia. Dziewczynki w rozłażących się sweterkach z gnijącej wełny, z płóciennymi pajacykami, grzechotkami, drewnianymi konikami w śliskich od szlamu palcach, przytulały się do matek, zanurzając połowę twarzy w czarnej wodzie. Ludzie siedzący na ławkach przypatrywali mu się uważnie czarnymi oczodołami. Zakłócał ich spokój. Był zbyt żywy jak na to miejsce. Siedzieli tu zapewne od pamiętnej styczniowej nocy roku tysiąc dziewięćset czterdziestego piątego, kiedy to wybuch rosyjskiej bomby zasypał drzwi do schronu pod halą targową i rozbił agregaty utrzymujące poziom wody w rozsądnych granicach. Teraz mieli już dosyć świata, a on im świat przynosił ze sobą. Niechętnie odchylali głowę, gdy podchodził zbyt blisko. Kalał chłodne powietrze swoim zbyt ciepłym oddechem. Miał ciało i krew, bagaż niepotrzebny w dalekiej podróży. Tu, w tej ciemnej sali z ceglanym sklepieniem, mogli nareszcie umierać do woli. Nikt ich nie zmuszał do życia. Po wielu absorbujących przejściach wypoczywali w ciszy, uwolnieni od żmudnego obowiązku oddychania, płakania, kochania, nienawidzenia, bania się, śmiania, odczuwania bólu i rozkoszy. To, co przez jakiś czas było żywe, powracało z ulgą do swego początku.

Gdy doszedł do końca ławek, zdało mu się, że ujrzał kogoś po drugiej stronie wody. Ktoś stał na ceglanej cembrowinie. Świeca zadrżała mu w palcach. Przyszedł tu przecież po to, by zwrócić komuś życie, lecz teraz nie umiał sobie przypomnieć, komu i jak miałby zwrócić ten dar. Poczuł znów pod lewą skronią przenikliwy ból. Przyrzekał sobie, że nie spojrzy za siebie. Zmrużonymi oczami wpatrywał się w drugi brzeg rozlewiska. Suknia? Gładkie, popielate włosy? Wąskie dłonie? Potknął się na czymś, woda plusnęła, płomień świecy strzelił w górę, cienie poruszyły się na sklepieniu, znów spojrzał na drugą stronę, ale na cembrowinie nie ujrzał nikogo. Przeźroczysta postać rozsypała się w serię błysków na poruszonej wodzie.

Poczuł żal, że nie potrafi zatrzymać w sobie tego, co zobaczył. Brnął szybko ku drugiemu brzegowi przez ławice walizek, pudeł, skrzynek. Lecz kiedy dotarł do ceglanej cembrowiny, na cegłach zobaczył tylko mokry podwójny ślad, który mógł być śladem czyichś bosych stóp, ale gdy dotknął palcami śliskiego ściemnienia, ślad zniknął pod ciepłem dłoni.

Nitki pajęczyn unoszące się nad wodą wskazały mu drogę. Wspiął się na cembrowinę, odnalazł korytarz z szynami w posadzce, schylił się i potykając się na kawałach gruzu, pobiegł dalej pod niskim sklepieniem. Świeca wypadła mu z ręki. Poczuł ciepły powiew świeżego powietrza. W szczelinach pod sufitem błysnęło słabe światło. Wspiął się po zwałach cegieł, prętem odsunął gruz i przez małe piwniczne okno powoli wypełznął na powierzchnię.

Miał przed sobą czarne mury kościoła św. Jana i wąskie podwórze starego, stojącego obok świątyni zrujnowanego domu, podpartego rusztowaniami z grubych belek. Niebo było tak jasne, że zamknął oczy przed blaskiem. Usłyszał krzyk jaskółek. Śmigały nad wieżą kościoła, wysoko, pod pierzastymi obłokami. Zbliżał się zmierzch. Zza murów dobiegały stłumione odgłosy miasta. Czerwone słońce zachodziło nad Gradową Górą. Ostatkiem sił wspiął się po spróchniałych schodach na piętro starego domu, położył się na zasypanej tynkiem podłodze, otulił płaszczem i zasnął z pięścią pod głową.

# Rozebrany

Obudził się koło jedenastej. Niebo nad kościołem było czarne. Rozdrażniony, głodny, z obrazem ognia pod powiekami, powlókł się Straganiarską w stronę śródmieścia. W przyciemnionych wnętrzach piwiarni i pubów, które mijał, pełno było roześmianych ludzi.

Lubił tę część miasta – wiecznie hałaśliwą, nie znającą snu. Zatłoczone chińskie knajpki na Grobli, Lawendowa, bawarskie gasthausy przy Domu Jansena, Baszta Jacek, Szeroka, Berlińska... Korzenne aromaty w greckich restauracjach, wąskie przejścia między domami, wrażenie chłodu przy fontannie Fausta, czerwone strączki papryki na futrynach drzwi, zapach pieczonej ryby, węgle żarzące się na rusztach, niebieski dymek, cynamon, wanilia. W irlandzkich pubach roiło się od studentów, którzy o tej porze ściągali z Wyspy Spichrzów. Na mokrym bruku koło hali targowej w wiklinowych koszach stosy owoców, czosnek, pomarańcze, zielone warkocze warzyw, zapach jabłek. Zdeptane w tańcu kwiaty, kolorowe papierki po batonach, pogubione frytki. Na Lawendowej, w restauracji Pod Łabędziem, kelnerzy w strojach kaszubskich uwijali się wokół okrągłych stołów, na których w szklanych wazach płonął sławny poncz Adalbertus. Japońskie lampiony z żółtej bibułki kołysały się przed wejściem do Astorii.

Na Szerokiej, w sali recepcyjnej francuskiego hotelu, dostrzegł wśród gości doktora Jacka i księdza Jana. Gestykulowali żywo, wesoło, z werwą. Odszedł od szyby. Przed hotelem paru niemieckich turystów żarło hot dogi polane keczupem i angielskie donaty. Jakaś chuda, skośnooka dziewczyna w czarnej skórze, z różowymi włosami ostrzyżonymi na jeża, ostro wymalowana fosforyzującą szminką, podskakiwała na jezdni w rytm wariackiej muzyki z radiem stereo na ramieniu. Polakierowane paznokcie. Przekłuty kolczykiem nos. Srebrne kółka w uszach. Z pieczonego szaszłyka ściekała na palce żółta musztarda. Skręcił za rogiem. Ktoś rzucił w niego kawałkiem niedojedzonej bułki. Nawet się nie odwrócił. Szedł pod ścianami domów w ubraniu sztywnym od błota. Rozdarty płaszcz, ślady wosku na rękawie, zaschnięta krew na włosach. Wędrowiec z obrazów Boscha zakłócający samym swoim widokiem radosną atmosferę święta. Okropność.

Z knajp, które mijał, dolatywały ciepłe zapachy jedzenia. Kręciło mu się w głowie. Wciąż myślał o tym, co stało się z Hildą. Nienawiść i strach. Gdyby teraz dostał w swoje ręce tamtych z Gradowej Góry, nie miałby żadnych skrupułów. Podniósł z ziemi nadgryzione jabłko ze śladem szminki na żółtym miąższu, pomyślał o jadowitym jabłku czarownicy z *Królewny Śnieżki* Disneya, przeszła mu ochota. Skręcił w Rajską, minął sklep z nowymi kreacjami Arkadiusa, winiarnię w wąskim zaułku koło teatru. Z bilbordów na Targu Węglowym półnagie dziewczyny, świeżo wykąpane w pianie Fa, z uśmiechem zachęcały go, by zjadł wreszcie tabliczkę czekolady Dove. No, Jakubie, daj sobie spokój z kłopotami lady Mackbeth. W Strzelnicy św. Jerzego, za jasnymi oknami na piętrze, trwał huczny bankiet.

Przeszedł przez brukowany plac przed teatrem, a gdy zbliżał się do Bramy Wyżynnej – zimny kamień w świetle zielonych reflektorów – nagle pomyślał o grudniowym dniu, w którym czołgi ośnieżonymi ulicami ruszyły z koszar księcia sabaudzkiego na stocznię. Z dna poruszonej pamięci wypłynął straszny, czarno-biały obraz: na oblodzonej jezdni, porysowanej gąsienicami, nieruchome, skulone ciała. Zaczął się bać, że znajdzie je za chwilę. Tu, na tym brukowanym placu.

Był głodny, nie miał pieniędzy, nie wiedział, dokąd iść. Zbliżała się północ. Wracać na Gradową Górę? Gradowa Góra budziła tylko przerażenie. Niskim tunelem, w którym posępnie brzęczały jarzeniowe lampy, doszedł na plac przed biblioteką. Było tu pusto, tylko z bilbordu na szklanej wiacie przystanku autobusowego wyciągało ku niemu rękę dziecko autystyczne, utopione we mgle. Szyny tramwajowe przed budynkiem linii lotniczych lśniły na asfalcie jak neony wyprute z fasady luksusowego hotelu.

Po chwili w głębi placu ujrzał dwoje ludzi. Mężczyzna z siwą, krótko przystrzyżoną brodą, w białym płóciennym garniturze, szedł pod rękę z kobietą w fantazyjnym kapeluszu z kremowej rafii. Był to pisarz, który co jakiś czas w dworcowym tunelu wrzucał mu monetę do plastikowego kubka. Kobieta była jego żoną. Lecz choć widywał ich wiele razy, teraz ich nie poznał.

Szedł za nimi. Słyszał ich głosy. Żartowali. Śmiali się. Niebo nad gmachem biblioteki było czarne, bez gwiazd. Po prawej stronie park nad Radunią. Gąszcz nieruchomych jaśminów. Platany. Dalej postój taksówek, przystanek autobusowy. Od strony wiaduktu dobiegł huk nocnego pociągu. Za torami widać było więzienie na Kurkowej, wygaszone światła w oknach, mur, wieże strażnicze.

Podbiegł szybko, uderzył mężczyznę w plecy. Tamten upadł na bruk. Szarpnął za torebkę kobiety, ale trzymała mocno i uderzyła go pięścią w twarz. – Druga Komunia – pomyślał, czując na ustach krew. Mężczyzna zerwał się z bruku, coś krzyknął, Jakub wpadł w zarośla, popędził na oślep przez gąszcz jaśminów w stronę skrzyżowania. Słyszał za sobą szelest roztrącanych gałęzi, czyjeś nawoływania, krzyki, potem strzał, jeden, drugi, ale przerażenie niosło go jak na skrzydłach, więc tylko, ślizgając się na mokrym asfalcie jezdni, przeskoczył szyny tramwajowe, wbiegł w zarośla koło dawnego gmachu komisarza Ligi Narodów, upadł w wysoką trawę.

Przywarł do ziemi. Zgubił ich? Wpełznął pod gałęzie. Drżał. Strzały? Gdyby naprawdę ktoś strzelał, już by miał kulę w plecach. Coś mu się przywidziało. Znowu pomyślał o Hildzie. Straszny obraz płonących włosów wirował pod powiekami. Nasłuchiwał. Ale od strony placu przed biblioteką nikt nie nadbiegał. Zdrętwiały z zimna, mokry od rosy, owinął się płaszczem. Chciał w zaroślach przeczekać tę przeklętą noc. Oparł się plecami o drzewo. Gdy głowa zaczęła opadać ze zmęczenia, wbijał paznokcie w dłonie, żeby nie zasnąć. Ale oczy same się zamykały.

Gdy obudził się, niebo nad drzewami było jasne. Szum samochodów. Dzwony na wieży św. Katarzyny. Brzęk tramwajów. Łoskot pociągu przejeżdżającego pod wiaduktem. Podpełznął przez gąszcz w stronę ulicy, ale był tak słaby, że upadł na trawę. Próbował jeść liście, pchał je garściami do ust, były gorzkie, paliły w gardle jak jodyna, wypluł je z zieloną śliną. Wślizgnął się znów pod gałęzie, skulił kolana pod brodą. Chciał wreszcie umrzeć, ale na razie nikt nie był zainteresowany posiadaniem jego duszy na własność.

Przeczekał w zaroślach cały dzień, nie wiedząc, czy śni, czy wszystko to dzieje się naprawdę. Czuł mdłości. Ból narywał pod skronią. Drzemiąc pod gałęziami, budził się z krzykiem. Wciąż miał przed oczami płonące włosy Hildy. Ogarnęła go rozpacz. Zamknął oczy, by nie widzieć świata, ale świat nie bardzo się tym przejął. Słońce, wywiązując się nienagannie ze swoich obowiązków, jak zwykle wspinało się wśród chmur nad wieżę Ratusza. Na przylądku Canaveral Amerykanie wystrzeliwali kolejny wahadłowiec. Sonda Galileo dolatywała do Marsa. Dopiero pod wieczór wyszedł na ulicę. Szedł chwiejnie w stronę dworca. Gdy doszedł do zakrętu, zachwiał się i upadł na chodnik. Jakaś kobieta w czerwonym swetrze chciała przez komórkę wezwać pogotowie. Pokręcił głową. Zapytała go, jak się nazywa. Chciał powiedzieć, że nazywa się „Jakub", ale słowo „Jakub" rozpłynęło się w ustach w jakiś bełkotliwy dźwięk. Dokumenty? Nie miał przy sobie żadnych dokumentów. Wstał, otrzepał ubranie sztywne od błota. Omijając policyjne patrole, które kręciły się przed głównym wejściem, wszedł na dworzec od strony peronów. Głowa pękała mu z bólu. Usiadł na posadzce naprzeciwko sklepu Rossmanna, w ciemnym kącie koło kas, tam, gdzie zwykle siadywała Hilda. Dopiero teraz doszło do niego, że jej już nie ma, że spadła na nią jakaś straszna kara, nie mógł sobie tylko przypomnieć, co się właściwie stało. I dlaczego to ona została ukarana, nie on.

Siedział pod ścianą posiniaczony, obolały, brudny. Ludzie na jego widok przyśpieszali. Chyba miał znów gorączkę. Zaczął postukiwać kubkiem po coca-coli w posadzkę, czekając na brzęk wrzuconej monety. Wszystko rozpłynęło się przed nim w mętnej, szarej mgle. Widział tylko ruch przechodzących postaci.

I tak było do północy.

Koło północy ktoś się przed nim zatrzymał. Gdzieś zza mgły, z jakichś kosmicznych odległości, dobiegły słowa: – To pan? Boże drogi, co pan z siebie zrobił?! – Było w tych słowach takie zdumienie, że aż uniósł się na łokciu, by z bliska zobaczyć kobietę, która przed nim stała. Ale nie miał siły się ruszyć.

– Co pan tu robi?! – w głosie kobiety drżała tajona furia.
– Niech się pan stąd zabiera, słyszy mnie pan? I wyciągnęła rękę. Na widok tego gestu zasłonił twarz dłonią. Chwyciła go mocno za ramię, potrząsnęła. – Co pan wyprawia? Jak panu nie wstyd? Niech pan wstaje! Ale jemu nie było wstyd. Nie ruszał się z miejsca. Zobaczył, jak do kobiety podchodzi człowiek w mundurze straży miejskiej i pyta, co tu się dzieje. Kobieta odpowiedziała, że pomaga takim, jak ten, co tu leży, więc niech jej pomoże zabrać go do samochodu.

Wsadzili go do białego volkswagena. Głowa leciała mu w dół, uderzając o szybę. Człowiek w mundurze zapytał, czy ma z nią jechać, ale kobieta odpowiedziała, że da sobie radę sama. Pojechali do schroniska, na Klasztorną, ale nie było tam miejsc. Usiadła za kierownicą i parę minut w milczeniu paliła marlboro. Potem przekręciła kluczyk, wjechała na Błędnik i szosą pod lasem pojechała w stronę dzielnicy przy Katedrze.

Zatrzymała samochód przed starą willą. W oknach nie było świateł. Z trudem wciągnęła go na schody, wepchnęła do ciemnego korytarza, położyła na materacu w pokoju na parterze, przykryła kocem. Potem poszła na górę, do sypialni. Położyła się w ubraniu na tapczanie i długo, z rękami splecionymi pod głową, patrzyła w okno, w którym świeciło kilka zimnych gwiazd. Zasnęła dopiero koło pierwszej.

Rano uniosła go z materaca i zaprowadziła do łazienki. Ściągnęła mu buty oblepione zaschniętym szlamem. Gdy stanął boso na zimnej posadzce koło wanny, zaczęła go rozbierać. Ostrożnie, by nie skaleczyć skóry na ramionach i plecach, rozcinała krawieckimi nożycami sztywne warstwy brudnego ubrania, jakby rozrywała gipsowy gorset. Starał się stać prosto, ale szumiało mu w głowie. Ból na dnie oczu. Rozmyte obrazy. Miał dreszcze. Zimne nożyce szczękały. Kobieta rozcięła płaszcz na plecach, rozdarła sweter, koszulę. Materiał pękał z trzaskiem. Pocięte strzępy odrzucała pod umy-

walkę. Oparł się ręką o wykafelkowaną ścianę. Gdzieś z oddalenia usłyszał jej głos: – Stój spokojnie. Nie ruszaj się, bo
cię skaleczę.
Podała mu na łyżeczce trochę gorzkiego płynu. Z trudem
przełknął palącą jak piołun miksturę. Ciałem wstrząsnęły
dreszcze. Pochylony nad wanną zwymiotował. Przytrzymała
mu głowę. Ściekające po białej emalii żółte nitki śluzu znikały w niklowanej siatce odpływu. Powtarzała: – Stój spokojnie, spróbuj jeszcze raz, niech to z ciebie wyjdzie. Ale skur-
cze żołądka rzucały nim tak, jakby coś ostrego, pierzastego
utkwiło w przełyku i nie mogło wydostać się przez usta.
Spłukała wannę dużym niklowanym prysznicem. Nie otwierał oczu. Po wykafelkowanych ścianach spływały strumyki
skroplonej pary. Miał ciało mokre od potu.
Potem kazała mu wejść do wanny. Niklowaną słuchawką
z porcelanową rączką – zimny blask chirurgicznego narzę-
dzia – zaczęła powoli opłukiwać mu ramiona, biodra, piersi.
Ostrożnie dotykała sinych miejsc na skórze. Kazała mu unieść
ręce. Stanął rozkrzyżowany. Woda, spływająca z ramion, była
letnia. Chwilami nie odróżniał jej od powietrza. Pod strumieniami, półprzytomny, obolały, patrzył na własne ciało tak, jak
na ciało kogoś obcego. Z ramion, pleców i dłoni spływały
płatki sadzy, szlamu, błota, ziarna piasku, czerwony pył pokruszonej cegły, popiół, kawałki wosku, listki trawy, rdza
– brud, jaki zostawia na nas ziemia, gdy jesteśmy z nią zbyt
blisko.
Krople spadające na twarz szumiały jak deszcz w gałęziach głogu na Gradowej Górze. Wzięła gąbkę, namydliła ją
lawendowym mydłem. Myła mu palec po palcu. Pod skale-
czonym naskórkiem tkwiły opiłki żelaza, ciernie, zastarzałe
drzazgi. Na łokciach obtarcia. Na przegubach różowe ślady
po zadrapaniach. Dotknęła gąbką jego męskości, wiotkiej
i martwej. Szaroróżowa piana ściekała z nóg na dno wanny.
Zawinęła rękawy białej bluzki, odgarnęła wilgotne włosy z czo-

ła, kazała mu klęknąć na emaliowanym dnie. Skulił głowę w ramionach. Delikatnie obmywała mu gąbką posiniaczone plecy. Powtarzała co parę chwil: – Boże drogi, coś ty z siebie zrobił... Owalne lustro w głębi łazienki pokryło się białą mgłą. Krople spływały po zimnej powierzchni szkła. Gdzieś za oknem uderzył dzwon, ale jemu zdało się, że to ktoś kamieniem rozbił okno.

Wytarła go miękkim ręcznikiem, olejkiem posmarowała bolesne miejsca na skórze. Owiniętego w biały całun prześcieradła powoli zaprowadziła do łóżka. Upadł na skłębioną pościel, z twarzą wciśniętą w poduszkę, bezwładny, ciężki. Gdy odwróciła go na wznak, poduszka była mokra od potu, a może od łez. – Teraz śpij – usłyszał z daleka stanowczy głos. – Nie otwieraj oczu. Na całym ciele miał skórę tak wrażliwą, że czuł każde włókno nakrochmalonej pościeli. Przez moment zatęsknił do brudnego, sztywnego ubrania, które przez tyle dni odgradzało go od świata jak odporna na wszelkie zranienia druga skóra Narcyza. Po kilku minutach zasnął.

Gdy obudził się, jak przez mgłę zobaczył nad sobą jej niewyraźną twarz. Jaskrawy makijaż, popielate, rozczesane równiutko pośrodku głowy włosy z ładnym połyskiem, wyraźne kości policzkowe, białe policzki, czerwona plama ust. Przeraził się, chociaż nie wiedział czego. Głowa pękała mu z bólu. Uniósł się na łokciu, ale mruknęła: – Leż. Otworzył usta, chciał ją o coś zapytać, ale z ust wydobył się tylko gęsty, zmieszany ze śliną dźwięk. Przyjrzała mu się z niepokojem. Na prześcieradle w kilku miejscach pojawiły się świeże ślady krwi, plamki po niezagojonych skaleczeniach na plecach i biodrze. Znowu zasnął. We śnie uciekał przed wirującą chmurą ognia długimi, ceglanymi tunelami, które nie chciały się skończyć. Budził się i znowu zasypiał. Gdy otwierał oczy, karmiła go herbatą, ostrożnie dmuchając na łyżeczkę.

# Makijaż

Po dwóch dniach powoli wstał z łóżka. Męczące przechodzenie z jawy w sen, noc podobna do dnia, miał już tego
dość. Gdy weszła do pokoju koło dziesiątej, stał przy oknie
okryty prześcieradłem. Z szafy wyciągnęła czyjeś ubranie.
Biały sweter, ładny, norweski wzór, na piersiach turkusowe
renifery, spodnie z drelichu, flanelowa koszula w czerwoną,
szkocką kratkę. Ubrała go ostrożnie. Posadziła na dywanie.
Sama usiadła naprzeciwko. Czarne obcisłe spodnie, bose stopy, zaróżowione pięty. Bluzka z szarego jedwabiu rozpięta
pod szyją.

Patrzył na nią. Miała twarz starannie pokrytą białym
pudrem, róż na policzkach, czarny tusz na rzęsach, na powiekach ciemnozielone cienie. Oczy wilgotne, błyszczące, przed-
łużone czarną kreską. Wyglądała jak aktorka z teatru kabuki,
nadmiernie wyrazista, nie wiedział: odpychająca czy pociąga-
jąca. Było w niej coś z klauna – tak pomyślał przez moment.
Usta, starannie pociągnięte karminową szminką, twardo
obrysowane konturówką, mocno odbijały od upudrowanych
policzków bolesną, czerwoną plamą. Ten mocny, przesadny
azjatycki makijaż, zupełnie niepotrzebny o tej porze, tylko go
spłoszył. Na cóż to wszystko? Palcami wygładziła jedwab

bluzki – delikatne skubnięcie ptasiego puchu, miękki gest, który go zawsze u kobiet zachwycał. Wąskie, zręczne dłonie. Zaczęła coś mówić, widział czerwoną, poruszającą się plamę ust, ale gdy kazała mu powtórzyć to, co powiedziała, nie umiał.

Przeklęte zmęczenie! Słowa, które usłyszał, odkleiły się od znaczeń. Jakby dobiegały zza grubej szyby. Pusty dźwięk. Rozsypane kamyki. Znaczki pocztowe odklejone od listu. Chciał je skleić na powrót z obrazami rzeczy, ale pomiędzy mowę i świat wkradło się coś trzeciego, co brzęczało w głowie jak uprzykrzona osa między szybami zimowego okna.

Więc ona chce go uczyć mówić? Cóż za niedorzeczność! Przecież chyba widzi, że mówi najzupełniej normalnie! Pokazała mu palcem wysoki świerk za oknem, powiedziała: „drzewo". Ale słowo, które usłyszał, nie dawało się złożyć w całość. Strzępki głosu wirujące w głowie. Zaraz! Jak to możliwe? Poruszył ustami, starał się powtórzyć to, co powiedziała, ale nic z tego nie wyszło. Nie pojmował, co się właściwie stało.

Uspokajająco pogłaskała go po ramieniu. Ruch palców dotykających spłoszonego gołębia. Przeniknęło go nagłe wzruszenie, niezrozumiałe, bo wciąż płoszył go ten jaskrawy makijaż. Potem podała mu czerwony, okrągły owoc z połyskliwą skórką. Powiedziała spokojnie: „jabłko". Wziął w palce ciepły od słońca owoc, obejrzał go ze wszystkich stron. Cóż za śmieszne, małpie gesty! Jakby nie wiedział, co to jest! Delikatnie pogładził opuszkami pachnącą skórkę. Sprawdzał coś? Jakąś nieuchwytną barwę na powierzchni, blask, szklistość? Przecież to zwykłe jabłko! A jednak choć wiedział, że trzyma w palcach jabłko, nie potrafił uchwycić żadnej różnicy między czerwienią owocu a czerwienią słońca – równie ciepłą! Przecież to była ta sama czerwień, ten sam zapach. Czy nie powinna nazywać się tak samo?

Gdy podała mu coś okrągłego, z chrupiącą, brązową skórką, odłamał kawałek, wziął w palce, powąchał. Powiedziała: „chleb". Ale on – co go przeraziło – usłyszał „krew". Przez głowę przeleciały jakieś odległe, mętne obrazy: złoty kielich na białym obrusie, zielona stuła z haftem w liście winorośli, okrągły opłatek na języku, ksiądz w czarnej sutannie. Wzięła go za rękę. Ze szklanki wylała na palce trochę zimnych kropel. Powiedziała: „woda". Lecz coś paskudnie złośliwego, co brzęczało w głowie jak mucha w pajęczynie, sprawiło, że zlizując z palców „wodę", poczuł na języku „wino". Panicznie szukał w pamięci właściwej nazwy, ale słowo „woda" rozsypało się jak koraliki z rozerwanego sznurka. W ustach – mógłby przysiąc – czuł cierpką słodycz rozgniecionych winogron, goryczkę przełamanej łodygi, dziki zapach mokrych liści. Woda w szklance – wiedział to – była zwykłą wodą, niczym więcej, ale męczące pomieszanie smaków i zapachów sprawiło, że słowa nie miały nic wspólnego z tym, czego dotykał. Wirowały nad rzeczami jak owady, które nie wiedzą, czy usiąść na róży, na georginii czy na piwonii.

Jakież to było męczące. Rozgniewany głupią przeszkodą, chciał krzyknąć, żeby dała mu spokój, ale język zaplątał mu się w ustach. Czuł, że kobieta w jaskrawym makijażu, siedząca przed nim na dywanie, stara się zbliżyć do siebie słowa i rzeczy, jakby zszywała niewidzialnym ściegiem zasłonę, którą, nie wiadomo kiedy, nieostrożnie rozdarł. – No – mówiła – spróbuj jeszcze raz. Powtórz.

Wyjęła z wazonu mokry kwiat irysa. Wziął w palce śliską łodyżkę, powąchał niebieskie płatki pożyłkowane ciemniejszymi liniami. Powiedziała: „kwiat". Tylko pokręcił głową. Przecież ten krótki, twardy, syczący dźwięk nie miał nic wspólnego z tą pachnącą niebiesko-żółtą rzeczą! Słowo „kwiat" miało twardy początek i koniec. Brzmiało ostro, jak uderzenie kamieniem w mur. A ta niebiesko-żółta rzecz z zieloną łodyżką, białawą i śliską u nasady, którą trzymał w palcach, była miękka, wonna, płatkowata, wywinięta kielichowato. Jej wilgotny koniec, z kroplą jasnego soku, pachniał ziemią, zbutwiałymi liśćmi, świerkowym igliwiem.

Zawiozła go do Akademii. Na neurologii prześwietlono mu głowę, obejrzano krtań i dno oka. Profesor Mildner, wielki znawca, jak mówiono, „fizjologii mowy", niczego niebezpiecznego jednak na zdjęciach nie dostrzegł. Wykres tomografii był prawidłowy. Proszę się nie martwić! Zapewne wchodzą tu w grę – profesor Mildner mył ręce nad umywalką – „sprawy psychosomatyczne", skutek gwałtownego stresu, napięcie nerwowe, przemęczenie. Takie rzeczy się zdarzają. Osłabienie uwagi, wewnętrzne rozproszenie często prowadzi do kłopotów z „werbalizacją myśli i uczuć". Potrzebne są cierpliwe ćwiczenia „aparatu głosowego", relaks, psychoterapia. Jakub poddawał się wszystkiemu. Czuł się tak, jakby niewidzialna szyba oddzieliła go od własnego ciała.

Willa, w której teraz zamieszkał, stała nad stawem, na skraju osiedla fińskich domków z brązowego, starego drewna. Od kilku dni niebo było prawie bezchmurne, blask na rynnach, granatowe cienie, lśniący piasek. W jasnej wodzie stawu odbijały się zielone wieże Katedry. Dwa drzewa – wysoki, srebrzysty świerk i białopienna jarzębina o niemal kulistej koronie – które rosły pośrodku ogrodu, rzucały na ścieżkę długi cień. Wilgotny szelest pierzastych listków. Brązowe motyle nad daliami. Ścieżki w ogrodzie biegły ku kamiennej ławce, ustawionej nad samą wodą. Zapach łopianów. Woń tataraku. Gdy szedł nad staw, drobny, kwarcowy żwir chrzęścił pod podeszwami. Po drugiej stronie stawu, za szosą, wznosiło się wzgórze porośnięte sosnowym lasem. Żółta wieża widokowa, stojąca na szczycie, przypominała krzyżacką basztę. Przy szosie stał stary młyn o białych, wapiennych ścianach z czarnym belkowaniem. Za śluzą przy młynie szosa skręcała w stronę starego rynku. Przejeżdżały tędy autobusy i tiry. Ten widok przypomniał mu dzieciństwo. Przecież bywał tu, nad tym stawem z widokiem na Katedrę, wiele razy z rodzicami! Dobrze wiedział, że wzgórze po drugiej stronie stawu, nazywa się Pacho-łek, ale teraz nie potrafił wymówić tej nazwy, choć miał ją na końcu języka. Głoski rozpływały się w ustach jak grudki top-niejącego śniegu.

Gdy po śniadaniu schodziła do pokoju na parterze, za-wsze miała ten swój biały, staranny makijaż. Siadała na dywa-nie. Wymawiała każde słowo wyraźnie, jak spikerka telewi-zyjnych kursów języka obcego.

Unosząc dłoń mówiła: „ręka". Patrzył na jasny kształt. Pięć rozwidleń. Żywy liść klonu. Ale w głowie mieszało mu się wszystko: szum drzew w ogrodzie, dalekie pogwizdywa-nie pociągu na wiadukcie koło willi Tannenheim, cienie ga-łęzi na piasku, ruch fal na stawie, czyjś bolesny krzyk, obrazy ognia, płonących włosów, podziemne tunele, puste oblodzo-ne ulice, po których pędziły pomalowane na zielono wozy pancerne. Słyszał słowo „ręka", ale pamiętał tylko dotyk jej dłoni. Tamtą chwilę w wannie, gdy zmywała ze skóry śliską błonę brudu. Jakby wyjmowała go z niedobrego łożyska. Już układał usta w mocne „r", by wymówić słowo „ręka", lecz głoski znów ześlizgiwały się w bełkotliwy, miękki dźwięk.

Dopiero po tygodniu coś drgnęło. Zresztą czuł się już dużo lepiej, siedział w ogrodzie na słońcu, oddychał świeżym powietrzem. Siły zdawały się wracać. Ustąpiło przeklęte na-rywanie bólu pod skronią.

We środę palcami dotknęła swoich powiek. Siedzieli naprzeciwko siebie. Powiedziała: „oczy". Popatrzył na nią bezradnie. Potem jego palce przyłożyła do swoich powiek. Pod opuszkami poczuł coś nieskończenie delikatnego, żywe-go. Znów przeniknęło go nagłe wzruszenie. Dotknął swoich powiek. Jakby przenosił ciepły dotyk z jej oczu na swoje. Dźwięk, który wymówił, był niewyraźny, ale usta prawidłowo powtórzyły ruch jej warg.

– Dobrze – skinęła głową. – Jeszcze trochę, a będzie zupełnie dobrze.

Teraz podprowadziła go do lustra. Stanęli obok siebie. Powiedziała: „usta". Zobaczył w lustrze obok swojego odbicia upudrowaną twarz z czerwoną plamą ust. Lustro było wielkie, sięgało od podłogi do sufitu, miało ciemną dębową ramę rzeźbioną w liście winogron. Poruszył ustami, starając się powtórzyć krótki dźwięk, jaki wymówiła. – No widzisz, coraz lepiej – powiedziała. Potem przyłożyła dłoń do jego dłoni. Pasowały do siebie jak dwa sklejone liście. Miały pięć takich samym rozwidleń. To właśnie wtedy udało mu się po raz pierwszy powiedzieć: „ręka".

Pochwaliła go, lecz bez uśmiechu. Była uważna, cierpliwa. Gdy jakieś słowo wymawiał niewyraźnie, wkładała mu palce do ust i mocno przyciskała język, by go ułożyć jak trzeba. Gdy otwierał usta zbyt szeroko, krawędzią dłoni popychała podbródek do góry. Jakby lepiła go z gliny delikatnymi dotknięciami.

Potem dotknęła palcem wskazującym swoich piersi i powoli, starannie wymawiając każdą głoskę, powiedziała: „Natalia". Z całych sił chciał pojąć, co znaczy to słowo. Ale nie oznaczało ono ani jej oczu, ani rąk, ani ust, tylko coś, czego nie potrafił zobaczyć. Niby wiedział, że to jej imię, ale dźwięk rozmijał się z obrazem jej twarzy. Wzięła go za rękę, przyłożyła ją sobie pod lewą piersią. Miejsce, którego dotknął, było ciepłe jak liście w słońcu. – Czujesz, jak bije? Nie zrozumiał, czego od niego chce. – A teraz? – Teraz pochylił głowę i przyłożył policzek do ciepłego jedwabiu bluzki, tak jak przykładał ucho do ceglanej ściany w tunelu pod Radunią, by usłyszeć podziemny szum rzeki. Usłyszał gdzieś w głębi powolne, spokojne kroki, które szły i szły, nie wiadomo dokąd. Kiwnął głową. Odetchnęła: – No, widzisz, to wcale nie takie trudne.

Gdy wychodziła rano, kręcił się po domu, wszędzie szukając jej śladów. Zaglądał do łazienki z wielką wanną, w której obmywała go pierwszego dnia. Brał do ręki ręczniki, wąchał miękki materiał z zapachem lawendowego mydła. Palcem kreślił na zamglonym lustrze kręte linie, jakby rysował jej profil. Z uchylonego okna patrzył na srebrzysty świerk i jarzębinę. Dom był stary, nocą poskrzypywał modrzewiowymi podłogami, lśnił ciemnymi szkiełkami witraża w drzwiach łazienki. Na ścianach ceglanej fasady czerniały dziury po karabinowych kulach z czasów wielkiej wojny. Mieszkały w nich pająki i jaskółki. Za ogrodem lśnił staw. W stawie odbijały się dwie zielone wieże Katedry. W pogodne dni za Katedrą błękitniała daleka smuga morza.

Powoli uczył się wszystkiego. Podstawiał szklankę pod kran, z kranu płynęła woda, którą ona nazywała „wodą". Na stolnicy kroił chleb, o którym ona mówiła, że jest „chlebem". Chaos tysięcy drobnych szczegółów, które go otaczały, powoli zrastał się w wyraźniejszą całość. To, co nazwane, stawało się osobne, wyodrębnione, bliskie. Gdy szedł żwirowaną ścieżką nad staw, już nie płoszył go widok skrzydlatego cienia, kołyszącego się na tle chmur, odkąd mu powiedziała, że to gałąź „drzewa". Świerkowe igły, których dotykał, delikatnie kłuły dłoń, zostawiając na skórze lepki zapach żółtej żywicy. Bał się tylko ostrych traw rosnących pod murem. Wciąż nie umiał ich nazwać. Oczy bezradnie błądziły po mętnych gąszczach, plątaninach cierni i więdnących liści, skłębionych pod ogrodzeniem z żelaznych prętów. Wolał się tam nie zapuszczać. Dobrze się czuł w jasnej przestrzeni wokół świerku, na żwirowych ścieżkach, pod jarzębiną, która szumiała głośno, gdy przed wieczorem niebo ciemniało, a chłodny wiatr nadlatujący znad morza obsypywał drobne, wachlarzowate listki zimnymi kroplami deszczu.

Codziennie uczyła go nowych słów. Zawsze zjawiała się po śniadaniu w mocnym makijażu. Trochę go to śmieszyło. Przecież to nonsens! Te przesadne barwy, tandetna ostrość konturów, maska z mlecznej bieli. Ale potem zrozumiał, że ta nadmiernie wyrazista twarz, skośne, podkreślone kredką oczy, ciemnoczerwone usta, mleczny puder na policzkach – wszystko to bardzo mu pomaga czytać z ruchu jej warg. Znaczenia słów wciąż jednak nie chciały związać się na dłużej z obrazami rzeczy. Były chwiejne, mógł je podczepić do różnych fragmentów świata. Wiedział, co znaczą słowa „jasno" i „ciemno", bo pokrywały się ze słowami „ciepło" i „zimno". Ale nie umiał odróżnić „dnia" od „nocy", bo często zasypiał nad ranem, więc słoneczna jasność mogła równie dobrze oznaczać „noc", skoro to właśnie „noc" jest porą snu. Nie umiał wyczuć, co w nazwie jest ważniejsze – sen czy brak światła?

Wychodziła z domu wcześnie, wracała późno. Pracowała w schronisku na Klasztornej. Nie dopytywał się, co tam robi. Jeśli będzie chciała, powie sama. Wieczorem czekał na jej kroki na schodach i zgrzyt klucza w zamku. Niepokoił się, gdy nie zjawiała się przed siódmą. W ciepłe dni siedział na ławce pod jarzębiną. Czuł się coraz lepiej. Ale gdy schodził do ogrodu, przy każdym kroku trzymał się żelaznej poręczy, bo parę razy stracił równowagę na schodkach. W niedziele trochę jej pomagał w kuchni. Lubił patrzeć, jak obiera warzywa, opłukuje pod kranem i podaje mu umyte, pachnące świeżością. Kroił szerokim nożem zielone liście na deseczce, wsypywał do porcelanowej miski i mieszał z oliwą zgodnie z jej wskazówkami. Wiedział, co znaczą słowa „więcej", „mniej", „dosyć". Rozmawiali ze sobą krótkimi zdaniami. Rozumiał prawie wszystko.

Z łatwością odnajdywał w pamięci dawne słowa. Jakby wracał z dalekiej podróży. Znowu wiedział, że niebo jest „niebem", wiatr „wiatrem", liść „liściem", cień „cieniem". Z trudem przypominał sobie, jak to jest, kiedy się tego nie wie. Ale były chwile, gdy znów jakieś słowo nagle ulatywało z pamięci. Gładziła go po dłoni: – Zobaczysz, nie martw się, jeszcze trochę, a będziesz mówił jak dawniej.

Wieczorami spacerowali po ogrodzie. Prowadziła go ścieżkami i po kolei nazywała drzewa, zioła, krzewy, kwiaty, jakby każdą rzecz stemplowała lekkim dotknięciem wskazującego palca, zostawiając niewidzialny ślad linii papilarnych na liściach – bezgłośny podpis, czułe świadectwo obecności. Znów uczył się imion lilli, tulipana, dalii, georginii, margerytek, nagietków. Bardzo mu się podobała ta wieczorna zabawa w nazywanie i odgadywanie nazw. Słodka wędrówka po królestwie Linneusza. Kiedy kończył się lipiec, mógł już z nią rozmawiać nie tylko o prostych sprawach, chociaż często milkł, bo nie mógł znaleźć właściwego słowa.

Wystarczyło jednak, by z dna pamięci nagle wypłynął obraz kobiety płonącej przed ceglaną niszą, a rozsypywało się wszystko. Tamten płomień, autograf ognia na poparzonej skórze, spopielał słowa i zdania. Brak powietrza, ucisk w piersiach, ból oskrzeli, bezgłos. Jak atak astmy.

# Ciepły seks nad zimnym morzem

Którejś nocy obudził się nagle, czując przy sobie rozgrzane ciało, zapach włosów, woń ryżowego pudru. Nie mówiła nic. Po prostu położyła się w ciemności, na wznak, z głową na poduszce, blisko. Słyszał tylko jej oddech. Wiedział, że ma oczy otwarte. Ćmy trzepotały w głębi pokoju, uderzając o szybę okna. W zygzakowatym pęknięciu szkła załamywało się światło paru gwiazd. Potem nagle, gdy dotknął jej ramienia, przestraszył się, bo pomyślał, że ona płacze. Czubkami palców przesunął po gorącym policzku, jakby spłakanemu dziecku ścierał łzę. Przytrzymała jego dłoń, potem zsunęła ją na piersi. Ostrożnie, jakby dotykał spłoszonego gołębia, wodził palcami po jej brzuchu, biodrach, kolanach. Paroma ruchami pomogła mu się wyswobodzić z płóciennej koszuli i przyciągnęła do siebie. Nadzy, wsłuchani w przyśpieszone bicie serc, przywarli do siebie jak dwa sklejone liście. Coś żywego, delikatnego przepłynęło między nimi niczym ciepły prąd powietrza. Całował jej powieki, policzki, usta. Odpowiadała mu niecierpliwymi pocałunkami, jakby samą gwałtownością chciała nadrobić stracony czas.

Potem oddychali szybko, czekając aż serca się uspokoją.

Pogładził ją po włosach. Chciał teraz na nią patrzeć, cieszyć się jej widokiem, zapalił lampę i wtedy, w chwili, gdy żarówka rozświetliła pokój twardym blaskiem niklowanego klosza, zobaczył na jej lewym nadgarstku bliznę biegnącą w poprzek żył. Była biaława, wypukła, nierówna, musiała się ciąć nożem czy szkłem, żyletka – pomyślał – takich śladów nie zostawia. Gdy spostrzegła, że na nią patrzy, cofnęła rękę, spokojnie, bez lęku i wstydu. Był przerażony: – Co to jest? Odpowiedziała tylko przymknięciem oczu: – Nic.

Uniósł się na łokciu. Serce biło mocno. Dopiero teraz spostrzegł, że puder rozmazał się w paru miejscach na czole i koło ust. Spod makijażu wyjrzała spierzchnięta skóra. Stwarzało to wrażenie jakiegoś rozbicia, zranionej kruchości, skrycie postępującego zniszczenia. Pochylony, oglądał jej twarz jak archeolog ogląda marmurową głowę wyciągniętą z ziemi. Kolor oczu? Wąskie brwi? Usta? – Czego się boisz? – zapytała. – Zrobiłeś coś złego?

Chwycił ją za rękę. Leniwie wyswobodziła się z uścisku. Potem śliną posmarowała zaczerwienione ślady jego palców na skórze. Nie odrywał od niej oczu. Przez mgnienie gdzieś na dnie pamięci mignął obraz rzemyków oplatających nogę nad kostką, ruch palców zakładających kosmyk za ucho. Odwróciła się do ściany. Gdy podniosła głowę, na pokrytych bielą policzkach zobaczył wilgotne ślady łez. Wyglądała jak żałosny klaun, ale oczy miała złe, błyszczące: – Daj mi spokój. Zabrzmiało to tak, jakby mówiła: – To i tak wszystko nie ma żadnego znaczenia. Spłoszony, odsunął się od niej jak od zranionego zwierzęcia.

Wstała, przeszła przez pokój, stanęła przed lustrem. Palcami dotknęła upudrowanych policzków. Ze szklanego naczynia wyjęła wacik, skropiła płynem z niebieskiego flakonu, zaczęła ścierać puder. W napięciu śledził każdy jej ruch. Starła szminkę z ust, zmyła zielony cień z powiek, tusz z rzęs. Gdy odwróciła się od lustra, zobaczył jasną, czystą twarz. Trochę pudru zostało tylko na skroniach i w miękkim zagłębieniu koło szyi. Podszedł do niej, dotknął powiek, wodził palcami wokół ust, nosa, uszu, jakby chciał sprawdzić, czy to, czego dotyka, jest rzeczywiste. Myśl, że to naprawdę ona, wprawiła go w popłoch i zachwycenie. Przed oczami stanęły sceny z lipcowego egzaminu na prawie. Biała kartka z kolumną nazwisk. Złota stalówka pelikana wpisująca coś do protokółu. Całował jej ręce, ramiona, dotykał włosów. W prostokącie okna nie było już gwiazd. Za szybą zapalały się i gasły światła dalekiej burzy. Drzewa w ogrodzie stały nieruchomo. Biała rosa szkliła się na trawie. Powietrze było wilgotne, chłodne. Pachniało żywicą i mokrym igliwiem sosen. Bezgłośne błyskawice, zapalające się daleko na czarnym niebie, uderzały w horyzont za półwyspem.

Potem znów położyła się obok niego. Objęci, w ciemności, powoli oswajali się z myślą, kim są dla siebie. Większość zła – pomyślał – jakie wyrządzamy innym, pozostaje na zawsze niespłacona, bo rzadko mamy okazję spłacić długi tym, których kiedyś skrzywdziliśmy. Życie, jak opowieść, którą ktoś pisze chińskim tuszem na jedwabiu, jest nie do poprawienia. Lecz teraz, gdy ostrożnie wypytywał ją o wszystko, wydało mu się, że może coś da się jednak naprawić. Mówiła cicho, bez pośpiechu, tak jakby opowiadała nie o sobie, tylko o jakiejś obcej, nieznanej kobiecie, o której ktoś jej kiedyś opowiedział.

...więc gdy tamtego lipcowego dnia podeszła do niego, by pomóc mu zbierać rzeczy, które wypadły z brązowej teczki, gdy powtarzała to swoje nieporadne zdanie, że przecież widziała, jak wpisał do protokółu dobrą ocenę, nagle zdała sobie sprawę, że trafiła na mur nie do przebicia. Ten mężczyzna w białej, płóciennej marynarce, do którego ktoś – jak usłyszała – powiedział: „Panie Jakubie...", nie mógł sobie przypomnieć jej twarzy. Przez moment, w przypływie rozpaczy, chciała go chwycić za ramię i mocno potrząsnąć. Przecież to po prostu zwykła pomyłka! Wystarczy jeden ruch ręki, żeby ją poprawić! Ale jemu – widziała to, gdy zbierał z podłogi te rozsypane rzeczy – drżały ze wzburzenia ręce. Nawet jej nie słuchał.

On tymczasem odsunął ją jak sprzęt zagradzający przejście i wyszedł z pokoju na korytarz.

...stała na korytarzu z opuszczonymi rękami, w sandałach na gołych nogach, w swojej długiej sukience z indyjskiej bawełny, bardziej zdziwiona tym, co się stało, niż załamana.

Znowu dopadło ją to stare, niedobre podejrzenie, że ona nie ma fartu, że los jej nie sprzyja. Przed rokiem zdawała na historię sztuki. Zabrakło jej głupie pół punktu.

A teraz jeszcze ta śmieszna pomyłka, której ten mężczyzna – nie miała wątpliwości – na pewno nie będzie chciał poprawić. Stała na korytarzu. Ludzie przechodzili obok niej obojętnie, zajęci swoimi sprawami.

Gdy wyszła z gmachu prawa, powietrze falowało od gorąca. Ruszyła przez hałaśliwy tłum w stronę Zielonego Mostu. Pomyślała, że Bóg stworzył Ziemię w chwili nieuwagi, zajęty stwarzaniem czegoś dużo ważniejszego. To dlatego tak tu wszystko źle idzie.

W zapchanym tramwaju stanęła przy oknie. Gorące wnętrze wagonu pachniało rozgrzanym lakierem, kurtkami ze skaju, wonią dezodorantów, spoconym trykotem i lyckrą. Miasto wypluwało z siebie tysiące zmęczonych ludzi. Poddawała się naporowi tłumu bezwolnie, z mściwą satysfakcją, tak jakby sama sobie chciała zadać ból. Wiedziała, że teraz musi szybko znaleźć pracę. Wszystko jedno jaką. Ojciec nie czuł się dobrze. Wieczorami w swoim pokoju przeklinał tych, którzy zwolnili go z roboty w stoczni, chociaż w Sierpniu był członkiem sławnego komitetu strajkowego i razem z Wałęsą stał przy Drugiej Bramie.

Gdy tramwaj przejechał Hucisko, za szybą ujrzała dworzec ze skrzydlatym kołem na niderlandzkiej fasadzie, potem za oknem przesunął się wiadukt, dźwigi stoczni, żółty most nad torami kolejowymi, drzewa Wielkiej Alei, szary gmach Anatomii, w którym Niemcy robili mydło z ludzi, opera przerobiona z końskiego maneżu. Gdy wysiadła na przystanku przy starej pętli, słońce uderzyło w nią żółtą falą gorąca. Żaden powiew nie poruszał liśćmi na drzewach Parku. Przeszła przez stary rynek, skręciła koło młyna. Gdy weszła do domu, ojca nie było. W oknach pokoju firanki wzdymały się jak rybie pęcherze. Ściskając skronie palcami, zaczęła chodzić od drzwi do okna i z powrotem. Przysięgała sobie, że się nie rozpłacze, choć matka mówiła jej zawsze, że w takich chwilach powinna „zwyczajnie wypłakać się jak dziecko". – Do diabła! – wzruszyła ramionami. – Przejmować się takim gównem jak ten idiotyczny egzamin? Chyba by zgłupiała. Rozwiązując rzemyki sandałów, parsknęła złym śmiechem. Iluż to ludzi na całym świecie nie zdało dzisiaj takiego egzaminu? – Też mi wydarzenie! – powtarzała sobie, ściągając przez głowę sukienkę ciepłą od słońca. W samym biustonoszu i majtkach weszła do łazienki. Chciała zmyć z siebie całą tę nikczemną mieszaninę kurzu, potu, złych zapachów miasta. Dosyć już miała dziewczyny o gładkich popielatych włosach równiutko rozczesanych na środku głowy, która mściwie spojrzała na nią z głębi lustra zawieszonego nad umywalką. Niech znika!

Napełniła wannę, weszła do wody. W białych kafelkach odbiło się zniekształcone wnętrze łazienki, skrzyżowany cień ramy okiennej, tęczowy refleks słonecznych promieni załamany w krawędzi lustra. Położyła się na wznak. Zamknęła oczy. Ciało roztapiało się w mieszaninie ciepła i powietrza. Rzeczy, na które patrzyła spod przymkniętym powiek, zdawały się tracić swój ciężar. W niklowanym kranie baterii prysznica lśniła iskra słońca. Okrągłe lustro pod lampą z porcelanowym kloszem w kształcie odwróconej lilii zaszło białą mgłą. Po chłodnej tafli spływały wężyki kropel. W kącie na emaliowanym wieszaku wisiał różowy ręcznik frotté. Grecka gąbka, pływająca w wodzie, szorstkim owalem dotykała piersi. W mydelniczce podobnej do perłowego małża białe mydło z bąbelkami piany. Na umywalce leżała zardzewiała żyletka ojca. Wzięła ją w palce i nagle – sama nie wiedząc, co robi – mocno przeciągnęła nią po przegubie lewej ręki, tam gdzie skóra była najbielsza. Ból był piekący, więc szybko, nie otwierając oczu, wsadziła rękę do wody. Krew wypływała szybko z ukośnego nacięcia, rozlewając się wiotkimi smużkami pod powierzchnią. Serce biło mocno, więc nie musiała się bać, że zakrzepnie. – I bardzo dobrze! – wyszeptała przez zęby. Wyciągnęła z wody lewą nogę, oparła piętą na krawędzi wanny, obmacała miejsce nad kostką, gdzie niebieskawą wypukłością dawała o sobie znać tętnica, po czym krótkim ruchem uderzyła w nią ostrzem żyletki. Krew trysnęła na kafelki nad wanną jak sok z rozgryzionej wiśni. Śmiejąc się dziko, rozmazała palcem czerwone krople na lśniącej glazurze jak laborantka rozmazuje krew na szkiełku. Mdłości podpłynęły do gardła, więc przerażona, że się zadusi, odruchowo chwyciła za kran. Uniosła się na łokciu, ale pociemniało jej w oczach. Lepkie od krwi palce ześlizgnęły się z kurka. Przewracając się na plecy, uderzyła głową o krawędź wanny. Krzyknęła z bólu. Woda zalała usta. Zachłysnęła się, nieprzytomnie bijąc rękami w wodę. Strumienie chlusnęły na posadzkę...

Miała szczęście. W drzwiach zazgrzytał klucz. To ojciec wracał z miasta. Ledwie wyciągnął ją z wanny (w czerwonej wodzie gąbka ciemna od krwi). Bezwładna, ciężka, leciała mu przez ręce. Położył ją na posadzce. Mocno obwiązał gumą miejsce nad kostką, zakleił plastrem nacięcie na przegubie. Spod opatrunków ciągle sączyła się krew. Zaczęła mówić do niego niewyraźnie, że chyba coś niedobrego zjadła, bo bardzo boli ją głowa. Miała dreszcze, chociaż w łazience było gorąco. Ułożył ją na tapczanie, owinął kołdrą. Oskarżał siebie. To wszystko przez niego. Nie umiał jej pomóc po śmierci matki. Nie poświęcił jej tyle czasu, co trzeba. Gdy dzwonił na pogotowie, trzęsły mu się ręce. Nie mógł wykręcić numeru. Lekarz przyjechał o szóstej. Od razu założył szwy, które – gdy tylko odzyskała przytomność – chciała rozerwać paznokciami. Musieli przegub okręcić bandażem. Podłączyli żyłę do kroplówki. Zrobili zastrzyk. Dopiero wtedy rozpłakała się jak dziecko, bardziej z wściekłości niż z rozpaczy. Chcieli ją zabrać do szpitala, ale powiedziała, żeby się wynosili do diabła. Zresztą ojciec nie nalegał. W domu będzie jej lepiej. Weźmie do pomocy pielęgniarkę. Może chciał ukryć przed ludźmi to, co się stało, ale sąsiedzi i tak zdążyli zajrzeć do mieszkania, gdy lekarz schodził do karetki.

Przez parę następnych dni nie chciała z nim rozmawiać. Ludzie z kliniki nerwic siadali na krześle przy łóżku, ale nie otwierała nawet oczu. Milczała zaciekle, mściwie. Czuła się słabo, straciła sporo krwi. We środę przepędziła ich z krzykiem. Nie chciała jeść. Na samą myśl, że mogłaby wziąć do ust mięso, dostawała mdłości. Miała dosyć wszystkiego. Gdy ojciec podchodził do łóżka, ubliżała mu obrzydliwie. Groziła pięścią, że się zemści za to, że ją „przed czasem" wyciągnął z wanny. Stary dureń! Czego się wtrącał?! Przyjmował obelgi w milczeniu. Pielęgniarki kręciły głową i obchodziły się z nią szorstko. Ale w sobotę wieczorem, gdy usłyszała, jak płacze w sąsiednim pokoju, rozwścieczona krzyknęła, by wreszcie przestał. Nic nie rozumie! To wszystko przez tamtego drania, który ją na tym przeklętym egzaminie potraktował jak psa!

Budziła się i znów zasypiała. Do diabła, powtarzała sobie, cały ten egzamin to pieprzone głupstwo. Fuck off! Ale wciąż nie mogła się uwolnić od obrazu złotej stalówki wpisującej coś do protokółu. Tak – zaciskała zęby – taką samą złotą stalóweczką Ribbentrop pewnie spokojniutko podpisywał pakt z tym łajdakiem Mołotowem, Beria stawiał „ptaszki" na listach wrogów ludu (kto, *towariszczi*, pierwszy *pod stienku*?), Stalin niedbale sygnował projekt granic dla „tych biednych Polaków", Eichmann „ostateczne rozwiązanie", a spasiony Churchill z chudym Rooseveltem całe to podłe, pożal się, Boże, „porozumienie jałtańskie". Jeden ruch pióra i tysiące ludzi idą do pieca. Jeden ruch i trafiają za krąg polarny. Drobna pomyłka na „liście Schindlera": ktoś trafia do komory gazowej, ktoś inny szczęśliwie wraca do domu. Spisy ludności. Formularze. Protokoły. Punktacje. Testy. Rankingi. Komputerowe bazy danych. Kosmos ewidencji. Handlowanie spisami studentów, klientów towarzystw ubezpieczeniowych, pasażerów linii lotniczych. A nad tym wszystkim ręka ze złotym piórem w palcach. Spokojnie stawiająca w odpowiednich rubrykach cyferki, krzyżyki i „ptaszki". Sumująca punkty. Strącająca w przepaść.

W myślach włączała go do tej podłej bandy urzędasów, którzy bez zmrużenia oka jednym „ptaszkiem" skazywali tysiące ludzi na życie lub śmierć. Władcy rubryk. Archaniołowie punktacji. Spece od testów. Cyferka, pieczątka i raus do piekła! Nie mogła się powstrzymać: niech zginie! niech nogi połamie! Przeklinała go cytatami ze szkolnych lektur (nareszcie na coś się przydali mistrzowie słowa, którymi dręczono ją przed maturą). Ocalałam prowadzona na rzeź. Mam mało czasu, muszę dać świadectwo. Jeszcze chwilę, profesorze Spanner. Nie bądź bezpieczny, poeta pamięta.

Ale potem kręciła głową. Co za bzdury. Teraz nie miała już pewności, w której sama się zresztą utwierdzała, że poprawnie odpowiedziała na wszystkie pytania, że to tylko on źle wpisał punkty i uparcie nie chciał pomyłki poprawić. Z głową na podniesionej poduszce, zmęczona, senna, starała się odtworzyć w pamięci każdą chwilę tamtego przeklętego dnia. – Nie – zamykała oczy – to była jej wina. Tylko jej. Nikogo więcej. Po prostu tam, na tym egzaminie, coś jej się w głowie poplątało z nerwów, tak że gadała głupstwa, przekonana, że mówi mądrze. Mówiła o lady Macbeth, o winie, o kompleksie winy w dramatach Szekspira, o silnym związku między poczuciem winy a niezgodą na świat. Powoływała się na Junga, na Freuda, na Fromma. Czyż nie było to nieznośnie pretensjonalne u dziewczyny, która na egzamin przyszła w sukience z indyjskiej bawełny i na dodatek w sandałach założonych na bose nogi? Więc pewnie miał rację, że spławił ją paroma słowami. Zasłużyła na to.

Gdyby teraz mogła zobaczyć cały ten egzamin nagrany na wideo! Minuta po minucie. Sekunda po sekundzie. Przyjrzałaby się dokładnie każdej chwili. Lecz tamtych chwil już nie było. Znikły na zawsze. W pamięci zostało parę mylących obrazów, nic więcej. Nigdy nie będzie wiedziała, co zdarzyło się naprawdę tamtego dnia. Czy zdawała dobrze, czy źle. Mądrze, czy głupio. Zresztą wszystko jedno. Oparta na poduszce, obolała, zła, błądziła palcem po plamach na ścianie (prawdziwy test Rorschacha). Potem patrzyła na wzgórze po drugiej stronie stawu i na dwie zielone wieże Katedry. Zawsze koiło jej to nerwy, które teraz – jak sobie mówiła – miała kompletnie zszargane.

Gdy poczuła się trochę lepiej, wstała z łóżka. Znużenie, senność, wstręt. Całymi dniami siedziała przy oknie, z niechęcią patrząc na drzewa w ogrodzie. Były mocno wrośnięte w ziemię. Nic sobie nie robiły z jej zmartwień. Zza firanki obserwowała sąsiadów. Starała się zapomnieć, jak się nazywają. Imiona i nazwiska? Wszyscy są tacy sami. Wredni i głupi. Z ojcem prawie nie rozmawiała. Jego cierpienie przyjmowała obojętnie. Była opryskliwa. Uzyskała nad nim dziwną władzę, z którą musiał się liczyć.

Rozkojarzona snuła się po pokojach. Świat, który ją otaczał, był jak zimne morze. W niedobrych chwilach znowu przychodziły do głowy złe myśli o żyletce. Ale teraz umiała sobie z nimi poradzić. Chciała teraz spotkać Boga, zobaczyć Go na własne oczy. Tak, spotka Go na długim spacerze po plaży, stanie przed tym siwobrodym, lodowatym Starcem w długiej szacie i wygarnie Mu wszystko! – No dobrze – zapyta – ale o co Ci właściwie chodzi? Co chcesz przez to osiągnąć, że nas pakujesz w te wszystkie paskudne sytuacje? Do czego Ci to potrzebne? Jeśli chcesz, żebym stała się lepsza, doskonalsza, czystsza, czy naprawdę nie masz na to innego sposobu? Ale potem machała ręką. Te gwałtowne, mściwe pretensje tylko ją nudziły.

Czasami marzyła o innym Bogu. Kiedyś spotka na plaży szczupłego mężczyznę z obrazów, jakie widziała w Katedrze. Wysoki, smagły, piękny, podejdzie do niej, jakby ją znał od dawna, obejmie, położy na ciepłym od słońca piasku i będzie gładził ją po włosach jak dziecko. Wtedy ona zapomni o zimnym morzu.

Ileż to razy w dzieciństwie mówiono jej o bożej Miłości. Ale boża Miłość, o której jej tyle mówiono, była jakaś zupełnie inna niż miłość, jaką znała. Ludzka miłość – mówiono jej – jest brudna. Za dużo w niej ciała. Takiej miłości Bóg nie chce. Nigdy jednak nie potrafiła sobie wyobrazić tej innej miłości. I nie umiała tej innej miłości pragnąć. Miała ciało i krew i chciała, by Bóg też miał ciało i krew. Wcale nie chciała się znaleźć w Niebie, w którym wszyscy byliby bezcieleśni.

Zawsze zachwycały ją opowieści o greckich bogach, któ rzy zstępowali z Nieba i kochali się z ziemskimi kobietami na plażach Morza Egejskiego. Żywy Bóg w obłoku płomieni zjawiał się na morskim brzegu i brał w ramiona ziemskie dziewczęta, które rodziły mu dzieci. Boży deszcz spadał na wrażliwe ciało Danae. Rozjaśniał ciemności świata. Cóż za myśli szalone snuły jej się po głowie! Czasem chciała się kochać z nagim Jezusem, na pustej plaży, w pełnym słońcu. Cóż za głupstwa! Ciepły seks nad zimnym morzem! Ale nie umiała się od tych myśli uwolnić. Same wracały. Tak śpiewała swoją *Pieśń nad pieśniami.*

Ale Bóg, którego znała, w ludzkim ciele był tylko przez chwilę. I od razu po Ukrzyżowaniu zrzucił z siebie to ciało jak stary, znoszony płaszcz, ubrał się w ciało dużo lepsze, niebiańskie i uciekł do swojego Nieba. Nawet gdy pojawił się w Emaus, miał ciało, jakiego nigdy nie miał żaden człowiek. Cóż to za Ojciec, który nie bierze swoich dzieci na kolana? Nie gładzi ich po włosach? Nie całuje? Cóż to za Oblubieniec, który nie obejmuje ramion, nie dotyka bioder i piersi?

Tonęła w tych myślach jak w mętnej rzece.

Po paru tygodniach odwiedziła ją dziewczyna z wolontariatu. Miała dwadzieścia parę lat, młodą twarz i brązowe oczy starej kobiety. Ze skórzaną torbą zarzuconą na ramię, w miękkich butach z zamszu, w meksykańskim poncho z frędzlami, wyglądała na kogoś, kto wrócił z długiej wędrówki. Kasztanowe włosy przewiązane nad czołem rzemykiem ze znakiem mandali. Oczy głęboko osadzone pod gęstymi brwiami. Cygańska cera. Na ustach perłowa szminka. Oschła, ironiczna, a jednak jej słowa nie raniły, przeciwnie: właśnie do niej przyciągały. Od dawna nie miała nikogo, ale nie uważała tego za klęskę. Cóż, tak się zdarza. Zręcznie zmieniała opatrunek na przegubie. Przemywała ranę nad kostką. Zawiązując bandaż, któregoś dnia mruknęła: – Pomagasz innym, pomagasz sobie, jak mówi Tarama Savanaya. Zabrzmiało to jak żart, ale słowa tej oschłej, ironicznej dziewczyny, którą do domu nad stawem przysłało stowarzyszenie Światło Życia, wyrwały ją z letargu. Nagle, jakąś dziwną grą skojarzeń, przypomniała sobie starą skandynawską baśń, którą w dzieciństwie usłyszała od matki.

Była to baśń o chlebie, który był wiecznie głodny, bo piekarze nie zrobili mu ust. Okrągły, podobny do głowy bez oczu, leżał na stole i nie był w stanie myśleć o niczym innym tylko o jedzeniu. Całymi godzinami marzył o smacznym, białym miąższu i chrupkiej skórce posypanej makiem, co potęgowało jego głód, a na dodatek wciąż bał się noża, który leżał przy nim na stole, zimny, dobrze naostrzony i co jakiś czas pobrzękiwał groźbami, że już niedługo zagłębi się w jego białym ciele. I pewnego dnia – było to przy wieczerzy – nóż wszedł w jego białe ciało i rozciął je głęboko. I właśnie wtedy, gdy ludzie zaczęli się łamać jego białym, kruchym miąższem, chleb przestał się bać. Zrozumiał, że wyzwoli się z głodu, jeśli rozda siebie tak, że nie zostanie po nim nawet jeden okruch. I tak się stało. Im bardziej go ubywało, tym mniej się bał. A kiedy nie było go już wcale, na ciemnym dębowym stole pozostał po nim tylko piękny ślad – krąg mącznego pyłu, podobny do ciepłego słońca.

Nie lubiła tej bajki, ale lubiła głos matki, która jej tę bajkę opowiadała.

Dziewczyna z wolontariatu zaprowadziła ją pod koniec miesiąca do noclegowni na Klasztornej. Niech trochę popracuje, to bardzo pomaga. Propozycję przyjęła, innej pracy nie było, oszczędności ojca się skończyły. Najpierw sprzątała w kuchni, zmywała talerze, kroiła chleb. Po paru tygodniach dopuszczono ją do „pensjonariuszy". Ich widok ją przeraził. Do sali zbiorowej weszła o zmierzchu. Leżeli na żelaznych piętrowych łóżkach pod niskim sufitem, brudni, owinięci tanimi kołdrami, posiniaczeni, zrezygnowani, senni, czasem gwałtowni, kłótliwi, cuchnęli alkoholem, okradali się nawzajem i pili w ciemnym składziku pod schodami salicylowy spirytus. Trzeba ich było długo namawiać, by weszli pod prysznic. Mieli ciała posiniaczone, podrapane, pokryte bliznami i nieudolnymi tatuażami. A jednak poczuła ulgę. Więc na Ziemi – pomyślała – są i takie miejsca? Jej własne kłopoty zbladły.

Co jakiś czas do schroniska na Klasztornej straż miejska przywoziła z dworca młodą kobietę. Ta była najgorsza. Włosy ufarbowane na czerwono, podarte dżinsy, stare adidasy, mocny makijaż. Ilekroć ją ściągano do noclegowni, awanturowała się w drzwiach, przeklinała wszystkich, pod ubraniem przemycała okręcone w gazetę butelki taniego wina. Mówiono na nią „Auchan". Taki napis miała na pomarańczowej kurtce. Wszystko, co miała, nosiła w foliowej torbie. Wieczorami siadała przy jej łóżku. – Słuchaj – mówiła do Auchan – po co się tak wykańczasz? To bez sensu. Dosyć się już nacierpiałaś. Zobaczysz, Bóg nas wszystkich weźmie do siebie. Ciebie też. Tam, w górze, odpoczniemy sobie po tym całym gównie za wszystkie czasy. On nas kocha. Musimy w to głęboko wierzyć. Rozumiesz?

Gdy to mówiła, nie wierzyła w ani jedno słowo. Co jednak miała robić? Milczeć? Czy może bez skrupułów powiedzieć tej biednej, ufarbowanej na czerwono istocie, że jedyne, co ją naprawdę czeka, to – jak przeczytała u pewnego sławnego poety – spadanie: obrzydliwe choroby, śmierć i zapomniany grób na łostowickim cmentarzu? Więc czerpała te słowa z najczystszego źródła dzieciństwa. Trzymała Auchan za rękę i mówiła jej o Bogu, który w Niebie cierpliwie czeka na wszystkich.

Ale „Auchan", potargana, skulona, z głową pod kocem, leżała odwrócona do niej tyłem, jakby jej nie słyszała. Potem nagle zrywała się spod koca: – A odpierdolcie się ode mnie wszyscy, do kurwy nędzy! Wiesz – krzyczała. – gdzie ja mam tę waszą miłość? To wasze zbawienie? – oczy błyszczały jej nieprzytomnie. – On mnie kocha, mówisz? Tak, tak, On mnie tak kocha, że ja się któregoś dnia rzucę pod pociąg, żeby do Niego jak najszybciej dolecieć! – A ty – nagle chwytała ją za rękę – co tam masz? No, pokaż! – szarpała ją za rękaw. – Co tam tak chowasz? Skąd masz te sznyty? No, gadaj! Cięłaś się, co? Pewnie dlatego, że On cię kocha. Prawdziwa love story, patrzcie państwo! Romeo i Julia! Tak, on Cię kocha dokładnie tak samo jak mnie. A wiesz, gdzie ja mam taką miłość?

Uspokajała ją: – Nie krzycz. To nie ma sensu. Pomyśl: kto wie, może to jest najprawdziwsza prawda. Może komuś naprawdę zależy na nas i na tym naszym zasranym świecie. I że On naprawdę całymi latami czeka nawet na takich śmieciarzy jak my. I może właśnie takie czekanie to jest najprawdziwsza miłość. Może nie ma i nie będzie żadnej innej.

– Przekleństwa, którymi Auchan ją obrzucała, przyjmowała jak brzydkie wyrazy wykrzykiwane przez zranione dziecko, które chce dokuczyć matce. Ale gdy wracała do domu, w którym za ścianą leżał milczący ojciec, przeklinała tak samo jak ona.

W któryś piątek ojciec wrócił do domu roztrzęsiony. Wstała z krzesła, na którym siedziała przy oknie, a gdy zaczął mówić coś szybko i niewyraźnie, że „chciał się z tym draniem policzyć", potrząsnęła nim: – Coś ty zrobił?! Mów! – On jednak milczał. Musiało to być coś niedobrego, bo potem zaczął ubierać się inaczej niż dotąd. Przestał wychodzić z domu. Jakby się bał, że zostanie rozpoznany na ulicy. Źle spał. Do późnej nocy przeklinał półgłosem tych, co go wyrzucili ze stoczni. Postarzał się o parę lat. Gdy słyszał czyjeś pukanie do drzwi, drżały mu ręce. Zrozumiała, że ma w domu stare dziecko. Zajmowała się nim z chłodną troską jak jednym z „pensjonariuszy". Wiedziała, że nikt oprócz niej mu nie pomoże. Była silna jak nigdy dotąd.

Gdy we wtorek wieczór wracała z Klasztornej, zaszła na dworzec. Zjechała ruchomymi schodami na dół, skręciła przy kasach, minęła kwiaciarnię. W tunelu zobaczyła brudnego, zarośniętego człowieka. Siedział skulony pod ścianą i plastikowym kubkiem na monety postukiwał w posadzkę. Szła w tłumie szybko, nie myślała o niczym, miała za sobą ciężki dzień na Klasztornej, lecz gdy go dostrzegła, nagle pchnięta jakimś impulsem, podbiegła i ze ściśniętym gardłem uderzyła go w twarz. Nawet nie podniósł głowy, tylko łokciem niezdarnie zasłonił się przed drugim ciosem. Ktoś chwycił ją za rękę, ktoś zaczął wołać policję, ktoś inny krzyczał, że miała rację, bo ćpunów trzeba tępić, ale wyrwała rękę i wbiegła w tłum. Serce, przerażone tym, co zrobiła, przez długi czas nie mogło się uspokoić. Dopiero gdy wsiadła do tramwaju, poczuła wściekłą, złą radość, że nareszcie wyrównała rachunki, chociaż wiedziała, że to głupie. Bo jeśli ten człowiek, którego uderzyła – przeraziła się – był kimś zupełnie innym, niż sądziła? Dręczyło ją to potem wiele dni.

Ojciec umarł w maju. Została sama. Chodziła do schroniska na Klasztornej, żeby nie siedzieć w pustym domu. Brała paskudne roboty, których nikt nie chciał brać, tak jakby się mściła za coś na sobie. Szorowała podłogi i wanny. Myła okna. Prała prześcieradła. Gdy wieczorami śmiertelnie zmęczona wracała z Klasztornej do domu, z ironicznym uśmiechem nuciła sobie po drodze skandynawską baśń o chlebie. Teraz ta baśń tylko ją śmieszyła. Pod koniec maja zapisała się na kurs logopedyczny, bo taka specjalność dawała dodatek do pensji.

Po jakimś czasie o zdarzeniu w tunelu zapomniała. Nie chciała o nim myśleć. Było zresztą tyle ważniejszych spraw. Dopiero w lipcową noc, gdy wracając ze schroniska zaszła znów na dworzec, poczuła niepokój. Rozejrzała się po dworcowej hali. Po paru chwilach w kącie koło kas ujrzała mężczyznę siedzącego na posadzce. Poczuła wzbierający gniew. Tak, to był człowiek, którego uderzyła w tunelu. Więc znowu pchał się do jej życia? Ta sprawa była przecież zamknięta. Rachunki wyrównane. Przyglądała mu się uważnie. Siedział na rozłożonych gazetach posiniaczony, brudny. Miał ślady zadrapań na policzku i szyi. Aż zachłysnęła się głęboką, palącą radością z dopełnionej zemsty. A więc jest jeszcze, do diabła, sprawiedliwość na tym pieprznym świecie! Mocne, złe szczęście! Iluż to ludzi na Ziemi marzy, by ujrzeć swoich prześladowców zdeptanych, strąconych w proch?

Lecz naraz spostrzegła, że ten posiniaczony mężczyzna nie widzi jej, chociaż na nią patrzy.

Coś się w niej zachwiało. Tak, jego oczy bezradnie pływały pod przymkniętymi powiekami. Miał gorączkę? Nagle z serca zaczęła odpływać nienawiść, mocna, czysta, dobra nienawiść, która trzymała ją przy życiu. Spłoszona tą nagłą utratą życiodajnej siły, poczuła się strącona równie nisko jak on. Sama nie wiedząc, co robi, podeszła do niego, pochyliła się i drżącym z tłumionej furii głosem powiedziała: – Co pan tu robi, do diabła? Boże, co pan z siebie zrobił...

Potem długo milczeli, patrząc w rozjaśniające się niebo za oknem. Do świtu było już niedaleko. Różowe strzępy zorzy, które pokazały się nad wieżami Katedry, odbiły się w lustrzanej tafli stawu. Cień młyna położył się rudą plamą na wodzie. W lesie budziły się ptaki. Granatowa chmura znad morza odpływała na wschód. Światła statków na redzie migotały w błękitniejącej mgle.

# Ktoś patrzy

Następnej nocy pojechali nad morze. Samochód zostawili na wydmach. Fale cicho oddychały w ciemności. Okrągły księżyc wschodził w prześwicie chmur nad półwyspem. Jego płynne odbicie kołysało się na wodzie przy wejściu do portu. Powietrze było czyste jak przetarta irchową szmatką soczewka fotograficznego obiektywu. Na końcu falochronu latarnia morska pulsowała czerwonym światłem. Przekrwione ze zmęczenia, bezsenne oko wiecznie czuwającego Argusa.

Zbiegli nad czarną wodę ścieżką wśród sosen, ze śmiechem zrzucając z siebie koszule, spodnie, skarpetki. Nadzy, zdyszani, upadli na chłodny piasek. Plaża była szeroka, pusta, ciągnęła się długim łukiem od świateł portu do świateł mola. Objęli się mocno. Nie chcieli budzić duchów, które pewnie przysiadły gdzieś za nimi na ostrych trawach porastających wydmy i cierpliwie czekały na świt, do którego było jeszcze daleko.

Księżyc oświetlił ich jak filmowy reflektor ustawiony w rozsuniętej kurtynie chmur. Leżeli w zimnym blasku. Widoczni jak na dłoni. Z ziarenkami piasku na skórze. Dalekie światła sierpniowej burzy przelatywały jak błyski flesza po niskich obłokach nad półwyspem. Z zamkniętymi oczami wsłuchiwali się w echo grzmotów.

Z nagłego lęku uwolniło ich pożądanie. Połączyli się gwałtownie, wygłodniali, spragnieni siebie. Oplotła go kolanami, dotknęła ust. Całował słone zagłębienie pod obojczykiem, szyję, piersi, biodra. Spleceni ze sobą, kołysali się na piasku, wsłuchani w coraz szybsze oddechy. Nad sobą mieli puste niebo, pod sobą chłodną ziemię. I to doznanie, że otacza ich niezmierzona przestrzeń, większa niż świat, wznieciło w nich jakieś pragnienia złe, rozjątrzone, wzburzające krew.

Banalna metafora „oczy gwiazd", którą pamiętali z dzieciństwa, przestała być banalną metaforą. Czuli na sobie spojrzenie. Wyobraźnia, rozjątrzona świadomością, że są widziani, podpowiadała im dotknięcia i poruszenia, których na pewno wstydziliby się za dnia. Ale teraz była tylko noc, która oświetlała ich z góry zimnym światłem księżyca. Słuchali jej zachęt i podszeptów, nie licząc się z niczym.

W promieniach księżycowego światła łączyli się ze sobą wymyślnie, jakby tą bezbronną gwałtownością odsłoniętych ciał chcieli zranić kogoś, kto nie mógł sobie odmówić przyjemności patrzenia.

Od wody dzieliło ich tylko kilka kroków. Fale omywały brzeg prawie bezszelestnie. Morze pachniało solą, wodorostami, wilgotnym piaskiem. Granica między światłem i cieniem wibrowała jak struna trącona palcem. Światła statków stojących na redzie drżały w przejrzystym powietrzu. Nie było wiatru. Ostre trawy na wydmach były białe od rosy.

Spazm, który wstrząsnął ich ciałami, był krótki, szarpiący. Powoli odsunęli się od siebie. Na skórze lśniły kropelki potu. Krew powoli uspokajała się w żyłach. Ale ziemia, na której leżeli, ani na chwilę nie przestawała wysysać ciepło z rozgrzanych mięśni.

Położyła mu głowę na piersiach. – Wiesz – dotknął jej dłoni, na której połyskiwało parę ziarenek piasku – ten egza-

250

min na prawie, moja wędrówka przez miasto, twoje klęski, nasze spotkanie na dworcu... – Daj spokój – położyła mu palec na ustach. – Lepiej nic nie wiedzieć. Ważne jest to, że jesteśmy razem, reszta to głupstwa. Powinieneś być wdzięczny. – Wdzięczny? Komu? – Wszystko jedno, komu. Ważna jest sama wdzięczność. Bawił się jej włosami: – Myślisz, że on nas teraz widzi? – Kto? – Odpowiem tak jak ty: Nieważne, kto. Ważne, czy widzi. – Czy nas widzi? Kto wie, może widzi. Halo, halo! – wyciągnęła rękę ku chmurom. – Proszę pana, czy pan nas widzi? No, niechże się pan odezwie. Bardzo bym chciała panu podziękować za Jakuba. Ty też – wzięła Jakuba za rękę – podziękuj panu za mnie. Jakub uśmiechnął się: – On i tak nie odpowie. A poza tym, jak myślisz, czy on w swoich planach przewidział to, cośmy robili przed chwilą? Zaśmiała się cicho: – Mam nadzieję, że nie wszystko.

Leżeli na piasku z rękami pod głową. Niebo było wypełnione zimną poświatą. Chmury to odsłaniały, to zasłaniały księżyc. Trzymali się za ręce.

Las za wydmami był czarny. Żaden ptak nie przeleciał w ciemności. Jakby w całym wszechświecie nie było nikogo oprócz nich. Tylko morze oddychało w ciemności między wejściem do portu a klifami Orłowa. Daleki port w Gdyni wyglądał jak wyrzucona na brzeg fosforyzująca meduza. W czarnej, spokojnej wodzie, która bezszelestnie omywała wilgotny piasek na brzegu, pełno było utajonego życia, tylko gdzieś tam, na zachodzie, za półwyspem, na zimnym dnie morza koło Ustki, wciąż leżał ten zaryty w piach zardzewiały statek wypełniony martwymi dziećmi, szkieletami kadetów, esesmanów i radiotelegrafistek, których kości zostały objedzone do czysta przez ryby i ślimaki.

Znowu objęli się – czule, ostrożnie – jakby obejmowali naczynia z kruchego szkła, które można stłuc byle dotknięciem. Byli teraz spokojni, gotowi na wszystko, ulegli. Niech się dzieje, co chce. W piersiach wciąż paliło się wewnętrzne światło, które wzniecili przed chwilą. Delikatnie dotykając skóry na ramionach i piersiach, odnajdywali bliskość, jakiej dotąd nie znali. Nadzy, z kropelkami potu na skórze, czuli, jak ich rozgrzane miłością ciała powoli stygną w coraz chłodniejszym powietrzu. A w górze nad nimi przesuwały się ławice czarnych chmur, nadciągające od strony Morza Północnego, płynące nad zatoką na wschód. Księżyc oświetlił korony sosen za wydmami.

Nuciła coś pod nosem, jakąś nieprzyzwoitą piosenkę, która w jej ustach brzmiała zachwycająco. Nie chciała się stąd ruszyć. Najpewniej dobre duchy, które nadleciały od strony wydm, krążyły teraz nad nią bezszelestnie.

Zbliżał się świt. Zorza powoli nadpływała od wschodu jak płonący, trafiony bombą głębinową okręt podwodny, od którego bije czerwona łuna. Ubrali się szybko, śmiejąc się w ciszy. Woleli nie płoszyć duchów, które znów przysiadły na białych od rosy trawach i cierpliwie wypatrywały pierwszych świateł świtu.

Gdy dojechali do willi nad stawem, nad Katedrą, tam gdzie w pogodne dni widać było morze, pojawiła się seledynowa smuga brzasku. Po drugiej stronie stawu zaczęły śpiewać ptaki. W spokojnej wodzie odbijało się coraz jaśniejsze niebo.

# Nieuchwytne

Nazajutrz, gdy wstawał z łóżka, potknął się i upadł na dywan. Przerażona, podniosła go z trudem. Powróciły bóle pod lewą skronią. Powiedziała, że trzeba coś z tym zrobić, ale mruknął tylko: – Nic mi nie jest. Po prostu trochę kręci mu się w głowie. Zawiozła go znów do Akademii. Zatrzymali go na obserwację, ale powiedział lekarzom, że czuje się lepiej i chce wrócić do domu. Zabrała go wieczorem. – Poczekaj – śmiał się, gdy jechali drogą pod lasem w stronę północnej dzielnicy – niedługo będę ci pomagał w ogrodzie.

Rano wychodziła na Klasztorną. Na długie godziny zostawał sam. Było mu dobrze w tym starym domu, w którym modrzewiowe podłogi poskrzypywały w ciszy, a zza uchylonego okna dobiegał szum jarzębinowych liści. Leżał na starej kanapie, przykryty szkockim pledem. Widział ogród, staw, za stawem wzgórze z wieżą widokową, stary młyn i dwie zielone wieże Katedry. Koło południa w kryształowych szybkach kredensu załamywało się słońce, potem na półkach wynurzały się z cienia kryształowe kieliszki, karafka i stara porcelana malowana w japońskie wzory. Po powrocie z Klasztornej siadała przy nim, poprawiała poduszkę i pijąc herbatę z malinami opowiadała o tym, co robiła cały dzień. Żartobliwie naśla-

dowała gesty szczególnie dokuczliwych „pensjonariuszy".
Bardzo go to rozśmieszało. Lubił patrzeć na jej dłonie, połysk popielatych włosów, unoszenie brwi. Nie robiła już sobie na szczęście azjatyckiego makijażu. Ładnie tylko przedłużała oczy zieloną kreską. Wstawali wcześnie. Wchodziła do łazienki półprzytomna, zaczerwieniona, niepodobna do samej siebie. Stawała w wannie. Mył jej plecy gąbką, spłukiwał prysznicem z porcelanową rączką. Śmiejąc się pod strumieniami wody, opowiadała mu swoje sny, czasem nudne, czasem zupełnie wariackie. Potem siadali przy stole. Zalewała mlekiem müsli, gryzła pomarańczę, którą jej obrał. Gdy smarowała grzankę miodem, suszył suszarką jej mokre włosy, żółtym grzebykiem rozczesując pasemko po pasemku. Wyjmowała z torebki puderniczkę: Co się tak gapisz  uśmiechała się znad lusterka  jakbyś chciał mnie zjeść? Siadał po drugiej stronie stołu, opierał łokcie na blacie i patrzył na nią. Uważnie malowała usta szminką, najpierw górną, potem dolną wargę, a gdy mówił, że powinna poprawić jeszcze w kącikach, ironicznie mrużyła oczy: – A umiałbyś? Śmiejąc się, brał szminkę w dwa palce i paroma pociągnięciami poprawiał kolor. Delikatnie, jak japoński kaligraf piszący na jedwabiu, szczoteczką z tuszem podkręcał jej rzęsy. Wskazującym palcem rozprowadzał róż na policzkach.

Cóż za przemiana! W jasnokremowej sukience, z płócienną torbą przerzuconą przez ramię, w białych pantofelkach na płaskim obcasie, rzucała mu na pożegnanie żartobliwe spojrzenie. Palcami wzburzała włosy: – Oj, co to ja się z tobą mam... Stojąc w drzwiach patrzył, jak idzie w stronę starego rynku. Szybkie, lekkie kroki, sukienka podwiewana wiatrem. Życie płonęło w niej jasnym ogniem. W takich chwilach czuł się tak, jakby ze wzburzonego morza cudem wyciągnął topielicę. Ale przecież było zupełnie inaczej: to ona – delektował się gminnym wyrażeniem, które dobrze pasowało do jego sytuacji – wyciągnęła go z rynsztoka.

Po powrocie z pracy sprawdzała, czy połknął tabletki przepisane w Akademii, bo zwykle zapominał, którą kiedy wziąć. Gdy wieczorem siadali na kamiennej ławce nad stawem i długo patrzyli na wodę, w której odbijały się chmury i wzgórze z wieżą widokową, odzyskiwał spokój. Jakby mu ktoś bezboleśnie odcinał po kawałku niedobre części duszy, oddzielając to, co żywe, od tego, co martwe. Uspokajała go: – Zobaczysz, jeszcze trochę, a pójdziemy razem na spacer do lasu za Katedrą. Patrząc na nią przyrzekał sobie, że nigdy już nie złamie zakazu, lecz gdyby go ktoś zapytał, jaki to właściwie zakaz złamał, nie bardzo by umiał odpowiedzieć na to pytanie.

Ale we czwartek, po powrocie z Klasztornej, zamknęła się w swoim pokoju na piętrze i nie chciała go widzieć. Gdy zapukał, pchnęła drzwi: – Czego chcesz! Aż go zmroziło. Ujrzał w jej oczach najprawdziwszą nienawiść. Nagle – cóż za głupie myśli! – przyszło mu do głowy, że ona wcale niczego nie zapomniała, że niczego nie przebaczyła, że tylko przyczaiła się, by zadać cios, gdy będzie zupełnie bezbronny.

Po paru minutach zeszła na dół. Miała oczy czerwone od łez. Podeszła do stołu, zaczęła kroić chleb. Czekał, aż się uspokoi. – Przepraszam – powiedziała cicho. Odgarnął jej włosy z czoła: – Coś ci się przytrafiło na Klasztornej? Kiwnęła głową: – Wiesz – szepnęła – czasem już nie mogę. Nie pytał o więcej, tylko kołysał ją w ramionach jak matka kołysze dziecko, któremu przyśniło się coś złego.

Była po prostu zmęczona, miała za sobą ciężki dzień na Klasztornej, stąd te niedobre słowa. Musi być dla niej lepszy, czulszy. Nie umie dać jej oparcia, myśli tylko o sobie.

Tak uspokajał siebie. Ale utracił pewność, że ją zna. Jakby wszedł do nieznanego lasu.

Przypomniała mu się pewna chwila z dzieciństwa.

Kiedyś, w sierpniowy wieczór, razem z ojcem wyszli do ogrodu przed willą Tannenheim. Chcieli popatrzeć na gwiazdy. Tego wieczoru świecące punkty migotały w chłodnym powietrzu jak szkiełka rozsypane na czarnym, chińskim papierze. Ojciec powiedział: – Widzisz Wielki Wóz? Ta nazwa rozpłomieniała wyobraźnię. Patrząc w niebo, zawsze widział ognisty wóz ze złamanym dyszlem. Najpiękniej świeciła tajemnicza Gwiazda Polarna.

Ale wtedy, w tamtej chwili, gdy razem wyszli do ogrodu, by popatrzeć na gwiazdy, nagle zdał sobie sprawę – co wprawiło go w popłoch – że tak naprawdę nie ma i nigdy nie było żadnego Wielkiego Wozu. Że z tych samych gwiazd, rozsypanych na niebie jak szkiełka na chińskim papierze, z których astronomowie ułożyli Wielki Wóz, on sam może ułożyć zupełnie inny gwiazdozbiór, który – to oczywiste – będzie się nazywał zupełnie inaczej. Stał w ogrodzie obok ojca z wyciągniętą ku górze ręką i wahał się jak poprowadzić dalej palec po czarnym arkuszu nieba. Świecące punkty czekały na jego decyzję. Mógł je połączyć niewidzialnymi liniami tak jak to zrobili astronomowie, którzy kiedyś kilku gwiazdom nadali nazwę Wielki Wóz. Ale mógł też połączyć je zupełnie inaczej.

Z tych świecących punktów rozsypanych na niebie nad willą Tannenheim mógł ułożyć Krzyż Jezusa, Gwiazdę Dawida, Swastykę, znak dolara, Krzyż prawosławny, Czerwoną Gwiazdę, trójkąt, prostokąt, Rybę, Raka, Pannę, a nawet Wagę, którą trzymała w palcach Temida na dziedzińcu przed gmachem prawa na Wyspie Spichrzów. Mógł z nich ułożyć wszystko.

Teraz tak właśnie patrzył na jej twarz. Spojrzenia, słowa, poruszenia palców, przymykanie oczu, poprawianie włosów, machanie dłonią, podwijanie rękawów, przechylanie głowy – nie był pewien, jak odczytać sens każdego gestu. Chodząc po kuchni, wycierała lnianą szmatką szklanki i kieliszki. Wpatrywał się w nią uważnie, jakby nastawiał ostrość w obiektywie aparatu Minolta. Marszczyła brwi: – Co mi się tak przyglądasz? Rozmazał mi się tusz pod oczami?

– Ach, nie – wzruszał ramionami. – Tylko wyglądasz tak pięknie.

Śmiała się, przygładzając palcami włosy.

Tłumaczył sobie, że ulega głupim przywidzeniom.

W sobotę o zmierzchu poszli na spacer do lasu za Katedrą.

Gdy wchodzili między drzewa, poczuł, że otacza ich tylko życie. Chciał go dotknąć, zobaczyć, ale życie było równie nieuchwytne jak cień, światło, barwa czy śmierć. Upierzone, roztrzepotane, krzyczące, rozćwierkane, sfruwało z czubka sosny, siadało na rozkołysanej gałęzi i strząsało rosę z piór. Czasem widział jak walczyło z innym życiem o życie, ale nigdy nie widział chwili, w której się kończyło. Bo życia nigdy nie ubywało, nawet gdy przychodziła śmierć. Zawsze go było pod dostatkiem. Tak jakby na miejsce tego, co umarło, natychmiast ktoś wstawiał to, co żywe. Ginęły ptaki, wschodziły kwiaty. Las szumiał, pachniał torfem i żywicą. Gdy wspinali się na wzgórze z wieżą widokową, za drzewami widzieli morze z półwyspem na horyzoncie i kolorowe zarysy miasta. Bukowa ściółka na ścieżce miała rudawy odcień. Życie, które ich otaczało, było wszechobecne i niepoliczalne.

Wyciągał rękę. Naginał gałęzie. Dotykał liści. Wszędzie, gdzie spojrzał, życie mieniło się jak skóra węża pokryta tysiącami zielonych łusek. Zachwycało go to szalone, piękne migotanie życia, podobne do migotania błysków na wodzie stawu. Śmierć była tylko chwilą między jednym a drugim błyskiem. Może nawet nie istniała. Ale gdy mówił o tym, Natalia brała go tylko za rękę i całowała palec po palcu, licząc głośno od jednego do pięciu.

Zachwycała go dyskrecja zwierząt w umieraniu. Lisy, sarny, jelenie, krety i wrony potrafiły znikać bez śladu. Gdy szli wśród drzew, nigdzie nie widział ich martwych resztek, chociaż gdzieś przecież musiały być ich groby. Ptaki zabite przez jastrzębia zostawiały po sobie na rudej ściółce tylko kilka białych kostek, jakby uciekając w niebo, zdążyły zgubić w przelocie zaledwie drobną, niepotrzebną część samych siebie.

Ludzie byli inni. Pycha ich obrzędów. Hałas trąb. Złote litery wykute na płytach. Na cmentarzach koło Katedry, które mijał idąc w stronę wieży widokowej, zza świerków i brzóz wysoki głos kapłana obwieszczał światu smutny ubytek w stanie ogólnym. Wśród drzew jak żagle tonącego okrętu kołysały się czarne chorągwie ze srebrnym haftem.

Gdy wracali do domu, gałąź świerku lekkimi podmuchami wiatru delikatnie ścierała biały kurz z gasnącego nieba. Obłoki płynęły nad stawem. Wysokie drzewo pięknie wywiązywało się z obowiązku życia. Nigdy nie myliło się, ile powinno mieć gałęzi, sęków, pęknięć w srebrnej korze i zielonych igieł na gałęziach.

Obudził się w środku nocy. Zszedł na parter, wypił parę łyków soku pomarańczowego, włączył telewizor. Był senny. Słuchał nieuważnie. Na ekranie twarz młodego spikera. Najpierw katastrofa kolejowa w Marsylii, strajk dokerów w Rotterdamie, premier Francji rozmawia z prezydentem Stanów Zjednoczonych, w Sztokholmie kolejny zamach terrorystyczny, na Kremlu pokaz mody hiszpańskiej, narodziny słonia w kopenhaskim zoo, synod biskupów, w Szwajcarii protesty przeciw ustawie podatkowej, potem kronika kryminalna. – Dzisiaj przed sądem rejonowym... stanął funkcjonariusz policji... oskarżony z paragrafu...

Trzeciego lipca – mówił młody spiker – funkcjonariusz policji Robert S. wracał w cywilnym ubraniu z dyżuru na komendzie. Gdy koło północy znalazł się na placu przed biblioteką, był świadkiem napadu na przechodniów. Interweniując, oddał strzał w kierunku uciekającego napastnika. W ciemności kilku taksówkarzy, stojących kilkadziesiąt kroków dalej na postoju, wzięło go za wspólnika bandyty. Otoczony, przekonany, że chcą go zlinczować, Robert S. strzelił z bliska do jednego z nich. Marian K., zmarł po przewiezieniu do szpitala... Prokurator zażądał dla oskarżonego kary pięciu lat więzienia za przekroczenie granic obrony koniecznej... Wyrok nie jest prawomocny... Obrona zapowiada apelację...

Plac przed biblioteką? Robert S.? Jakub dotknął zimnego ekranu, jakby chciał się upewnić, czy to wszystko dzieje się naprawdę. Pokazywano miejsce zdarzenia: przystanek autobusowy, gąszcz jaśminów, wiadukt kolejowy, mury więzienia na Kurkowej. Potem „rekonstrukcja wydarzeń" z udziałem aktorów-amatorów. Scena napadu na przechodniów. Napastnik wyrywający kobiecie torebkę. Strzał. Ucieczka przez zarośla.

Machinalnie nacisnął wyłącznik, jakby sparzył palce. Ekran zgasł. Zapadła cisza. Usiadł w fotelu, odstawił na stół szklankę z sokiem i czując przyśpieszone bicie serca długo patrzył w ciemność. Niebo, które widział za oknem, było czarne, wilgotne, bez gwiazd. Jak tamtej nocy. Starał się odtworzyć w pamięci obrazy, które powracały z przeszłości. Ale nic nie składało się w całość.

# Gry

Gdy słońce rozjaśniło niebo nad ogrodem usiadł przy komputerze i    drobiazg!    zaczął poprawiać świat. Jakby świat dawał się poprawić!

O nie, nie była to tylko zabawa. Była to raczej śmieszna, podstępna walka z niewidzialnym Sprawcą, daleki refleks niedobrego wspomnienia, chęć wyrównania dawnych rachunków, których – wiedział to – wyrównać się nie da. Coś go pchało w stronę poprawek, korekt, skreśleń, przeinaczeń, jakaś uparta, podejrzliwa, niezagojona pretensja, zły bunt przeciwko czemuś, czego kiedyś dotknął i co zwaliło go z nóg jak grom niebieski zwalił z nóg Szawła na drodze do Damaszku. Wirtualna rzeczywistość, bardziej rzeczywista niż rzeczywistość realna, zachęcała go do bezczelnego braku pokory, wciągała w grę, której sens był kuszący i mglisty. Więc miał się wahać? Ale tak naprawdę – i wiedział o tym dobrze – robił to wszystko dla niej. Poprawiał świat tak, by czuła się w nim lepiej?

Pierwszą grę, którą sam wymyślił, nazwał *Hades czyli Magnetyzm Serca*.

Oparł ją na historii Orfeusza. Oto piękna Eurydyka umierała od ukąszenia węża. Bogowie pozwalali jednak Orfeuszowi wyprowadzić ją z Hadesu. Był tylko jeden warunek. Wyprowadzając ukochaną z podziemnego świata, Orfeusz nie może spojrzeć za siebie, bo Eurydyka w czarnym królestwie śmierci pozostanie na zawsze.

W grze chodziło o to, by Orfeusz nie odwrócił głowy. A głowa sławnego śpiewaka, jak opiłki żelaza przyciągane przez magnes, nieustannie odwracała się ku pięknej osłoniętej welonem postaci, która podążała za nim podziemnymi korytarzami. Jeśli gracz odnajdywał właściwe Słowo (z pojedynczych złotych liter, rozsypanych na posadzce podziemnego tunelu, należało szybko złożyć właściwy wyraz i wystukać go na klawiaturze), głowa antycznego śpiewaka, jak spławik wędki, który znika pod wodą, powracała na swoje miejsce i Orfeusz kroczył dalej ku światłu.

Gdy pokazał Natalii scenę, w której kochankowie wychodzili z grobu na słońce, zaczęła bić brawo jak operatorzy w centrum lotów kosmicznych w Houston podczas udanego lądowania sondy na Marsie. Na ekranie Orfeusz i Eurydyka wynurzali się z posępnego podziemia i po marmurowych schodach schodzili ku zielonej dolinie, za którą migotało południowe morze z czerwonym żaglem na horyzoncie. Orfeusz zatrzymywał się na złocistej plaży i delikatnie zdejmował welon z twarzy Eurydyki.

Ale gra, nad którą pracował najdłużej, nazywała się *Ocalenie*. Była jednak tak trudna, że nie pokazał jej nawet Natalii, tylko nagrał na dyskietkę i schował w jednej z książek.

Akcję umieścił w Palestynie.

Oto młody człowiek, mądry i szlachetny, schwytany przez rzymskich żołnierzy, czekał w celi jerozolimskiego więzienia na wyrok prokuratora Judei. Najpierw należało negocjować z prokuratorem łaskę dla aresztowanego. Potem gracza czekały niełatwe negocjacje z tłumem, zgromadzonym na wielkim placu przed gmachem sądu, który, głuchy na wszelkie perswazje, wołał bez końca: – Uwolnij Barabasza! Gdy negocjacje z tłumem kończyły się niepowodzeniem, gracz miał jeszcze do dyspozycji złoto. Mógł przekupić prokuratora Judei. Gdy i to się nie udawało, pozostawała tylko jedna możliwość: należało z mieczem w ręku przejść przez setkę korytarzy w gmachu więzienia, dotrzeć do ciemnej komnaty, w której na kamiennej ławie drzemał zakuty w kajdany młodzieniec czekający na śmierć i wyprowadzić go z kazamat na wolność.

Pośpiech był wskazany. Na ekranie co jakiś czas pojawiali się stolarze zbijający ciężki krzyż z dwóch sosnowych belek. Prokurator Judei okazywał się jednak nieprzekupny, tłum pozostawał wierny swoim przekonaniom odnośnie Barabasza, a więzień w chwili, gdy przybywało ocalenie, odmawiał wyjścia z celi.

Jakub opracował więc suplement do głównej rozgrywki. W suplemencie akcja uwolnienia szlachetnego młodzieńca przez jedenastu zamaskowanych mężczyzn kończyła się powodzeniem. Oddział wyprowadzał odbitego skazańca z gmachu więzienia podziemnym przejściem i znikał w labiryncie uliczek Jerozolimy. Szczęśliwa matka witała ocalonego syna w małym domu na przedmieściach. Przyjaciele wydawali w Wieczerniku radosną ucztę na cześć ocalonego.

Jakub dopisał też dalszy ciąg zdarzeń.

Oto po latach, uratowany od haniebnej śmierci na krzyżu, szlachetny więzień prokuratora Judei, zostawał stolarzem w warsztacie swojego ojca w mieście Nazaret. Był dobrym mężem i ojcem, co na Ziemi nie zdarza się często. Miał dwie córki, Rachel i Salome. Jego żona, Miriam, piękna dziewczyna o popielatych włosach, urodziła mu jeszcze syna Izaaka. Doczekał się też kilku wnuków. Wieczorami, gdy miasto pogrążało się w ciepłym cieniu, brał roześmiane dzieci na kolana i częstując je winogronami, opowiadał o emocjonujących wydarzeniach sprzed lat, kiedy to otarł się o śmierć. Z tej wieczornej sceny, którą Jakub opracował w najdrobniejszych szczegółach, biła spokojna radość południowego szczęścia. W oddali nad lazurową zatoką morza zachodziło purpurowe słońce.

Czuł, że zmiany, które wprowadził do sławnego scenariusza, były zgodne z potrzebami duszy. Rozświetlały krwawą historię łagodnym blaskiem ziemskiej miłości. A jednak nowa opowieść nie miała w sobie tego cichego piękna, jakie tchnęło z opowieści oryginalnej. Któż naprawdę chciałby, by mądry szlachetny młodzieniec nie został ukrzyżowany i po trzech dniach, spowity w białe szaty, nie wzleciał w Niebo z otwartego grobu, na zawsze wyzwolony z przeklętych praw grawitacji?

Kiedy Natalia przypadkiem znalazła w książce dyskietkę, tylko pokręciła głową. O zmierzchu poszli razem nad staw. Dyskietkę wrzucili do ognia. Gdy ognisko dogasało, wiatr nadleciał nagle znad morza i przeźroczystym skrzydłem starł z nieba ulatujący w górę czarny dym, jak niepotrzebny napis z kamiennej tablicy.

# Jarzębina

Rano poczuł lekki ból pod skronią. Ach, nie, nie było to nic poważnego, ot, delikatne ukłucia niewidzialnych igiełek, które pojawiały się, gdy schylał głowę i znikały po paru chwilach. Wystarczyło tylko przymknąć oczy, głębiej odetchnąć, przelotna migrena, nic więcej. Ale w niedzielne popołudnie, gdy zszedł do ogrodu, by naciąć trochę dalii i pochylony zaczął krawieckimi nożycami ścinać mokre od rosy łodygi mokrych ciemnoczerwonych kwiatów, bóle nasiliły się i trzeba go było zawieźć do Akademii.

Do domu odesłali go po trzech dniach. Miał dosyć szpitalnej sali. Nieznośne zapachy środków odkażających, gorzki smak lekarstw, krochmalna woń białych fartuchów. Zresztą pogoda poprawiła się, przestały już padać te monotonne deszcze, które go tak przygnębiały. Z okna pokoju na piętrze, które otworzył na oścież, znów mógł patrzeć na słoneczne morze i białą smugę chmur nad horyzontem. Właściwie nic mu nie było, tylko chwilami, gdy wstawał z łóżka, podłoga zdawała się miękko przechylać na lewą stronę jak na niewidzialnej fali.

We środę Natalia wyszła z domu koło dwunastej. Wstał z łóżka, chciał przymknąć uchylone okno, przeszedł kilka kroków, zachwiał się i upadł na środku pokoju, boleśnie tłukąc prawy łokieć. Do diabła! Cóż to znowu? Chwycił palcami za blat stołu, ściągnął na siebie obrus, porcelanowy wazon spadł na podłogę. Kawałki porcelany i połamane dalie rozsypały się w rozlanej wodzie. Podparł się lewą ręką, z trudem popełznął w stronę otwartych drzwi do ogrodu. Wirowało mu w głowie. Położył się na wznak i powoli oddychając czekał, aż wrócą siły. Ale siły nie wracały. Uniósł się na łokciu, chciał ją zawołać, coś nawet krzyknął, ale doszła już pewnie do przystanku przy Parku, więc nie miało to sensu.

Za oknem szumiało miasto. Gdzieś z daleka, od strony wiaduktu przy willi Tannenheim, dobiegł gwizd pociągu stojącego pod semaforem. Na starej pętli dzwoniły tramwaje, skręcające ku śródmieściu. Nie mógł się ruszyć. Mijały minuty. Popołudniowe słońce przesuwało się powolutku za oknem. Przydymiona tarcza dotknęła gałęzi świerku i jarzębiny, potem obniżyła się nad wzgórze z wieżą widokową. Leżąc na mokrej podłodze, czekał cierpliwie na zgrzyt klucza w zamku. Zaczął marznąć. Wiało od okna.

Mały, niespokojny motyl, podobny do ćmy, sfrunął z parapetu na grzbiet dłoni, ale nie poczuł łaskotania czułek. Prawa ręka zdrętwiała. Kosmate, brązowe skrzydełka z niebieskim oczkiem trzepotały bezszelestnie na skórze. Dmuchnął. Motyl zerwał się z dłoni i wirując nad stołem, z rozpędu uderzył w szybę okna. Zwykle w takich chwilach machnięciami gazetą pomagał motylom i pszczołom wylecieć przez okno do ogrodu, tak jak to robił ojciec. Ale teraz ręka nie drgnęła. Palce były sztywne. W łokciu bolesne mrowienie. Była to ta sama ręka, w której kiedyś trzymał złotego pelikana.

Koło trzeciej usłyszał kroki na schodach. Trzasnęły drzwi. Weszła do domu szybko, obładowana zakupami. Zdejmując płaszcz, ze śmiechem opowiadała o jakiejś kobiecie, która na targu chciała jej sprzedać papugę. – Taka wielka zielona ara! I nawet chciała niedrogo! Zapewniała, że umie mówić! Może powinnam kupić? Gdy weszła do pokoju, krzyknęła z przerażenia. Leżał w rozlanej wodzie. Kawałki stłuczonego wazonu wbiły się w dłoń. Krwawił, ale nie czuł bólu. Wciągnęła go na kanapę, okryła kocem, potem skaleczoną dłoń owinęła bandażem. Na opatrunku plamy krwi. Zadzwoniła po pogotowie. Gdy usiadła przy nim, miała twarz mokrą od łez. – Zobaczysz, to nic, to tylko zawrót głowy – zasypywała rosnący niepokój słowami. – Zaraz będzie lekarz. Położyła jego głowę na kolanach i całowała włosy.

– Nie gniewaj się – powiedział z trudem. – Chyba się o coś potknąłem… to dlatego… – Głuptasie – gładziła go po włosach – nic nie mów. Spróbuj zasnąć. – Ścisnął palcami skronie: – Boże, jak boli.

Przykryła go kołdrą. Kiedy się oddaliła, poczuł paniczny lęk, że jej już więcej nic zobaczy. – Nic idź nigdzic! – krzyknął jak przestraszony chłopiec, gdy znikała za drzwiami kuchni. – Usiądź przy mnie. Przyniosła z kuchni gorącą wodę, namoczyła w misce białe płótno, przyłożyła do skroni. – Lepiej? – Bóle trochę zelżały. Chciał jej powiedzieć, jak bardzo ją kocha, ale znowu ogarnęła go taka słabość, że nie mógł nawet otworzyć ust. Kręciło mu się w głowie. Pokój kołysał się jak na fali.

Zabrali go do Akademii. Dali osobny pokój. Podłączyli do setek rurek. Przy łóżku ustawili kilka monitorów. Na ekranie falowała seledynowa, świetlista linia pulsu, którą widział przez mgłę. Bóle powoli ustępowały. Zmęczony, chwiał się na granicy między jawą i snem. Z pamięci wynurzały się dawne obrazy. Szeroka plaża w Jelitkowie. Wilgotny piasek zalewany przez fale. Żółte łodzie rybackie z czerwonymi chorągiewkami, furkoczącymi na wietrze. Zaryte w piach wraki niemieckich barek. Różowe chełbie kołyszące się w głębokiej wodzie koło spalonego mola. Potem długa biała nawa Katedry. Rodzice w pierwszej ławce przed ołtarzem. Ich twarze poważne, uroczyste. Nad ciężką od złoceń barokową amboną lśniło otoczone wieńcem promieni miedziane Oko w trójkącie. Gdy udawało mu się zasnąć, widział błyszczące jezioro z łańcuchem ośnieżonych Alp na drugim brzegu. W spokojnej wodzie odbijały się czerwone pręgi zorzy, płonącej nad lodowcami Jungfrau.

Leżał wśród monitorów, klawiatur i lamp. Urządzenia rozbłyskiwały czerwonymi diodami, wysyłały spóźnione faksy, odbierały wiadomości z serwerów, drukowały coś na długich wstęgach perforowanego papieru. Ten młyn mechanicznego życia – czujny, wiecznie uważny, nie znający zmęczenia – obracał się nad nim ze spokojną regularnością przypływów i odpływów oceanu, radząc sobie doskonale bez niczyjej pomocy. Cyfry nieomylnie przesypywały się na szklanych ekranach jak godziny na dworcowym rozkładzie jazdy. W ciszy, którą chwilami mąciły szelesty drzew w ogrodzie, elektroniczne sygnały śpiewnie wydzwaniały po kilka taktów *Pstrąga* Schuberta. Te dziecięce dźwięki, podobne do sygnałów w grze komputerowej, sprawiały, że zasypiał. Tylko w lewym uchu wciąż wzbierał coraz głośniejszy szum, podobny do szumu wzburzonego morza. Pomyślał o parkowej alei, którą przed wiekami cystersi nazwali Drogą do Wieczności. Uśmiechnął się do siebie, jakby na znak, że przyjął e-mail, którego treść odczyta później w załączniku, bo nie wszystko zostało nadane otwartym tekstem.

Mimo poprawy chcieli zatrzymać go na dłużej. Powiedział tylko, że nie chce zdychać na szpitalnym łóżku. Zamknęła mu dłonią usta: – Nie waż się nawet tak myśleć!

Zabrała go z Akademii. Zawiozła do willi nad stawem.

Leżał przy oknie w pokoju na piętrze.

Kończyło się lato. Dni były jeszcze ciepłe. Obłoki płynęły bez pośpiechu z zachodu na wschód, nie zostawiając ruchomych odbić na wodzie stawu. Ich cienie wspinały się na czerwone dachy dzielnicy, miękko spływały po białych ścianach starego młyna, przez chwilę zatrzymywały się na wieżach Katedry, po czym nie przerywając swojej wędrówki, sunęły dalej po koronach buków i sosen, porastających wzgórza za kościołem cystersów, nad śródmieście i szkliste rozlewiska Żuław. W sadach na Kwietnej było czerwono od jabłek, które z cichym stuknięciem – słyszał to, gdy zasypiał – spadały w trawę. Na plażach Jelitkowa, Brzeźna, Orłowa wiatr rozdmuchiwał puste już wydmy. Stada rybitw buszowały w trzcinach po drugiej stronie stawu. Nad ujściem Wisły stała wrześniowa mgła.

Z portu co rano wypływały statki do Królewca, Petersburga, Sztokholmu. Widział je z okna. Szare, ciężkie kadłuby powoli skręcały za latarnią morską na północ. Morze było ciemne, nieruchome. Lasy na klifie orłowskim, zbite w gęstą masę zieleni, żółkły w niebieskawej mgiełce. W jasnym powietrzu miedziane wieże Katedry starzały się pięknie trującym seledynowym nalotem. Oparty na łokciu, z głową na wysokiej poduszce, patrzył na ogród i gładką wodę stawu. Dalie i słoneczniki przekwitały pod ścianą domu. Wśród więdnących malw bezszelestnie prześlizgiwały się dzikie koty o pręgowanej sierści. Pod świerkiem bujnie pleniły się ostatnie żółte i czerwone nasturcje. Tylko bluszcz piął się jak zawsze po kamiennym murze ogrodzenia, wciąż taki sam, splątany, sztywny, o białych od kurzu liściach.

Nad łopianami, porastającymi brzeg stawu, wirowały spóźnione niebieskie motyle jak migoczące w słońcu skrawki sreberka od czekolady. Rozpoczęła się pora jesiennego palenia suchych liści i błękitny dym snuł się pod jabłoniami. Nitki babiego lata falowały na cierniach głogu. Słońce od świtu do zmroku nie opuszczało nieba, jasne, prawie bezbarwne. Dni były ciche, prawie wiosenne.

Lekarze uważali, że powinien zostać w szpitalu. Próbowała go przekonać, ale nie chciał nawet o tym słyszeć.

W piątek powiedział, że chciałby trochę poleżeć w ogrodzie. Wyniesiono łóżko na ścieżkę i postawiono pod jarzębiną. Leżał na wznak pod gałęziami, patrząc w niebo przez kołyszące się żółte liście. Usiadła na brzegu łóżka. Wzięła go za rękę. Wieczór był ciepły. Słodki, wysoki księżyc toczył się po niebie znad zamglonego morza w stronę miasta jak zgubiona przez kogoś moneta z zatartym rysunkiem twarzy. Zasnęli, spleceni ramionami. Gdy obudzili się przed północą, rozmawiali do rana.

Patrząc na niego pomyślała, że chętnie oddałaby swoje życie w zamian za jego życie. Ale na razie taki aneks do umowy nie wchodził w rachubę. W kartotekach nieba nie było wolnych miejsc. Miliardy cyfr, wypełniających niewidzialne rubryki w protokółach nocy, migotały nad miastem, ale ludzie patrzący w czarną otchłań widzieli tylko roje migoczących gwiazd.

O świcie nad stawem przelatywały klucze ptaków lecących na południe. Rano znalazła na szarych od kurzu liściach łopianu postrzępione, brunatne pióra, pachnące mokradłami, torfem, sitowiem i morską solą. Ze swego łóżka pod jarzębiną widział, jak czarne stada kawek obsiadają żółknące korony lip w Parku. Na wysokich brzozach za kaplicą św. Jakuba, ogołoconych z liści, odsłoniły się gniazda jemioły. Korona jarzębiny, pod którą leżał, płonęła zimną czerwienią dojrzewających jagód. W suchych trawach przekwitały ostatnie nasturcje. W kącie ogrodu sczerniałe słoneczniki waliły się jeden po drugim na ziemię, jakby ktoś nożem popodcinał ich tyczkowate, włochate łodygi. Nad stawem nie unosiły się już ważki. Tylko bluszcze – zawsze przyprószone białym kurzem – nic sobie nie robiły ze zmian temperatury, koloru nieba i kierunku wiatru. Słońce zachodziło na czerwono, choć powietrze miało prawie sierpniowy zapach.

– Nie zimno ci? – pytała, poprawiając mu koc. Głaskał jej dłoń: – Nie, tak jest dobrze, tylko okryj mi nogi. Łóżko stało tak, że spod jarzębiny mógł patrzeć na powolny ruch chmur, które rano – granatowe, obrysowane rozżarzoną linią słonecznego światła – nadciągały znad morza, a wieczorem – zaróżowione od zachodniej strony – posłusznie cofały się nad zatokę. O zmierzchu spokojny wiatr odsłaniał nad Katedrą czysty, ciemniejący błękit, na którym mogły bezpiecznie rozsypać się pierwsze gwiazdy. Otuliła mu nogi szkockim pledem. – Potrzeba ci czego? Uśmiechnął się: – Nie. Tylko bądź przy mnie.

Coraz częściej zapadał w sen, z którego nie mogła go dobudzić.

W niedzielę pojawiły się zsinienia na końcach palców. Doktor Malewski, który przyjechał koło jedenastej, chciał go natychmiast wziąć do Akademii, ale Jakub pokręcił tylko głową: – Po co?

W południe zasnął. Otoczyła go lekka jasność, pełna światła i blasku. Zrozumiał znak, jaki mu dano z daleka. Delikatnie wyswobodził się z jej ramion, ucałował jej włosy, paroma ruchami dłoni jak pływak wzbił się nad ogród, zatoczył łuk nad taflą stawu obramowaną gąszczem tataraków. Spojrzał w dół. Widział teraz dach starej willi, ogród otoczony żelaznym ogrodzeniem i kobietę, siedzącą pod jarzębiną na krawędzi łóżka, która trzymała kogoś za rękę. Lekki podmuch wiatru uniósł go w górę. Poszybował w przejrzystym, jesiennym powietrzu prosto ku morzu, niemal zaczepiając ramieniem o prawą wieżę Katedry, potem nad Pałacem Opatów, nad szklaną palmiarnią, nad drzewami Drogi do Wieczności. Aż mu się w głowie zakręciło od wysokości, gdy znalazł się nad pętlą tramwajową. Na lśniących szynach stały maleńkie, czerwone tramwaje gotowe do drogi.

W dole ujrzał willę Tannenheim. Wynurzyła się nagle z kępy żółknących drzew za Parkiem. Wolniutko przeleciał nad czerwonym, spadzistym dachem ze szpiczastą wieżyczką. Z ceglanego komina sączyła się smuga ciepłego dymu. W powietrzu zapachniało cynamonem, wanilią, rodzynkami, rozgrzaną mąką

270

i słodką skórką pomarańczy. Potem wiatr zakręcił nim jak suchym liściem, uniósł go nad drzewami w stronę wiaduktu, potoczył wysoko nad nowymi dzielnicami i niedbałym powiewem zrzucił na brzeg morza pod żółtymi urwiskami Orłowa.

Przed sobą ujrzał Sąd.

Pod klifem stał ktoś w srebrnej zbroi. Wielkie białe obłoki płynęły nad spokojnym morzem. Na pustej plaży stała żelazna waga. Fale leniwie uderzały o kamienisty brzeg.

Sięgnął do kieszeni. Palcami wyczuł zimną monetę o dość wysokim nominale. Gdy wyjął ją, błysnęła jak hostia.

Był to ostatni obraz, jaki zapamiętał z życia.

# Spis treści